LE DERNIER WAGON

JEAN-FRANÇOIS CHAIGNEAU

LE DERNIER WAGON

FRANCE LOISIRS
123, boulevard de Grenelle, Paris

Édition du Club France Loisirs, Paris, avec l'autorisation des Editions Julliard

ISBN 2-7242-1295-9

A mon père.

CHAPITRE PREMIER

Vendredi 11 août 1944.

Fresnes. Gigantesque bateau-désespoir à la poupe tronquée comme une baille. Des doubles flancs de huit mètres de haut espacés par un chemin de ronde, sur un rectangle de plus d'un kilomètre de tour. Sur le château arrière, à bâbord, la cuisine et les ateliers. A tribord, le quartier des femmes. Trois divisions au toit rouge barrent le pont central. Cinq cents cellules chacune. Quatre étages de cabines, de passerelles, du blanc et du vert, du fer, des portes closes, une odeur de soupe et d'angoisse.

Et puis, au nord, une proue à peine pointue où, chaque matin, arrivés au bout de la peur, les condamnés à mort voient frissonner une dernière fois la cime de deux grands peupliers. C'est là qu'on les exécute.

Dans sa cabine de navire immobile, l'homme, à travers un carreau brisé, a contemplé longtemps le lever du jour. Le soleil triomphant, enflammant tout ce qu'il touche, est un spectacle qu'il ne veut pas manquer. Surtout qu'il le voit peut-être pour la dernière fois.

La fenêtre est large. Les vitres opaques. Le carreau brisé, c'est l'habitude, un cadeau, le dernier geste de solidarité qu'un homme peut offrir à ses compagnons, un regard de quelques centimètres sur la vie. A l'instant d'être emmené près des deux peupliers, il brave, dans un ultime geste de résistance, le règlement de la prison, et casse une vitre. Il ne risque plus rien. Quelle autre brimade encourt-il, puisqu'il s'en va, condamné, abandonnant ses pauvres bagages, subir le châtiment suprême ?

L'homme connaît le rituel. Quand les raclements de bottes feront trembler les escaliers de fer, et les clefs des gardiens sonner les barreaux du garde-fou du couloir, il sentira son cœur s'affoler et tambouriner dans sa poitrine. Il sait que l'une de ces aubes violettes se lèvera pour lui, qui le tirera de sa fatigue, juste quelques minutes, le temps d'être collé au mur de proue et d'être abattu.

Il n'a pas dormi de toute la nuit. Il attend, angoissé, l'instant où les pas s'éloigneront enfin. Ceux qui vont mourir rugiront d'un dernier cri :

— Vive la France !

Les prisonniers leur répondront, entonnant *la Marseillaise.*

Les claquements nerveux des mitraillettes interrompront cette escorte à la bravoure. Alors la vie de Fresnes reprendra, et les prisonniers, soulagés, s'accorderont un sursis de vingt-quatre heures.

Toute la matinée l'homme a regardé au loin, par-dessus le bâtiment des droits communs, les voitures et les cyclistes glisser en silence sur la route d'Orléans. Insectes en liberté.

Il est près de midi, et rien ne s'est passé.

Soudain, il s'est enfoui le visage dans ses deux mains. Il s'est assis sur son lit, les coudes sur les genoux. D'instinct, dès qu'il a entendu les portes s'ouvrir et les appels à l'autre bout du couloir, il s'est recroquevillé.

Les pas se sont rapprochés. Ils ont dépassé la cellule voisine et se sont arrêtés devant la sienne.

Il appuie ses paumes sur ses yeux, de toutes ses forces, pour chasser cette évidence : il va mourir.

Le jeu de la clef dans la serrure et la porte ouverte brusquement lui semblent ne faire qu'un même bruit.

— Marguliès !

Il va devoir ouvrir les yeux, se lever. Il est incapable de prévoir si ses jambes vont bien lui obéir, et faire ces quelques dizaines de pas qui le séparent du peloton d'exécution. Il a souvent réfléchi à cet instant, mais jamais il n'a trouvé de solution. Pour lui, c'est avant que quelque chose aurait dû se produire ; un événement extérieur, la progression fulgurante des armées alliées par exemple, ou encore une libération par les résistants, qui seraient montés à l'assaut de la prison. Mais maintenant, à cette seconde, il est trop tard.

— *Raus ! Raus !*

Maurice Marguliès écarte ses mains et se lève.

Il est grand et puissant. Son visage tiendrait dans un carré. Ses mâchoires dessinent un parfait angle droit. Son front plat est encadré de cheveux drus et courts. Dans ses yeux rougis d'avoir été écrasés sous ses paumes, meurt un éclair bleu, comme une énergie qui s'éteint. Il distingue à peine les traits flous d'un petit homme rond en uniforme allemand qui, d'un signe de tête, lui ordonne de sortir en répétant :

— *Schnell... Schnell !*

Comme si on pouvait se dépêcher pour mourir ! C'est idiot, se dit-il subitement, d'obéir à ce gardien qui vient me chercher pour que j'aille me faire fusiller. Et si je restais là, dans cette cellule ? Et si je n'acceptais pas ce cérémonial préparé pour moi ? Si je refusais, insiste-t-il, que peut-il m'arriver de pire que la mort ?

Il cherche une raison pour accepter de mourir maintenant, sans hurler à la vie, à trente-cinq ans.

Si je refuse, se dit-il, ils vont venir me chercher. Ils seront quatre ou cinq, dix même, s'il le faut, qui m'empoigneront et me traîneront de force.

Marguliès s'apaise. Il a compris que cette résistance-là est vaine, qu'elle aurait pour unique conséquence d'ôter à sa mort la seule chose qui lui reste encore : la dignité.

Il sort.

Dans le couloir, ils sont une dizaine d'hommes poussés, comme lui, par les gardiens vers l'entrée de l'escalier de fer.

En descendant les marches, à la suite du cortège, Maurice Marguliès pense à sa femme et à son fils. Ida, son épouse, et Jean, petit bonhomme qui n'a même pas quatre ans. Cela aussi, il l'a prévu. Il a toujours su qu'au moment de mourir, ces deux visages surgiraient avec leur sourire rassurant, débordant de tendresse. Et leur regard surtout, planté droit dans le sien. Ces regards dans lesquels sa volonté s'empêtre et s'engloutit maintenant.

Il n'a plus la force de marcher vers la mort, avec cette escorte dans la tête. Sa main se guide mollement sur la rampe.

Son fils, cela fait presque deux ans qu'il ne l'a pas vu. Ce qu'il a surtout gardé de lui : le souvenir de l'exode infernal de 1940. A pied, à la tête d'une troupe de quatre-vingts jeunes Juifs fuyant l'invasion allemande en Belgique, Marguliès s'était lancé sur les routes. Ida et le petit Jean les accompagnaient. Au début, Ida avait voulu se charger elle-même du bébé, mais il fallait marcher, et la frontière française était loin. Maurice avait alors organisé un tour de porteurs pour le petit Jean. Et l'enfant passait de bras en bras, tous les kilomètres, et sa mère marchait à côté de son bébé soulevé par de grands diables qui ne savaient pas comment s'y prendre.

Il y avait aussi l'aviation allemande qui piquait sur les réfugiés. Tout le monde se jetait dans le fossé.

Maurice Marguliès revoit sa femme inquiète. Elle ne quittait pas des yeux le garçon qui protégeait sous lui le corps de son fils. A la fin de chaque attaque, elle attendait quelques secondes, un poing sur le cœur, le temps qu'il fallait au jeune homme pour bouger, se relever, indemne, avec son précieux fardeau.

Il se souvient qu'au troisième passage d'avions, lui-même avait cru défaillir. A plat ventre dans l'herbe, tournant la tête pour apercevoir son fils, il avait vu, horrifié, un garçon resté debout sous la mitraille, et qui protégeait la tête du bébé avec ses mains. Le jeune homme n'avait pas osé. Une petite vie si fragile ! Il n'avait pas su comment se jeter à terre sans lui faire de mal.

Au premier étage, un autre groupe d'une dizaine de prisonniers se joint à celui de Marguliès.

... Ida, blonde, petite, fragile ! Marguliès ne cherche pas à chasser son image. Il s'y accroche quelques minutes encore, les dernières.

... Oui, la blonde Ida aux yeux plus bleus encore que les siens. Comme elle était rayonnante les derniers jours où il l'a vue ! Le culot de ce bout de femme l'avait étonné. Elle s'était inventé un père algérien, une mère suisse, et avait réussi à se faire engager comme secrétaire à la Kriegsmarine, place de la Concorde, à Paris. Elle riait beaucoup de cette situation, en racontant comment les Allemands la courtisaient avec assiduité, lui offraient du chocolat pour qu'elle transmît leurs demandes de permission avec le maximum de célérité.

Un soir, Ida était revenue triomphante du bureau. Son service avait reçu une centaine de cartes de travail vierges, destinées aux Français travaillant pour les Allemands. Et Ida, discrètement, en avait glissé quelques-unes dans son sac.

Mais une semaine plus tard, Maurice avait attendu Ida toute la soirée et toute la nuit. Elle n'était pas rentrée. Et depuis ce temps, presque un an, plus rien. Aucune nouvelle.

Lui-même avait été arrêté en juillet dernier.

Seul le petit Jean devait être libre encore, quelque part. Avant de revenir à Paris travailler à la Kriegsmarine, Ida l'avait confié à Marseille à une infirmière de la Croix-Rouge.

Marguliès frissonne à l'idée que son fils ne connaîtra pas son père et peut-être jamais sa mère non plus.

En pénétrant sous le porche donnant accès à la grande cour intérieure de la prison, Marguliès ne se résigne pas. Et puis, il y a quelque chose d'insolite dans ce cérémonial de mort. Ils sont maintenant près d'une trentaine de détenus. C'est beaucoup pour une seule fournée. Et ce remue-ménage inhabituel, ces allées et venues avec ces paquets ne ressemblent pas à l'idée qu'il s'est faite des exécutions. Il n'ose encore se laisser emporter par cette atmosphère annonciatrice de départ plutôt que d'exécution. En quelques pas, il imagine toutes les hypothèses.

Les Allemands fusillent tous les prisonniers ! C'est matériellement impossible, se persuade-t-il.

Alors ils s'en vont et abandonnent la prison !

Mais pourquoi nous feraient-ils sortir ? Pour nous emmener avec eux, ou nous transférer ailleurs ?

Lorsqu'il atteint les premières marches du perron, la lumière crue l'éblouit.

Dans la cour une foule s'agite autour d'autobus verts.

Il ferme les yeux et soupire. Ce n'est pas la fin du voyage. Il ne mourra pas aujourd'hui. Avec tous ces gens, il va être transféré quelque part. Peu lui importe où, puisque c'est encore la vie.

Il fait beau. Marguliès s'est arrêté. Cette agitation est la plus belle pagaille de sa vie. Trois autobus. Des détenus qui s'affairent autour. Des soldats en armes. A l'écart, un homme bedonnant ceint d'une écharpe tricolore, un maire, au milieu de son conseil municipal, pétrifié de dignité sous la menace d'une mitraillette.

— Maurice !

Maurice Margulìès a beau fouiller ces visages autour de lui, il ne reconnaît personne.

— Maurice ! répète un homme en se frayant un passage vers lui.

— René ! Toi aussi, ils t'ont arrêté.

Le nouveau venu lui tend les bras. Les deux hommes se congratulent. Ils se sont perdus depuis plus d'un an, au camp de Gurs dans les Basses-Pyrénées. Un camp de réfugiés.

— René, je suis content de te voir !

Marguliès regarde son ami René Kapel. Il est plus petit que lui, un peu massif aussi, comme lui. L'excitation de cet homme qu'il a connu si calme, si maître de lui le surprend. Kapel a toujours montré une maîtrise exceptionnelle qui lui permettait de trouver des solutions aux situations les plus invraisemblables.

— René, où va-t-on nous emmener ? demande-t-il.

— Je n'en sais rien, répond Kapel, qui ajoute en reprenant son souffle, mais nous sommes vivants, et c'est l'essentiel.

Marguliès comprend. Son ami, lui aussi, tout à l'heure, a cru qu'on le sortait de sa cellule pour le fusiller. Il y a de quoi être chaviré !

— En tout cas, continue Kapel, je sais une chose, c'est que j'ai retrouvé ici beaucoup d'amis, et qu'ils sont tous Juifs.

— S'ils sortent tous les Juifs de la prison, qu'est-ce que ça signifie ?

— Je n'en sais rien.

Depuis son entrée dans la cour, Maurice Marguliès n'a pas remarqué qu'il y a des femmes dans ce grand rassemblement. Il les a aperçues, mais cette observation ne l'a pas frappé. Il est tellement soulagé d'avoir échappé à la mort qu'il n'a pensé à rien d'autre.

Pourtant, à la seconde où il est apparu sur le perron, une femme debout, au milieu d'un groupe d'autres femmes, ne l'a pas quitté des yeux. Elle est immobile. Elle le regarde, incapable de lancer un cri ni de se précipiter vers lui. Son visage est boursouflé, comme s'il avait reçu des coups de poings, de pieds, de bâtons. Par endroits, la peau est arrachée, comme après des brûlures. Ses lèvres sont tuméfiées. A travers les minces fentes des paupières gonflées, une lueur de joie intense passe dans ses yeux clairs.

Marguliès s'est lancé à son tour dans cet attroupement rassemblé autour des autobus. Dix fois il fait le tour de cette centaine de silhouettes, sans reconnaître personne. Dix fois il détaille toutes ces femmes, une à une, les saisissant aux épaules pour les retourner vers lui. Il les a toutes regardées. Toutes. Il en est certain.

Exactement à côté de lui, une petite voix, feutrée comme une plainte, appelle :

— Maurice !

Il se tourne vers la voix.

— Maurice... reprend-elle, tu ne me reconnais pas...

Maurice Marguliès regarde ce visage meurtri. Il se fige, le temps de reconnaître cette femme, sa femme, derrière ces bouffissures. Un animal qui contracte ses muscles avant de prendre son élan.

— Ida !

Il détend ses bras, l'enserre et l'entraîne avec lui, doucement, d'un pied sur l'autre, dans un balancement d'enfant qu'on berce.

Ida, enfouie dans la poitrine de son mari, se retient pour ne pas crier. Ses plaies lui font mal, et Maurice ne s'en rend pas compte, lui qui l'étreint avec force. Elle pleure, et ses larmes roulent sur ses chairs à vif, réveillant la douleur.

Maurice s'écarte, et tient le pauvre visage, délicatement, au bout de ses doigts.

— Ma chérie, mais qu'est-ce qu'ils t'ont fait ?

Ida ne répond pas. Elle sourit, presque timidement, l'air de s'excuser.

— Mais qu'est-ce qu'ils t'ont fait ? répète Maurice.

Ida le regarde, silencieuse.

Il y a de l'amour dans les yeux de Marguliès, de la pitié aussi, et beaucoup de haine, infiniment de haine. Il vient d'imaginer les épreuves qu'elle a subies, l'acharnement de ses tortionnaires, ces interrogatoires terribles qui n'en finissent pas.

— Ils t'ont torturée pendant tout ce temps, pendant un an ?

Ida reste muette. Elle s'approche de lui, et vient nicher délicatement sa joue dans sa main.

— Où va-t-on maintenant ? dit-elle.

— Je ne sais pas. On va sans doute nous transférer quelque part, mais j'espère que nous resterons ensemble. Viens, je crois qu'il faut monter dans les autobus.

Il l'entraîne par la taille. Elle est appuyée sur lui. Il calque ses pas sur les siens, des pas menus, hésitants, des pas d'une malade qu'on sort pour la première fois.

Un ordre s'est dessiné dans la cour de la prison. Deux rangées de soldats canalisent les détenus vers les marchepieds des trois autobus.

— On va s'évader, confie soudain Marguliès tout bas à sa femme.

Ida s'arrête :

— Pourquoi dis-tu ça ?

D'un bref signe du menton, il désigne un homme en civil, accoudé au bord de la plate-forme arrière d'un autobus. L'homme est mince, élégant, ses cheveux sont soigneusement plaqués sur ses tempes.

— Qui est-ce ? interroge Ida.

— Un Juif, comme nous, Autrichien aussi. C'est une ancienne gloire de football. Il jouait au club de la Hakoah, à Vienne. Il s'appelle Oscar Reich.

Oscar Reich, le menton dans les mains, promène sur le troupeau un regard d'aigle rassasié.

Marguliès ignore comment ce Juif a pu accéder à cette fonction, à la responsabilité de cet embarquement. Mais à cet instant, l'important est d'avoir trouvé un allié ! Grâce à sa complicité, ils doivent réussir à s'enfuir.

En grimpant derrière sa femme, Marguliès s'écarte et s'adresse à Oscar Reich. Il lui parle à l'oreille :

— Je suis autrichien, comme toi. Au premier virage, tu t'écartes, et on saute.

Marguliès se redresse. Il attend une réponse. Au moins un signe d'acquiescement. Au lieu de cela, Reich part d'un grand éclat de rire. Marguliès ne comprend pas ce que sa tentative a de comique. Oscar Reich appelle un gardien.

— Enchaînez deux à deux tous ceux qui sont assis au

bord de la rangée, et surtout ceux de la plate-forme, ordonne-t-il en désignant Marguliès, son compatriote.

Marguliès s'assied à côté d'Ida. Il fait face à l'arrière. Kapel est devant lui. On enchaîne les deux hommes ensemble avec des menottes ; et ainsi tous les passagers du bord de l'allée.

Kapel adresse une moue désolée à Marguliès :

— C'est foutu, murmure-t-il.

— Et puis avec ça, répond Marguliès en montrant leurs deux mains reliées, même les autres ne peuvent pas nous enjamber et sauter.

Ida a penché sa tête sur son épaule.

Marguliès se demande si, après tout, ce n'est pas mieux ainsi. Ida aurait-elle eu la force de sauter ?

L'autobus crache une fumée noire et vibre de toutes ses ferrailles. Tous les prisonniers sont assis. Ils se sont tus. Personne parmi eux ne sait cù ils vont. Ils étaient heureux tout à l'heure d'avoir échappé à une mort qu'ils croyaient imminente, mais l'angoisse les a repris. Une habitude.

En regardant les lourds battants de la porte de la prison de Fresnes se refermer derrière eux, Marguliès happe des bouffées de liberté.

La liberté, elle est là, dehors. Il suffirait d'un rien pour sauter et disparaître. Il essuierait peut-être une rafale de mitraillette, mais dans ce dédale de rues : quatre-vingts chances sur cent d'en réchapper, estime-t-il.

Paris palpite mollement. Paris semble accablé de chaleur, comme sans bruit et sans voix. Un film muet sans acteur. Paris ne les regarde pas. Paris ne sent même pas vaguement la poudre ni l'insurrection. Sur l'écran des vitres fermées, c'est à peine si quelques flâneurs lèvent les yeux pour regarder ces prisonniers de la dernière heure, de la dernière malchance. Ils préfèrent continuer leur chemin, repliés sur leur peur qui passe avec ces trois autobus.

Oscar Reich, toujours accoudé au rebord de la plate-forme, siffle nonchalamment les rares jeunes femmes croisées sur le trajet.

— Reich ! l'interpelle Marguliès. Où allons-nous ?

Sans se retourner, l'ancien footballeur juif répond calmement :

— Mais à Pitchipoï, mon vieux, à Pitchipoï.

CHAPITRE 2

Samedi 12 août, 15 heures.

D'un réflexe gourmand, l'Hauptsturmführer Aloïs Brunner passe sa langue sur ses lèvres. Il se sent aujourd'hui un appétit de carnassier. Pas un appétit de ripaille pour ce petit homme sec au teint blafard, mais un appétit de puissance et d'efficacité. D'efficacité surtout.

Il suffit de souffler, se dit-il, pour que tout ce monde peureux, combinard et geignard disparaisse d'un coup !

Assis à son bureau, au rez-de-chaussée, à gauche de la grande porte du camp de Drancy, l'Hauptsturmführer a croisé ses pieds bottés sur la table, et se balance d'aise. Il ferme les yeux. Tout ne va pas si mal pour lui. La solution finale de la question juive, il en est un précieux artisan. C'est avec des gens comme lui, pense-t-il, qu'on règle correctement les problèmes. Même si les Américains arrivent à Paris dans les prochains jours, eh bien ils ne trouveront plus personne dans son camp de Drancy. Tout le monde aura été expédié à Pitchipoï. Du bon travail !

C'est Eichmann lui-même qui l'a remarqué, et a tenu à s'assurer les services de ce jeune S.S. autrichien. Application, zèle, méthode, faisaient de ce matricule 342 768 une recrue de choix. A cette époque, Brunner avait trente ans. C'était en 1938. Eichmann l'avait laissé se faire la main d'abord en Autriche, et en Allemagne. Le S.S. s'y était révélé irréprochable. Puis ce fut sa première grande mission : Salonique, en 1943. Il s'y couvrit de gloire administrative en réglant, en quelques mois, la liquidation de soixante mille Juifs.

En récompense de cet excellent service, il fut propulsé à la tête du commando antijuif de la Gestapo en France. Une récompense qu'il se mit aussitôt en devoir de mériter. Quand l'Italie avait capitulé, Brunner avait foncé dans la zone abandonnée de Nice et de la côte d'Azur.

Au fond, il n'était pas fâché de cette capitulation. Ce n'est pas à lui de juger si Mussolini était ou non un bon allié. Mais pour la question qui le concerne, celle des Juifs, les Italiens, à son avis, se sont montrés particulièrement tièdes. Aujourd'hui encore, l'Hauptsturmführer n'admet toujours pas que les Italiens aient refusé d'arrêter et de déporter les Juifs des territoires placés sous leur juridiction. Pour lui, ils n'ont rien compris à cette mission essentielle. A tel point que des dizaines de milliers de Juifs s'étaient réfugiés dans le midi de la France, et le narguaient depuis cette chasse gardée.

Et dire, songe-t-il, que ces Italiens favorisaient même une organisation invraisemblable, avec des écoles, des centres de reclassement et de secours ! Ils en étaient arrivés à prendre les Juifs sous leur protection, allant ainsi à l'encontre des propres mesures de la police française.

Un loup dans une volière. Son arrivée à Nice avait déclenché la panique. L'Hauptsturmführer s'en réjouit encore.

Depuis quatorze mois qu'il est maître du camp, Drancy est devenu sa chose, une affaire personnelle. Il y est arrivé le 18 juin. Il y a débarqué seul. Et les affaires n'ont pas traîné.

Le premier jour, il s'est installé derrière une petite table au milieu de la cour, avec l'inspecteur Kospereich à ses côtés. Et pendant quatre jours, il a interrogé lui-même tous les détenus. Il les a tous fait défiler devant lui, leur demandant où se trouvaient les parents, les épouses, les enfants. Le 21 juin au soir, le grand recensement était terminé, et le prochain convoi décidé pour le 23 suivant.

Il avait arrêté sa liste à mille déportés. Facile à retenir. Facile pour les comptes.

Ses comptes, il les a épluchés, ces jours derniers. Il les connaît par cœur :

Sept convois dans les six derniers mois de l'année 1943, et quatorze depuis le début 1944. Le dernier est inscrit en date du 31 juillet, mille trois cents déportés, dont trois cents enfants. Ce qui fait, depuis le 20 août 1942, date de la société « Drancy-déportation », soixante-cinq trains remplis de Juifs, partis pour Pitchipoï.

C'est vraiment pour la forme qu'il a demandé les consignes. Par retour, Berlin lui a envoyé « carte blanche ». Il sait ce qui lui reste à faire. La guerre n'est pas terminée. Elle n'est surtout pas perdue. Il évacuera tout le camp. Et plus tard, il reviendra, avec la contre-attaque, et finira le travail momentanément interrompu, en dénichant tous les Juifs encore restés en France. A moins qu'on ne l'envoie ailleurs ! Mais cela, c'est affaire de discipline. Il obéira.

L'Hauptsturmführer Aloïs Brunner ouvre les yeux et décroise ses jambes. Il se lève, va prendre sa casquette à la patère de l'entrée, et sort. Il fait un temps superbe. Un ciel bleu d'une pureté parfaite, et une belle chaleur d'été.

Il enfile ses gants noirs.

Il aime bien ce règlement qui oblige les officiers à porter des gants, pour rester impeccable en toutes circonstances, même aujourd'hui avec cette canicule. C'est une contrainte qu'il accepte volontiers. Elle lui confère, pense-t-il, l'appartenance à une classe supérieure, celle qui commande.

Et puis, les gants, c'est une protection. Surtout s'il lui arrivait de porter la main sur un Juif. Il a horreur des Juifs. Une horreur physique. Lorsque ceux-ci, dans son bureau, s'approchent trop près de lui, il les repousse avec une moue dégoûtée.

Voici trois semaines, il a giflé un homme dans la cour ; il n'a pas pu s'en empêcher. Mais il avait omis de mettre ses gants. Il était resté alors de longues minutes à déambuler, écartant ostensiblement sa main souillée par ce contact. Finalement il l'avait essuyée contre un mur.

Bien que petit de taille, bâti sans grâce particulière, un regard noir sans expression, il fait encore peur. Et il le sait. C'est toujours pour lui une grande satisfaction que d'épier les détenus s'effacer à son approche.

Mains derrière le dos, Brunner arpente lentement la grande cour. Il est bon, pense-t-il, que les Juifs le voient.

Cela leur enlève des idées de la tête. Il sait bien que, pas mieux que n'importe quel geôlier, dans aucune autre prison au monde, il ne peut empêcher les informations d'arriver et de se propager à la vitesse des grandes nouvelles. Et aujourd'hui, ces informations-là doivent échauffer les imaginations et les conversations.

Il contemple les deux tourniquets qui, depuis le matin, continuent d'arroser souplement la pelouse au milieu de la cour.

De cela aussi, il est fier. Le gazon a été sa touche finale à l'aménagement du camp. A son arrivée, cette immense cour en forme de U de deux cents mètres de long sur quarante mètres de large, coincée entre deux bâtiments de quatre étages, était recouverte de mâchefer. C'était très incommode. Poussiéreux l'été, et marécageux l'hiver. Il l'a fait cimenter. Au milieu, à la place de cet îlot, auparavant entouré de barbelés et servant aux rassemblements des déportés, il a fait semer une pelouse. Maintenant, les rassemblements s'effectuent sur la face arrière des bâtiments de l'aile ouest, dans la petite « cour ouest ».

Brunner opère un lent tour sur lui-même, le regard posé sur la ceinture du camp, une double rangée de barbelés avec des miradors aux quatre coins. Entre les deux, un chemin de ronde.

L'Hauptsturmführer se juge un bon administrateur de son domaine. Il est à l'origine de nombreux aménagements. Il a fait blanchir à la chaux tous les plafonds, les murs et les cinq escaliers. Il en a profité pour se faire aménager un bureau luxueux, avec une douche particulière. Il a fait bâtir un garage, et remplacer l'inesthétique porte d'entrée en fil de fer barbelé par un portail monumental. Dès son arrivée, il a mis sur pied des équipes de terrassiers, maçons et peintres qui ont travaillé jour et nuit. Ces bénévoles avaient comme carotte la certitude de ne pas faire partie du prochain convoi.

Immédiatement l'aspect extérieur du camp s'en est trouvé considérablement flatté.

Il s'est même soucié du confort des Juifs. Les lits en bois, progressivement, ont été remplacés par des lits en fer. Il a fait distribuer balais, seaux et poubelles à profusion. Il s'est occupé aussi de la nourriture en agrémentant l'habituel brouet d'un peu de salade, d'une pomme, d'une moitié d'œuf ou d'un petit morceau de viande.

Brunner n'est pas mécontent de son astuce pour participer, à sa manière, à l'effort de guerre. Déguisant son véritable objectif sous une apparente faiblesse, presque une bonté, il a exigé que tout déporté démuni d'effets personnels aille au service social se faire distribuer vêtements, chaussures, couvertures, linge, gamelles et couverts. Il lui est arrivé d'ordonner à ce service social de tout fournir en double. Ainsi chaque déporté emporte-t-il ces effets en surnombre ; et lui, Brunner, sait qu'à l'arrivée à Pitchipoï, l'administration allemande récupère tout. Un très bon calcul, puisque c'est l'U.G.I.F. (Union générale des Israélites de France) qui achète ce matériel au marché noir, avec l'argent des Juifs.

Il se félicite aussi de l'extraordinaire découverte qu'il a faite en novembre 1943. Un tunnel. Un vrai tunnel qui partait d'une cave située sous le bureau du directeur juif du camp, près de l'escalier 22. Ce souterrain passait près des barbelés, traversait le chemin de ronde, et devait aboutir à l'extérieur de l'enclos, dans un abri antiaérien. A quatre mètres près, le tunnel atteignait la sortie ! Tout Drancy vidé en une seule nuit ! L'Hauptsturmführer en frissonne rétrospectivement.

Oui, une affaire bien menée. Et cette trouvaille qu'a été la création d'un « bureau des missions » ? Brunner est certain, cette fois, d'avoir atteint un sommet dans la manipulation psychologique. Il a imaginé tout simplement de faire effectuer les rafles par les Juifs eux-mêmes. Il chargeait de missions certains d'entre eux dont les proches parents ou les amis avaient jusqu'ici échappé aux arrestations. Le recrutement de ces missionnaires s'effectuait au chantage à la déportation du candidat ou du reste de sa famille. Bien entendu, lorsque le missionnaire était absent, sa famille restait au camp comme garantie de la bonne marche de l'opération. Cette idée lui en a suggéré une autre : la création des M.S. (Milices sémites), après le départ des gendarmes mobiles français qui, jusque-là, assuraient la surveillance à l'intérieur du camp. C'est ainsi qu'aujourd'hui ces M.S., des Juifs rendus responsables de toute évasion ou de tout manquement au règlement, assurent la discipline et l'ordre de Drancy.

Pourtant, une contrariété assombrit ce bilan qu'il juge globalement positif. Une évidence : il faut faire vite. Cette idée le rend nerveux.

Il marche maintenant de long en large d'un pas saccadé, en regardant le bout de ses bottes.

Avec les sept cents Juifs qu'il a fait ramener des petits camps de Bassano, Lévitan et Austerlitz, plus ceux qu'il a fait sortir de Fresnes, cela fait maintenant près de mille cinq cents Juifs qu'il lui faut déporter. Heureusement, songe-t-il, qu'il a obtenu le renfort de trente et un schupos (police régulière allemande : Schultz Polizeï) pour maintenir l'ordre. Ils sont arrivés ce matin. Ils se sont livrés aussitôt à une démonstration salutaire en balançant des grenades dans la cour et en s'exerçant au tir à la mitraillette. Voilà qui a calmé les esprits. S'ils n'étaient pas là, Brunner se demande comment il pourrait tenir avec seulement ses quatre S.S. et ses quelques bénévoles.

Faire vite ! Il a prévu le départ pour demain 13 août. Il a réussi à rassembler quarante-huit wagons. C'est plus qu'il n'en faut. Quarante-huit wagons pour 1467 Juifs exactement, et tout le matériel. Jamais Juifs n'auront eu pareil espace pour un voyage vers Pitchipoï.

Brunner espère que tout se déroulera comme prévu.

Une Citroën noire franchit le portail d'entrée du camp. Elle tourne à droite, les pneus hurlent sur le ciment devant le bureau de l'Hauptsturmführer.

Du milieu de la cour, celui-ci lève la tête. Le gros Hauptscharführer Brückler s'extrait de son siège et court lourdement vers lui en réajustant sa casquette. Il s'arrête à six pas.

Salut hitlérien :

— Le train a été réquisitionné, mugit-il, essoufflé.

L'Hauptsturmführer Aloïs Brunner accuse le coup d'un imperceptible mouvement du menton. Il s'approche de son sous-officier, le dépasse et se dirige vers la voiture.

Brückler se déhanche pour le rattraper, avec des dandinements de gros ours. Il explique :

— Réquisitionné par la Wehrmacht.

Le chauffeur a claqué les portes de la Citroën qui démarre en trombe.

Le petit Hauptsturmführer Brunner remonte le quai de la gare de Bobigny. Il marche comme un pantin agité par un manipulateur maladroit. L'épais Brückler transpire sur ses talons.

Le train, son train est investi par des bandes de soldats sales, aux vêtements déchirés. Certains ont des bandages sanguinolents sur la tête, les bras, les jambes. Il y a aussi beaucoup de blessés allongés. Le tout dans un amas désordonné d'armes et de matériel.

— Ce n'est pas une armée en marche, hurle-t-il, c'est une débandade.

L'officier de la Wehrmacht s'est retourné. C'est un guerrier athlétique. Son front est noirci de poussière collée à la sueur. Sa vareuse est dégrafée. Il toise ce petit S.S. à la tenue impeccable et au visage de rat, l'efface de la main dans un geste de lassitude puis se détourne, continuant à surveiller l'embarquement de ses hommes.

Brunner s'étrangle. Il serre les poings d'impuissance. Il n'a pas prévu ça. Le moindre officier S.S. a toujours fait trembler n'importe quel colonel ou même général de la Wehrmacht et de la Luftwaffe. C'est même surtout pour cela, pour cette autorité suprême sur tous qu'il a choisi d'entrer dans la S.S.

— Ce train est à moi, affirme-t-il en se plantant devant l'officier, les yeux brillants de menaces.

— Eh bien, maintenant, il est à moi.

Brunner est décontenancé. Il claque les talons et bombe le torse d'importance.

— Colonel, j'ai une mission à remplir, une mission essentielle. Faites cesser immédiatement ce chargement, et faites débarquer vos hommes.

Le colonel perd patience.

— Moi aussi, j'ai une mission : faire la guerre, et rapatrier mes soldats avec les blessés et le matériel. Moi aussi j'ai reçu des ordres.

Les petits yeux de Brunner deviennent pointus.

— En tant qu'officier S.S., les miens sont prioritaires. Je dois déporter mille cinq cents Juifs...

L'officier reste l'œil arrondi, incrédule.

— Déporter des Juifs ? Et qu'est-ce que vous voulez que ça me foute ! Vous pensez qu'il vaut mieux déporter mille cinq cents Juifs plutôt que de rapatrier mille cinq cents soldats allemands ? Vous croyez que mille cinq cents Juifs vont aider l'Allemagne à gagner la guerre ?

— Ce train m'appartient, et vous ne l'aurez pas.

Le colonel lève la tête et désigne ses soldats autour de lui. Il sourit :

— Eh bien venez le prendre, votre train, si vous le pouvez.

Mentalement, Brunner compte ses trente et un schupos et ses quatre S.S...

Le petit Hauptsturmführer se rengorge. Sans saluer, il pivote sur ses ergots et s'en va, repoussé par un dernier affront qu'il feint de n'avoir pas entendu.

L'officier de la Wehrmacht a marmonné :

— ... C'est ça, et démerde-toi avec tes Juifs.

CHAPITRE 3

Jeudi 17 août.

L'aube entre par une minuscule fenêtre près du plafond. La lumière creuse les visages d'ombres et de blancs. Maurice Marguliès est réveillé. Ce n'est pas l'inconfort qui l'empêche de dormir. Bien qu'il soit contraint, comme ses compagnons, à s'allonger à même le sol avec seulement une couverture, le régime de la prison de Drancy est presque doux, comparé à celui de Fresnes.

D'abord, il n'y a plus cette angoisse des petits matins passés à guetter les pas dans les couloirs, à deviner si on va ouvrir sa cellule pour l'emmener se faire fusiller. Et puis, cela compte aussi, l'organisation au camp est telle qu'on leur a fourni à leur arrivée des quantités invraisemblables de nourriture, pain, beurre, charcuterie, chocolat ; depuis le début de la guerre, la plupart d'entre eux n'en avaient tant vu. Marguliès s'est tant bâfré le premier jour, que, comme les autres, il a souffert de coliques pendant quarante-huit heures. Enfin et surtout, il a retrouvé Ida, sa femme, alors qu'une semaine plus tôt encore, il pensait ne plus jamais la revoir.

Mais s'il ne dort pas, c'est parce qu'il a très vite appris

la signification de « Pitchipoï », ce mot chargé de mystère par lequel les Juifs de Drancy désignent la destination inconnue au bout de la déportation. Et même si cette prison de Drancy ne ressemble pas vraiment à une prison, ce « Pitchipoï » a des accents sinistres.

Marguliès s'extirpe de sa couverture, et s'assied, le dos appuyé contre le mur.

On a baptisé « prison » ces deux salles de débarras communiquant entre elles, à l'entresol de l'aile ouest. Marguliès y est enfermé avec trente-deux hommes sortis de Fresnes. Ils sont là, parce que Brunner, le commandant du camp, les a fichés comme « dangereux terroristes ».

Marguliès les regarde, ces « dangereux terroristes » dont seuls les visages dépassent des couvertures. En six jours, il a appris à les connaître. Et en six jours, tous sont devenus ses amis. César Chamay sur le seul lit de la prison, là-bas, à droite de la porte. Ce lit est une mesure de clémence pour César qui souffre en ce moment d'une violente crise d'asthme. César était une masse de muscles avant la guerre. Les épreuves l'ont décharné. Aujourd'hui, il n'est plus qu'une pauvre carcasse haletante de cinquante-trois kilos, affalée sur sa paillasse. Il ne dort pas non plus. Marguliès l'observe s'enfoncer un vaporisateur dans les narines.

Il y a Ernest aussi, un long garçon à la grâce d'un prince, et qui tient le coup avec un calme exceptionnel pour ses dix-huit ans. Les traits de son visage ne sont même pas marqués par les tortures ni les semaines de détention. Son corps est souple, et ses muscles affûtés. Marguliès l'imagine prêt à bondir et à prendre les armes à la première occasion. Le jeune homme a le visage tourné vers le plafond, il a les yeux ouverts. Sur le sol ses cheveux lui font une auréole aux reflets moirés.

A côté d'Ernest, couché sur le flanc, Jean Frydman. Ces deux-là ne se quittent pas. Ils ont le même âge, mais Jean Frydman, petit, nerveux, semble être l'exubérance de l'autre. A cause de cet air qu'il a d'être toujours à l'origine des initiatives, de décider, Marguliès l'a surnommé « le général ». Au début, il y avait un peu de dérision paternelle, affectueuse, à ce surnom. Et puis tout le monde a suivi. Tous l'appellent, maintenant, « le général ».

Celui qui dort, recroquevillé, c'est Henri Pohorylès. Un homme puissant. Il a trente ans, des yeux globuleux et des mains larges. Il a été l'un des premiers à vouloir se révolter dès son arrivée à Drancy. Pour lui, mille cinq cents Juifs devaient engloutir aisément ces cinq S.S. qui imposaient leur loi. Mais les schupos avaient débarqué, bardés de mitraillettes et de grenades. Tout de suite, Henri s'est indigné du rôle de la Milice sémite, ces M.S. Il n'admet pas que des Juifs comme lui, en instance de déportation, comme lui, en soient arrivés à collaborer avec les nazis chargés de la constitution de convois pour Pitchipoï dont personne n'est jamais revenu. Dès le premier jour, Henri a donné le ton. Marguliès l'a entendu s'adresser au M.S. chargé de garder la prison, dehors.

— Laisse-moi sortir, avait-il ordonné à travers la porte, sinon je te casse la gueule dès que tu nous apportes la bouffe. A moins que tu ne préfères que je te tue sur place.

Une autre fois il avait carrément prévenu :

— Les gens comme toi, après la guerre, on les fusillera.

Tremblant, le M.S. ouvrait, et Henri sortait quelques minutes dans le camp.

Au pied du lit de César Chamay, il y a André Amar, un homme réfléchi, un universitaire qui combat l'angoisse en se livrant tous les jours à des exposés sur la philosophie, la sociologie et la religion.

Et puis Max Windmuller, dit « Cor », un Autrichien, comme Marguliès, qui depuis le début de la guerre a participé à la résistance en Hollande, en Belgique et en France.

Il y a aussi Tzippy, de son vrai nom Alfred Fraenkel, avec de grands yeux bleus tout ronds qui lui mangent le visage.

Et Jacques Lazarus, dit « Jacquel », un garçon sec au regard fiévreux.

Tous, oui tous sont des amis, se dit Marguliès. Même ceux dont il ne connaît pas les noms.

Sans oublier, bien sûr, cet homme allongé près de lui, et qui semble se faire menu en dormant, pour laisser de l'espace aux autres : René Kapel le rabbin. Marguliès a pour lui une estime et une admiration sans bornes.

Maintenant, après six jours de détention, Marguliès commence à y croire à sa libération, comme les autres. Et ce jour qui commence, il le sait décisif.

Depuis leur arrivée, il ne s'est pas écoulé douze heures sans qu'une nouvelle ne les ait tour à tour confortés puis abattus. Cette alternance éprouvante de l'espoir et de l'angoisse, ils la doivent à Brunner qui se livre à une impitoyable course contre la montre.

D'abord, il y a eu un formidable soulagement, avec l'affaire des quarante-huit wagons réquisitionnés par la Wehrmacht. Pas de train, pas de déportation ! exultait le général. L'idéalisme trahi par le matérialisme !

Mais cette liesse fut de courte durée, Brunner n'étant pas homme à renoncer si facilement.

Le dimanche 13 août, « radio-Drancy » annonçait que le départ aurait lieu le mardi 15. Le gros S.S. Brückler avait réussi à récupérer une trentaine de vieux wagons qu'il était en train de faire rafistoler par des ouvriers français.

Le mardi 15, les trente wagons avaient disparu avec les ouvriers. Le mercredi 16, hier, une scène mouvementée s'est déroulée dans le bureau du chef de gare de Bobigny. Paul Appel, un Juif, servait d'interprète. Ce dernier, en présence de Brunner, tapait du poing sur la table :

— Drancy doit avoir un train de quarante wagons prêts avant ce soir ! hurlait-il.

Et il ajoutait, sur le même ton, pour leurrer le maître de Drancy qui ne comprenait pas un mot de français :

— ... Mais pour l'amour du ciel, ne laissez jamais partir ce train.

La prière de Paul Appel a été entendue, puisque le soir on ne parlait pas de train, mais de dix-sept déraillements perpétrés par la Résistance dans ce seul secteur, en moins d'une journée.

Il y eut aussi une cascade d'informations et d'événements qui, toute cette semaine, ont jeté la fièvre dans la population de Drancy.

Le dimanche, on apprit la grève générale de la police. Le même jour, une délégation de Juifs est venue à la prison pour informer les terroristes qu'une révolte se préparait dans le camp. Ils voulaient que les prisonniers se soulèvent d'abord et les entraînent avec eux.

L'affaire avait divisé radicalement les terroristes. Margulies, Ernest, Henri et le général étaient résolument pour. André Amar, César Chamay et René Kapel, farouchement contre.

César s'était mis en colère :

— Mais vous êtes complètement cons ! Qu'est-ce que ça

veut dire : on va se soulever et libérer le camp ? Nous sommes dans une prison, ne l'oubliez pas. Et si les S.S. réagissent, comme ils ne manqueront pas de le faire, ils vont balancer une ou deux grenades là-dedans, et nous serons tous morts. Que le camp se soulève d'abord, et ensuite on leur donnera un coup de main. Mais que nous commencions, jamais de la vie !... Réfléchissez... se soulever... dans cette prison !...

Et César l'avait emporté.

Oui, une journée décisive, se dit Marguliès à nouveau. Les S.S. font leurs bagages, il y a des signes qui ne trompent pas.

On lui a raconté que dans la nuit de mardi à mercredi, les Allemands ont fait brûler tous leurs papiers, tous leurs documents. Des silhouettes affairées au bureau des effectifs, un chariot qui sort lourdement chargé. Le fichier ! Le chariot est poussé dans les cuisines. Des flammes jaillissent qui effacent quatre-vingt mille fiches portant l'état civil, la date d'arrivée et de départ de quatre-vingt mille Juifs. Puis les S.S. vont dans la menuiserie. On entend des coups de marteau. Ils emballent dans des caisses tout ce qui leur est précieux.

Et pourtant, Marguliès est inquiet. Rien n'indique que les Allemands vont partir seuls. Brunner, comme s'il était certain de trouver son train, a continué tous les préparatifs habituels de la déportation. Tous les Juifs ont été répartis par groupes de soixante, préfigurant chaque wagon, avec un numéro d'ordre. Ils ont dû, selon l'usage, déposer leur argent au bureau, contre un reçu en zlotys. On leur a distribué du matériel en surnombre, vêtements et nourriture pour le voyage.

Si Brunner trouve un train avant ce soir, on s'en va tous, sinon on est sauvés, calcule Marguliès.

Il est persuadé que tout doit se jouer aujourd'hui, parce qu'un événement formidable aiguillonne les S.S., un événement qui a commencé avant-hier, et dure du lever au coucher du soleil, sans interruption : le canon.

Les blindés de Leclerc et les chars américains foncent sur Paris.

Depuis deux jours, ces détonations, pour les déportables, claquent comme les trompettes vengeresses du jugement dernier.

Le jour a envahi la prison. Les hommes s'extraient de leurs couvertures.

Comme s'il était réglé sur le soleil, un grondement sourd vient percuter les murs de la cellule.

— Ça y est, c'est le canon qui recommence, s'exclame le général en se levant.

Ensemble, les prisonniers s'appuient sur les coudes.

— Ecoutez, continue le général.

Le canon tonne au loin, d'abord toutes les dix secondes, avec une régularité de métronome.

Le général est excité.

— Ils ne sont pas loin. Pas à plus de trente kilomètres, affirme-t-il.

Tous regardent ce gamin-général avec sa crête de cheveux noirs bouclés et ses prunelles vertes toujours aux aguets. Il fait penser à un passereau.

Le général gonfle ses joues, retenant l'air, prêt à éclater, et explose avec une seconde de retard sur le coup de canon.

— Bouuumm !... Ecoutez encore cette musique joyeuse.

Les deux bras levés, les joues fessues comme un joueur d'hélicon, le général attend de longues secondes... trop longues. Quelque part, là-bas, dans la campagne, le canon se fait attendre. La lèvre supérieure du jeune homme rejoint presque l'extrémité de son nez. Le général rougit, bleuit et enfin, à bout de souffle, éclate en déversant une gerbe de postillons.

Pour les trente-deux hommes qui n'ont pourtant pas l'âme à la farce, l'asphyxie du général déclenche l'hilarité.

— Incident de tir, général ? questionne César Chamay en glissant ses mains sous sa nuque de cheveux roux.

Le général se ressaisit. Armé d'une baguette invisible, il frappe nerveusement un pupitre imaginaire, se hisse sur la pointe des pieds, et lève les bras.

— Allons, allons, messieurs, reprenons tous ensemble !

Au loin, le canon a commencé de longues salves ininterrompues. Le général Jean Frydman, yeux clos, menton inspiré, conduit sa batterie tel un chef d'orchestre dirigeant une symphonie. Il commande les explosions, les renifle, les respire, les attire. Il aspire les obus que tantôt il saisit délicatement, et tantôt bloque à bras-le-corps, comme s'il s'agissait de boulets ronds d'antiques bombardes. Il les rejette par la fenêtre, amplifiant de ses deux bras les larges déflagrations qu'il mime. Tout semble s'écrouler autour de lui. L'apocalypse éventre Drancy. Amusés, Marguliès et les prisonniers se défoulent avec lui. Le tranquille César Chamay rythme la canonnade à sa façon. L'œil perdu au plafond, il sifflote « Viens poupoule, viens poupoule, viens... ». Il ne s'interrompt que pour s'injecter des coups de vaporisateur qu'il renifle en pinçant les poils filasse de sa moustache.

Le général redescend sur ses talons et replie ses deux bras, moineau qui se pose en refermant les ailes. Il enferme son concert dans le silence. Au loin, l'autre, le vrai, continue, rassurant. Le garçon paraît plus jeune encore que ses dix-huit ans. Sans un mot, alourdi de la grandeur convenant à une noble sortie, il se dirige vers la tinette de fer, la prend, et fait le tour de la cellule, quêtant une obole sous le nez de son public.

Mais son public rechigne avec véhémence.

— Retire ce truc, ça pue, l'écarte Kapel.

— Mon cher général, commence César d'un ton volon tairement mondain, je crois que tu nous emmerdes.

— Donne-moi ça.

C'est Marguliès qui a parlé. Calmement. Le général incline la tête devant lui et lui tend la tinette.

Marguliès sourit :

— Merci.

Puis, se tournant vers Henri Pohorylès, Marguliès demande :

— Henri, fais-moi sortir d'ici, je vais aller la vider.

— Facile ! dit Henri en tambourinant contre la porte. Ho, viens ici nous ouvrir.

Aussitôt des pas se précipitent dans le couloir. Une voix apeurée demande :

— Qu'est-ce qu'il y a ?

— C'est moi, ouvre-moi, ordonne Henri.

La clef tourne dans la serrure pendant qu'Henri décoche un clin d'œil satisfait à Marguliès. Il écarte le M.S. avec mépris.

— Pousse-toi, je vais faire un tour. Et lui, il va vider la tinette.

Terrorisé, l'homme ferme la porte derrière eux.

— Henri, fais quand même attention, conseille Marguliès en débouchant dans la cour.

— T'inquiète pas. Passe d'abord, moi je me débrouillerai. A tout à l'heure.

Le seau à la main, Maurice Marguliès longe l'aile ouest de la grande cour, en longues foulées presque lourdes.

En six jours, Drancy a changé. La semaine dernière en débarquant, celui lui faisait penser à un champ où paissait un troupeau inconscient avant l'abattage. Un petit village surpeuplé, avec, pour tout uniforme, un air de misère et une étoile jaune sur le cœur. Comme tous ses amis, les résistants sortis de Fresnes, il avait regardé, étonné, ces gens en semi-liberté, vaquer à des occupations précises ou paraissant flâner même, mais qui n'étaient pas enfermés dans des cellules.

Aujourd'hui, l'espoir de la liberté imminente a mué Drancy-village en Drancy-fourmilière. Il y a moins de résignation dans ces petits groupes qui s'agglutinent, se gavent d'informations nouvelles, de cancans et se défont pour se reformer ailleurs.

Marguliès continue son chemin sans s'arrêter, sans se soucier des rumeurs. Parvenu à la hauteur d'une fenêtre du rez-de-chaussée, il passe la tête. Une salle pleine de soleil. C'est l'infirmerie.

— Ida ? appelle-t-il.

Une tête blonde se tourne vers lui. Ida est couchée sur l'un des six lits de fer.

— Maurice, répond-elle en se levant.

Elle s'approche de la fenêtre.

Maurice regarde son visage. Ses yeux ont dégonflé, et ses plaies fermées commencent à se cicatriser.

— Ça va ?

— Oui, il nous traite de tire-au-flanc, et lance ses deux avec ses chiens qu'il lâche sur nous.

— Il lâche ses chiens ?

— Oui, il nous traite de tire-au-flanc, et lance ses deux chiens dans la pièce en leur criant d'attaquer. Ça l'amuse beaucoup... Il est temps que tout ça se termine, Maurice, finit-elle d'une voix lasse.

Lors de ses visites quotidiennes à sa femme, effectuées sous le prétexte de corvée de tinette, Maurice Marguliès est toujours bouleversé par ce regard d'Ida. C'est un mélange d'amour, d'espoir et de grande lassitude aussi, mais qui révèle un courage attendrissant.

— Ne t'inquiète pas, rassure-t-il. Je crois que ce soir le cauchemar sera fini.

Ida acquiesce d'un signe de tête et poursuit :

— Oui, je le crois aussi, et nous partirons aussitôt à Marseille pour chercher Jean. Je me sens mieux, tu sais, je supporterai très bien le voyage.

— Tu es encore fatiguée. J'irai peut-être sans toi. Je ferai juste l'aller et retour.

— Non, tranche-t-elle, j'irai aussi. Et d'abord tu ne sais pas où il est. Peut-être que tu ne trouveras pas. Peut-être que l'infirmière ne voudra pas te le donner. Après tout, elle ne te connaît pas. Il a dû changer, tu sais...

Margulies comprend que ce n'est pas la peine d'insister. Ida sourit. Ses yeux ne le voient plus. Ils regardent ailleurs, un enfant de quatre ans joue seul, quelque part, au bord de la mer.

— Ecoute, dit-elle en étirant le cou pour cueillir le grondement venant de loin.

— Oui, le canon. Il s'approche. Ils seront ici ce soir ou demain.

Margulies a aperçu un S.S. se diriger vers lui.

— Il faut que je parte.

Il pose un baiser furtif sur la bouche d'Ida, et s'éloigne.

Il hâte le pas pour atteindre le « château rouge », c'est le nom que Drancy donne aux cabinets.

Lorsqu'il rentre dans la prison, Henri vient d'arriver. Ses informations ont mis le feu aux cervelles. Henri l'accueille, excité :

— Maurice, ils n'ont pas trouvé de train, prononce-t-il en détachant ses mots. Et ils foutent le camp. Nous sommes bientôt libres !

— Il est plus sage d'attendre encore quelques heures avant de se réjouir, commente doucement Kapel, prudent.

— Mais puisque je te dis qu'ils n'ont pas trouvé de wagons, réplique Henri. Comment veux-tu qu'ils emmènent mille cinq cents personnes avec eux. On ne peut quand même pas y aller tous à pied en Allemagne !

— Calmons-nous, calmons-nous, implore Kapel, essayant d'apaiser le tumulte.

Et puis, comme s'il mettait son propre conseil en pratique, il demande à Margulies :

— Ida, comment va-t-elle ?

— Mieux, beaucoup mieux. Ses blessures sont en train de guérir, mais elle est très fatiguée... Il est temps que tout cela finisse.

Depuis une semaine qu'il a retrouvé son ami Kapel, Marguliès n'a jamais raconté ce qui est arrivé à Ida. Mais, à cet instant, peut-être pour ne pas se laisser emporter par l'espoir prématuré d'une libération, il se lance :

— ... Tu sais, René, elle a beaucoup souffert.

Kapel le laisse se confier, sans le regarder.

— ... Elle a été arrêtée en août 1943 parce qu'elle avait volé des cartes de travail. Ils l'ont torturée pendant des semaines. Puis les séances ont cessé. Elles ont repris il y a un mois lorsque j'ai moi-même été arrêté. Ils ont su qu'elle était ma femme, et qu'elle était juive aussi. Alors ils ont recommencé à s'acharner sur elle... A coups de nerf de bœuf, de passages à la baignoire. Ses bourreaux la suspendaient à un crochet, poignets et chevilles liés ensemble... et ils frappaient, frappaient, jusqu'à ce qu'elle s'évanouisse... Et pendant tout ce temps, une année, elle a été tenue au secret, elle n'a vu personne excepté ses gardiens. Pour elle, rien n'a jamais filtré de l'extérieur, sauf l'annonce du débarquement en Normandie.

Marguliès ferme les yeux. Les traits de son visage se sont crispés.

— C'est épouvantable, murmure Kapel, traversé par une douleur immémoriale.

Il est midi. Depuis deux heures, personne n'est venu les voir. Deux heures sans nouvelles, isolés dans leur prison, comme dans la cale d'un navire, à l'écart de cette fébrilité qui sourd de la surface, par le soupirail, en un brouhaha incessant. Même les appels répétés d'Henri contre la porte, restent sans effet. Impossible de deviner ce que signifient ces piétinements, ces cris, ce chahut au-dessus de leurs têtes.

Marguliès est obsédé par la tragique course de vitesse qui s'est engagée.

D'un côté, les blindés alliés dont il imagine les roues chenillées mordre le goudron des routes de France. Et de l'autre, Brunner et sa clique de bandits qui se démènent pour trouver assez de wagons pour vider tout le camp.

Lesquels vont l'emporter ? Les premiers vont-ils entrer dans Paris avant la fuite des autres ?

Et puis, ces coups de canon toujours rassurants qui égrènent les secondes, mais qui n'en finissent pas de prévenir de leur arrivée, et qui n'arrivent pas.

L'enjeu : la vie ou le désespoir de mille cinq cents personnes.

Sur les poitrines des prisonniers les étoiles jaunes font des taches claires, presque lumineuses. Eux aussi, comme tous les autres, ont dû se plier à cet article du règlement du camp. Dès le premier jour, une délégation de cousettes est venue attacher l'étoile sur leurs vestes.

— Il se passe quelque chose d'anormal, s'inquiète Marguliès.

— Attendons, répond Kapel, patient, nous finirons bien par savoir.

La porte de la cellule s'ouvre subrepticement. Un homme passe la tête. Son visage est tragique. Son regard triste fouille les détenus. Il appelle en chuchotant :

— Chamay ?

Assis sur le bord de son lit, César se lève avec effort. Il a reconnu l'homme. C'est un ami, un interné du camp. Il traverse la pièce en glissant lentement, comme une ombre.

Marguliès s'approche d'eux.

— César, marmonne le messager, en marquant un temps d'arrêt... Vous n'êtes pas un enfant... alors, je dois vous dire... Le camp va être libéré, mais vous, vous allez être déportés.

— ... Déportés ! reprend César, hébété.

— Oui, Brunner a trouvé trois wagons dont un wagon à bestiaux. Et il a décidé de vous emmener, vous, les résistants.

L'homme se tait quelques secondes. Il ne trouve plus ses mots. Il pose un paquet dans les mains de César :

— Prenez ça, murmure-t-il, et cachez-le. Vous y trouverez un peu de nourriture, et ce qu'il faut pour vous évader pendant le trajet si vous le pouvez. Prenez aussi cet argent... nous l'avons collecté parmi quelques amis... c'est tout ce que nous pouvons faire.

Il lui glisse des billets dans la poche et s'en va.

L'homme a parlé si bas que Marguliès n'a pu comprendre la conversation. Il n'a saisi que le mot de César : « déporté ».

Il lui prend les épaules et le retourne vers lui :

— Dis-moi, César, on va être déportés ?

César cherche à se dégager. Mais Marguliès le maintient fermement.

— Oui, capitule César en hochant la tête. Nous seuls, ici, de la prison... Mais je crois que c'est inutile d'alerter les autres, pour l'instant.

Il retourne dans son coin, et s'effondre de tout son long sur le lit :

Quand Marguliès revient vers René Kapel, ce dernier a compris.

— Nous partons ? demande-t-il, crucifié.

— Oui, nous seuls, nous les terroristes, précise Marguliès avec rage.

Les autres prisonniers ont reniflé le drame. Henri, Ernest, le général, Cor entourent Marguliès et Kapel.

C'est l'Hauptscharführer Brückler qui répond à leurs questions. La porte a claqué contre le mur. Le gros S.S. s'est planté dans l'entrée :

— *Schnell... Raus.*

CHAPITRE 4

Drancy ressemble à une fête qui n'attend qu'un signal pour commencer. L'annonce du départ des S.S. a soufflé sur le camp en un long cri de victoire. Il s'est répercuté dans les couloirs, les escaliers, les chambres. Il se chante par-dessus les matelas séchant aux fenêtres. Et la grande cour s'enfièvre d'un bonheur qui se contient à grand-peine.

Poussés dans cette arène bruyante, ils sont là, debout, les résistants, les terroristes, les derniers Juifs qu'on déporte. Assommés, bras ballants, ils attendent en face de cette joie égoïste et aveugle.

Leur rassemblement agace les libérables qui guettent leur départ pour s'abandonner à la liberté.

Marguliès la voit, cette joie, dans tous les yeux. Il hait subitement tous ces gens qui grouillent autour de lui et de ses compagnons, qui les bousculent, qui les embrassent, qui les encouragent. Leur empressement et leur commisération lui sont insupportables. Ces Juifs comme lui s'impatientent, il le sent. Ils souhaitent qu'ils s'en aillent maintenant, comme si on leur reprochait à eux, poignée de malchanceux, de ternir la grande liesse des minutes qui vont suivre. Il les imagine : ayant tout oublié, ils se laisseront submerger sans pudeur par l'immense joie d'avoir sauvé leur peau.

Ils arracheront leur étoile, ils la piétineront en crachant courageusement dans le dos des S.S. partis.

Une barrière de schupos empêche Marguliès d'apercevoir la fenêtre de l'infirmerie. Il ne pourra pas embrasser Ida une dernière fois. Même pas l'avertir.

La tête du général bourdonne. Toutes ses idées tournent en rond dans son cerveau. Elles se cognent à son front, essaim de mouches dans un bocal. Il est trop tard pour se cacher... trop tard pour se mêler à cette foule fébrile, et disparaître dans une chambre, sous une paillasse, dans les cabinets, sur les toits, n'importe où... Trop tard... et vain aussi de courir pour s'échapper.

Il réalise à peine qu'un de ces hommes heureux le saisit par le bras et lui donne un pain noir. Il ne comprend pas l'air complice que prend ce libérable en accrochant son regard. Il maudit la terre entière, et surtout ces coups de canon qui tonnent toujours, pour rien. Pour lui, les Alliés arriveront trop tard.

Marguliès remarque trois jeunes hommes qu'il ne connaît pas, ajoutés à leur groupe.

Tirés des cachots de Drancy, ces derniers, les yeux blessés par la lumière, titubent comme des aveugles.

Brückler se démène. Avec des ahanements de bûcheron, à coups de poings et de bottes, il taille dans cette cohue qu'il veut écarter des déportés.

Marguliès rêve de pulvériser la face rougeaude de cette brute aux petits yeux noirs imbéciles et cruels.

Derrière les schupos, l'Hauptsturmführer Brunner paraît contrarié. Il fixe ce remue-ménage et ce désordre insupportables de la grande cour.

Marguliès se demande quelle logique absurde pousse ce pourvoyeur de la déportation à embarquer cette ultime cohorte.

Ne pouvant déporter tout le camp, Brunner a sélectionné quelques « échantillons » parmi les plus représentatifs de Drancy. Il les emmène comme on emporte le strict nécessaire, son viatique, lors d'un départ précipité. Il n'arrivera pas en Allemagne les mains vides. Marguliès le devine impuissant, enrageant de laisser tous ces Juifs derrière lui.

Brückler a terminé son ouvrage. Il a réussi à aligner quatre rangées convenables.

Toute la population de Drancy regarde maintenant le dernier carré de choisis pour la déportation.

Reculant de quelques pas, Brückler hurle, menaçant. Les résistants n'ont pas besoin de parler l'allemand pour comprendre. Pourtant, sans bouger, Marguliès traduit :

— Il dit que ceux qui tenteront de s'échapper seront abattus.

L'avertissement de l'Hauptscharführer est suivi d'un ordre bref. Les schupos manœuvrent. Ils encadrent les terroristes. Drancy s'est immobilisé dans un silence sacré, escorte aux victimes expiatoires qu'on pousse vers l'autel, ultime respect devant le malheur.

Il n'y a plus que le carré de schupos et le carré de prisonniers. Deux figures géométriques emboîtées qui s'animent. L'une au milieu, abattue mais digne, à l'apparence fragile de civils dépenaillés. Et autour, l'autre, du cuir, du fer, des armes, comme les barreaux vert-de-gris d'une prison en marche.

En passant devant la fenêtre ouverte de l'infirmerie, Marguliès tourne la tête. Sa femme n'est plus sur son lit. La porte s'ouvre précipitamment. Ida apparaît sur le seuil, immobile quelques secondes, incrédule. Puis, rassemblant toutes ses forces, elle court vers lui.

— Maurice... où vas-tu ?

Elle traverse le cordon de soldats, écarte une mitraillette de la main et se jette dans les bras de son mari.

— Mais où vas-tu, où vas-tu ? répète-t-elle.

— Calme-toi, ma chérie !

— Je veux partir avec toi... Je veux qu'on m'emmène aussi !

— Mais non, reste ici, calme-toi, attends-moi, je reviendrai bientôt.

Deux schupos décrochent brutalement le dernier baiser d'Ida et de Maurice Marguliès. La petite femme reste en arrière, poings serrés sur sa poitrine, impuissante, les yeux démesurément agrandis par la détresse.

Marguliès bande toute sa volonté pour ne pas se retourner. S'il cède, il craint de ne plus pouvoir se contrôler et de réagir comme un fauve. Il sait qu'alors ses chasseurs l'abattront sans hésiter. Mais pour résister, il faut surtout oublier ce cri du ventre « où vas-tu, mais où vas-tu ? ».

Il adresse à Kapel un regard de bête blessée. Ce dernier

l'encourage au calme, d'un lent clignement de paupières.

Tous deux ferment la marche. Ils passent la grande porte du camp.

Ils sont, croient-ils, les derniers déportés de Drancy.

Dans la rue, le carré s'allonge en rectangle. Une figure d'une grande simplicité à exécuter pour les soldats aguerris à ce genre d'exercice. Mais les déportés brouillent ce bel agencement.

Un jeune garçon filiforme surtout, David Fischer, sorte de Sisyphe maigre, lutte de ses quarante-trois kilos contre une énorme valise de S.S. qu'on lui a imposée. Il la soulève à deux mains, trébuchant à chaque pas, emporté par sa charge.

Henri Pohorylès est aux aguets. Un événement va se produire. Il en est certain. Les amis de la résistance vont intervenir. Ils ne peuvent pas ne pas intervenir, se dit-il ! Ils sont sûrement prévenus. Désespérément, il fouille les silhouettes des promeneurs, à la recherche d'un visage connu. Mais il n'y a que des passants. Les uns, indifférents, ne tournent même pas la tête. D'autres s'écartent vivement. Ils ont peur. Seuls, de temps en temps, deux ou trois s'arrêtent sur les trottoirs, poings serrés le long du corps, et les regardent douloureusement.

Henri ne peut pas le savoir, et pourtant, ils sont bien là, postés près d'un carrefour, quatre rescapés du réseau. Ils ont un arsenal de pistolets, de grenades et de mitraillettes cachés sous le plancher de leur voiture. Tout ce qu'il faut pour un coup de main. Mais ils s'attendaient à tout, sauf à cela. Trente et un schupos encadrant trente-sept prisonniers. Presque un prisonnier pour chacun, alternant la direction de leur arme ; un sur deux la pointant vers l'extérieur, sur la rue, et l'autre sur les terroristes. La moindre intervention, et c'est le massacre. Impossible de tenter un seul geste.

Et le fortin avance comme passe le silence.

Un autre prisonnier dévisage les flâneurs de Drancy. Long, les muscles secs, le cheveu ras autour d'une calvitie précoce malgré ses vingt-cinq ans. C'est Cor. Il tient son paquet de vivres à deux mains sur le ventre, comme on porte un cadeau. Derrière ses lunettes à monture d'acier, ses yeux bleus passent d'une femme à une autre. Il espère voir Metta, sa fiancée. Il ne sait même pas si elle est libre, ou si elle a été arrêtée après lui.

Le général lève la tête. Une jeune fille est sortie à la fenêtre du premier étage d'un immeuble. Il croise son regard. Elle ne le quitte pas des yeux. Elle lui sourit, muette, en agitant doucement la main. C'est un bonjour et en même temps un adieu qui le réconforte. Il veut lui répondre, et ses doigts se crispent sur son morceau de pain, s'enfoncent dans la mie. Il sent un obstacle dur à l'intérieur. Il gratte et détaille un objet métallique avec des dents fines et pointues. C'est une scie. L'homme de Drancy lui a passé une scie cachée dans le pain. Il avait dû préparer son truc à lui, pour le cas où il aurait été déporté. Puisqu'il n'en a pas eu besoin, il le lui a donné. D'un geste large, le général remercie la jeune fille de la fenêtre pour cette découverte. Il lui rend son sourire, puis colmate rapidement son pain, le cale sous son aisselle et, les deux pouces passés dans sa ceinture de pantalon, arpente les pavés, d'un pas de fanfaron.

Près de son ami André Amar en costume noir, César, sa veste sur le bras, souffle. Il se sent faible, les jambes molles. Il marche bouche ouverte, tel un athlète asphyxié. Lui aussi imagine un événement qui mettrait fin à ce cauchemar. Il pense à un vaste mouvement de foule dévalant toute la rue. Une foule qui avancerait sur eux, submergerait leur prison, desserrerait les barreaux, engluerait les bourreaux dans une bousculade de chair impassible. Les soldats empêtrés n'auraient pas le recul suffisant pour utiliser leurs armes, et tous les prisonniers pourraient s'enfuir.

Marguliès regarde devant lui le grand Ernest et le petit Jacquel qui forment un curieux attelage. Le petit brun et le grand blond coltinent la malle d'un S.S.

Plus avant encore, un autre jeune homme, Flamant, un baluchon au bout d'un bâton sur l'épaule, se compare, à cet instant, à l'un des héros du « Tour de France par deux enfants » franchissant la porte de France à Phalsbourg. Il cille des yeux dans le brouillard de sa myopie. Ses lunettes ont volé en éclats, au premier coup de poing, lors de la séance d'interrogatoire musclé qui a suivi son arrestation. Celles qu'il porte aujourd'hui viennent de l'une des salles d'entrepôt de Drancy. Une pièce pleine de lunettes, des millions d'yeux sans vie. Flamant avait pensé immédiatement à un cimetière. Derrière ces verres morts, il avait mis des milliers de prunelles, de nez, de cerveaux. Des vies réduites au souvenir de ces os transparents. Il en avait pris une paire, presque au hasard, traversé par un sentiment de profanation. Et il essaie, au-delà du flou vertigineux de ces verres qui ne sont pas faits pour lui, de discerner l'attitude des passants. Il n'aperçoit dans ces silhouettes fuyantes sur les trottoirs, qu'une indifférence forcée de gens qui font semblant de ne rien voir.

David Fischer se débat maintenant avec un acharnement de bousier, aux prises avec sa charge plus grosse que lui. Il essaie toutes les positions. La valise danse lourdement d'une main à l'autre, monte sur son épaule, ou pend entre ses jambes. Deux kilomètres de chemin de croix.

Sur la gauche, en contrebas du pont, Marguliès a aperçu la gare.

Le train est là. Il attend. Son dos boudiné sous des bâches lui donne l'air d'une reine des termites, monstrueuse, avec ses replis débordant sur ses flancs. Marguliès devine aisément ce qu'ils abritent. Des canons, des batteries antiaériennes, de l'artillerie lourde. Des hommes s'agitent autour de sa panse. Il ne peut quitter des yeux ce train, sa tête noire oblongue, avec ce soupir continu exhalant un filet de fumée qu'aucun air ne dissipe mais qui monte paresseusement, et s'étire, paisible, commencement d'un seul nuage dans tout le ciel bleu.

Juste derrière, un wagon en bois, rose brique comme la chair d'un cou, leur wagon. Maurice Marguliès connaît depuis longtemps le genre de chargement que transportent ces wagons à bestiaux. C'est son tour aujourd'hui... alors que la libération approche, à une portée de bruit de canon.

Une bâtisse principale flanquée de deux ailes comme une maison de maître. En débouchant sur la place, Marguliès pense qu'elles se ressemblent toutes, les gares, avec leur petit bosquet d'acacias, leurs charrettes à bras, et sur le fronton, leur nom blanc sur une plaque bleue. Il lit : Bobigny. La gare dégage un air de paix, un air enveloppeur de départs d'amoureux, de départs de voyageurs de commerce, ou de familles entières vers les vacances.

Le cordon des schupos se rétrécit en passant la barrière sur le côté. Le cortège s'engage sur le quai. Marguliès ne s'est pas trompé. Le train est affrété par la Luftwaffe. Une compagnie évacue du matériel. Par-dessous les bâches, il aperçoit l'armement lourd. Chaque wagon est assorti d'une petite guérite aux extrémités, pour les sentinelles.

Les prisonniers remontent tout le train. Margulièès ne saurait dire exactement le nombre de wagons, peut-être une quinzaine. Ils dépassent le chargement de matériel militaire, et longent deux voitures de voyageurs. La petite troupe armée qui les encadre s'arrête devant le wagon de bois, en tête du train, juste derrière la locomotive.

Margulièès remarque tout de suite le « Juden Terroristen » tracé à la craie sur le bois. Une écriture appliquée de maître d'école avec des lettres bien détachées. Margulièès ressent cette étiquette comme un hommage. Tant de Juifs se sont laissé embarquer sans se révolter ni comprendre, traités avec le plus extrême mépris. Eux, au moins, pense-t-il, les derniers, ont-ils droit à des précautions et à un label spécial indiquant leur qualité, par la crainte qu'ils inspirent. « Terroristes juifs. »

« 40 hommes 8 chevaux. » La peinture est écaillée sur de larges plaques, et les planches sont disjointes en plusieurs endroits. C'est un wagon qui a déjà beaucoup servi. Margulièès frissonne à l'idée que certains ont été entassés à quatre-vingt-dix, peut-être cent, dans un tel espace.

L'étau des schupos s'ouvre. Leurs membres raidis mollissent dans la position du repos, et la plupart quittent le groupe pour s'éparpiller vers les deux voitures de voyageurs derrière. Un murmure joyeux les parcourt : « *Vaterland... Vaterland.* » La « Mère-patrie » ! Ils jubilent à l'idée de rentrer chez eux.

Quatre hommes restent en poste, mitraillette sur le ventre.

César, le vaporisateur à hauteur des narines, manifeste une inexplicable impatience à grimper le premier. Il jette son paquet sur le plancher, s'agrippe au battant de la porte, et se hisse à l'intérieur. Sans hésiter il traverse le wagon et s'installe à droite, sous la lucarne.

D'un tour complet sur lui-même le général Jean Frydman juge une dernière fois que toute fuite est réellement impossible. Il prend alors le parti de jouer les sportifs, façon départ joyeux pour un club de vacances, il s'élance de deux pas, et saute dans le wagon, sans s'aider de ses mains.

René Kapel n'a pas l'âme à la compétition. Il laisse

traîner un regard derrière lui, un de ces regards qu'on pose sur des lieux ou des gens qu'on sait ne plus jamais revoir. Un homme en bras de chemise marche là-bas, sur le pont, tranquillement, et une femme passe à bicyclette, tenant son guidon d'une main, l'autre posée sur son chapeau de paille.

Il monte à son tour.

Tandis qu'il grimpe, les épaules de Marguliès s'affaissent légèrement.

Cor baisse la tête. Nulle part sur le trajet, il n'a vu Metta. Il respire profondément avec des hoquets de noyé.

Fischer ne se fait pas prier, il abandonne enfin sa valise dehors, et s'allonge sur la paille du wagon, les yeux perdus au plafond.

Tous les déportés suivent. Le blond Ernest et le brun Jacquel soulèvent la malle dans le wagon des voyageurs, et reviennent au wagon à bestiaux. Dans un geste machinal de ses deux mains devenues libres, Ernest se passe les doigts dans les cheveux, repoussant vers l'arrière ses longues mèches ondulées. Son visage ne révèle aucune émotion, seulement une absence totale de soumission, signifiant que l'heure d'agir n'est pas encore venue. En s'installant calmement, il songe simplement que les choses sérieuses peuvent commencer. Elles le trouveront prêt à agir. Le général est occupé à coller son dos et ses paumes à la paroi du fond. Il se tient bien droit. Il se propulse en avant d'un comique coup de fesses, et compte tout haut en prenant de longues enjambées de géomètre.

— ... Cinq, six, sept.

Il ne finit pas la huitième, et feint de s'écraser le nez sur la paroi opposée. Il reprend la même position sur le côté, et compte à nouveau :

— Presque quatre, ça ira, avec un mètre carré par personne, explique-t-il, satisfait de son calcul.

— T'as vu, Ernest, le bétail, c'est nous ! Ils nous ont mis de la paille.

Le général balaye un peu de paille sèche qu'il ramène en un tas minuscule, et s'assied dessus. Il crâne :

— Maintenant on peut partir, je suis installé !

CHAPITRE 5

Une voiture noire s'est arrêtée sur le quai. Deux S.S. descendent et en arrachent une jeune femme brune. Ils la poussent devant eux. Elle est petite, jolie malgré ses joues creusées. Quand elle apparaît, livide, dans le rectangle de la porte du wagon, un déporté pousse un cri :

— Paula !

C'est Cor qui se précipite pour l'accueillir.

Paula Kauffman fait partie de son groupe de résistants, ceux qu'on appelle les « Hollandais » parce que, réfugiés d'Allemagne ou d'Autriche, ils ont commencé à lutter contre les nazis en Hollande, avant de passer en France.

Paula a failli réussir à échapper à la déportation. Apprenant à Drancy que son nom figurait sur la liste des « choisis » pour Pitchipoï, elle s'est enfuie de sa chambre, a changé d'étage, et est restée de longues minutes à retenir son souffle sous une pile de vêtements sales. Elle a eu beaucoup de mal à trouver un refuge derrière un châlit. Plusieurs fois, les occupants de ces pièces misérables l'ont repoussée. C'est qu'avec elle, au milieu de ces gens qui se savaient libérés dans quelques minutes, entrait la peur. Sous son tas d'oripeaux, Paula a joué la partie de cache-cache la plus tragique de sa vie. Mais les S.S., aidés des

M.S. et des « bénévoles », ont fini par la dénicher. Quelqu'un l'a dénoncée, elle en est certaine. Les rabatteurs l'ont découverte, recroquevillée, ils l'ont poussée dehors et jetée dans cette voiture.

Elle est la seule femme du wagon. Brunner l'a jugée assez dangereuse pour lui faire l'honneur de la mêler aux terroristes et la déporter avec eux.

Elle avait réussi à se faire engager comme secrétaire au S.D. (service de sécurité allemand) d'où elle fournissait à la Résistance des renseignements de première importance.

Sur le quai, trois hommes à étoile jaune descendent d'une camionnette. Ce sont des membres de l'U.G.I.F. (Union générale des Israélites de France). Ils débarquent un matériel incroyable. Des couvertures, du pain, du sucre, du chocolat, de la confiture, des jus de fruits et une grande quantité de boîtes de conserves. Il y a même du saucisson, des casseroles et une marmite.

A croire que l'U.G.I.F. profite du dernier convoi pour liquider tous ses stocks, se dit Marguliès. Derrière lui, à la chaîne, le général et Ernest s'empressent. Ils empilent ces réserves, sans s'étonner de rien. Il y a même deux quarts en fer blanc, un seau plein d'eau, et un seau vide que le général s'approprie immédiatement en avertissant tout le monde :

— Pour pisser !

Il se cale les fesses à l'intérieur, et salue les trois Juifs qui repartent libres, avec leur camionnette :

— Salut, et merci pour le pique-nique !

Il se relève et s'installe sur le seuil de la porte.

Balançant des jambes de gamin espiègle, le général paraît s'abîmer dans la contemplation d'un schupo en faction, tout en sifflotant vaguement une *Marseillaise* lascive. Les yeux plongés dans le regard du soldat, il mesure les effets de sa mélodie, à l'affût de l'instant où l'Allemand va réagir. L'air de *la Marseillaise,* tantôt hésite, tantôt s'accélère, pèse ou s'étire, puis se précipite dans l'oreille hermétique du garde-chiourme toujours figé. Rien, pour l'instant, ne traverse cette statue en armes. Le canon de sa mitraillette, seulement, s'est légèrement déplacé, et indique maintenant, sans faillir, le ventre du siffleur. Celui-ci, par bravade, commence doucement à reconstituer un hymne national de plus en plus orthodoxe, même pour un Teuton qui va prendre le train pour rentrer chez lui. Le général s'excite à ce jeu dangereux, lorsqu'un remue-ménage le laisse la bouche arrondie en cul de poule autour d' « un sang impur ».

Un concert de sifflets remonte le quai. Il tourne la tête.

— Des clients qui se sont trompés de train, s'étonne-t-il.

Un surprenant cortège de civils, alourdis d'énormes valises, approche.

En tête, deux jeunes filles. Elles sont très belles, dans leurs robes légères. Elles ont les cheveux bruns, soigneusement coiffés, dégagés du cou vers l'arrière, et marchent droites sur des talons de bois. Deux garçons suivent, deux frères sans doute, juge le général, puisqu'ils sont vêtus pareillement d'un pantalon de flanelle grise et d'un blazer bleu marine, sur les revers duquel passe le col ouvert d'une chemisette blanche impeccable. Une troupe d'une dizaine de personnes suit. Il y a des femmes en robes de prix, et des messieurs en costume et en cravate, dont l'un porte un béret.

Le général ne distingue pas très bien. La scène se passe à la hauteur du quatrième ou du cinquième wagon. Un soldat de la Luftwaffe saute sur le quai, et, avec une galanterie pesante, invite les deux jeunes filles à monter. Celles-ci s'écartent maladroitement, encombrées par leurs valises.

Jean Frydman entend les autres soldats juchés sur leurs wagons. Ils encouragent le « joli cœur » à coup de gros rires et de mâles tapes sur leurs cuisses. Le « galant » s'enhardit. Sans plus de manières, il saisit les jeunes filles par les bras.

Dans le cortège, un homme à fines lunettes proteste dignement, mais l'autre ne lâche pas ses prises. Le visage du civil se plisse de rage impuissante. Il agite la tête, affolé, cherchant une aide autour de lui. Il se résout à crier :

— Au secours !

Deux schupos surgissent du compartiment voyageur. L'agresseur remonte vivement et disparaît dans sa guérite.

L'arrière de la petite troupe s'arrête au deuxième wagon. Une vieille dame, le cou enrubanné d'une faveur noire, mène la contestation. Le général n'en croit pas ses oreilles. Elle annonce d'un ton définitif :

— Moi, quand je voyage, c'est toujours en première classe.

Le murmure des hommes autour d'elle l'approuve.

Le gros Brückler, pour une fois, paraît dépassé par les événements. Le général évalue son hésitation au temps qu'il faut à cette situation nouvelle pour parvenir jusqu'à son cerveau. Il se demande, sans trop y croire, si la brute va céder devant un tel assaut d'indignation. Les yeux du S.S. se mouillent de colère et il lève les poings en rugissant au ciel.

Effrayés, « les passagers de première classe » trottinent jusqu'au wagon à bestiaux.

— Alors, on nous embarque avec la racaille ! commente simplement l'homme au béret.

Le général s'adresse aux résistants :

— Poussez-vous, v'la les bourgeois !

Il a parlé comme un garçon de café, les bras chargés d'assiettes, lance « chaud devant... chaud ! » pour traverser un paquet de consommateurs. Il remarque que les deux jeunes filles portent des robes à fleurs. Il se précipite pour les aider, mais la première, d'un mouvement gracieux et souple, a déjà plié une jambe, et se hisse dans le wagon. Sa robe a glissé, loin au-dessus du genou. La seconde effectue le même exercice avec la même simplicité, sans l'aide de personne, et sa robe aussi découvre sa cuisse. Le garçon est troublé, malgré lui.

Instinctivement, les résistants se sont écartés, dégageant tout l'avant du wagon. L'apparence vestimentaire, déjà, détermine un clivage que tout le monde admet implicitement. Mais il y a surtout cette attitude outragée des nouveaux arrivants, qui les désigne comme venant d'un autre monde.

L'aîné des deux garçons, Philippe, fait la navette entre l'entrée et la cloison avant du wagon où il empile les valises. Aidé de l'homme aux fines lunettes, son père, il tire sa mère par les bras. Ensuite, c'est au tour de la vieille dame restée sur le quai. Celle-ci oppose à leurs efforts une résistance de monolithe. Elle s'affole. Elle ne sait pas comment monter dans ce wagon à bestiaux.

— Je n'y arriverai jamais... il n'y a même pas de marchepied !

Philippe sent poindre le ridicule. Mais ses tentatives, conjuguées à celles de son père, restent vaines. La vieille dame, ceinte de deux paires de bras, consent seulement à se soulever sur la pointe des pieds, mais ne décolle pas du sol.

Maurice Marguliès n'aurait pas voulu s'en mêler, pourtant il saute sur le quai, saisit la grand-mère à bras-le-corps et la dépose doucement sur le bord de l'entrée, comme une jeune mariée sur un lit.

Philippe et son père la relèvent. Ses mains tremblent. Elle ne dit plus un mot. Sa poitrine soulève par saccades la croix de guerre, et la rosette de la Légion d'honneur qu'elle a épinglées sur son corsage à côté de l'étoile jaune.

Les « bourgeois », comme les appelle le général, ont cru, comme tous les autres Juifs du camp de Drancy, que pour eux aussi, le cauchemar était terminé, qu'ils allaient être libérés.

Depuis la fenêtre du deuxième étage de son bloc, Philippe avait même regardé partir, le cœur un peu serré, la petite cohorte de résistants, encadrée par les schupos, puis, soulagé, il était revenu s'asseoir à la table du déjeuner familial. C'était il y a moins d'une heure...

***

Le repas venait de se terminer. Philippe observait son père en face de lui. Il le regardait attentivement, comme si c'était la première fois. Il détaillait ce visage mince et allongé, ces joues rasées de près, ce nez droit, et derrière les fines lunettes, ce regard sûr de lui.

Ainsi, cet homme a eu raison, se dit-il. Et depuis le début ! A chaque nouvelle mesure antijuive, rafles, port de l'étoile jaune, spoliation des biens, tampons sur les identités, assignations à résidence et déportations massives, il rassurait d'une simple phrase :

— Il ne nous arrivera rien. Restons tous ensemble, répétait-il calmement.

Et il était sur le point d'avoir définitivement raison. Les S.S. partaient et eux, les Kohn, restaient. Ils allaient retrouver, le soir même, leur vaste appartement de la rue d'Andigné, et la grand-mère retourner vivre dans son hôtel particulier de l'avenue Hoche. La vie reprendrait comme avant, la sœur aînée, Antoinette, vingt-deux ans, continuerait ses études à la faculté, Philippe lui-même, le second, dix-neuf ans, irait aux cours de l'ESSEC, Rose-Marie, dix-huit ans, au Conservatoire de musique, et Georges-André, le cadet, douze ans, au collège Gerson. Du moins à la rentrée, après les vacances, parce que d'ici là, tout le monde partirait oublier ses émotions dans la villa de Deauville.

Philippe ressentit une sincère admiration pour ce père qui avait manœuvré si habilement pendant cette périlleuse traversée de la guerre.

Philippe n'entendit pas frapper. Un M.S. était déjà entré et demandait, la voix grave :

— Monsieur Armand Kchn, vous êtes convoqué chez Brunner.

Le garçon vit son père repousser brutalement sa chaise et se lever vivement, comme mordu par un coup de fouet sur les reins.

— Ne vous inquiétez pas, essaya-t-il de rassurer, je reviens tout de suite. Restez bien ensemble.

Mais, lorsqu'il revint, à peine dix minutes plus tard, Philippe comprit, à la vue de ce corps affaissé, l'annonce d'une catastrophe. Cet homme, son père, qui n'avait pas voulu quitter la France, préférant tenir tête aux Allemands, pleurait. Le garçon le regarda se préparer à parler, chercher une douloureuse respiration, et tenter de redresser son dos, écrasé sous une charge invisible.

— Nous partons nous aussi avec eux, dit-il. Faites vos valises. Tout se passera bien. Nous serons tous ensemble.

Philippe entendit, dans sa voix, un fil se briser, une illusion qui agonise. La famille se sépara en silence, sans demander d'explications. Les hommes restèrent dans la pièce, et les femmes s'affairèrent dans la chambre. Par la porte de communication ouverte, Philippe aperçut sa grand-mère assise sur le lit, prostrée. Sa mère lui parlait doucement.

— Je vais vous aider, dit-elle, reposez-vous quelques instants.

La valise de Philippe fut vite bouclée. D'ailleurs, depuis son arrivée à Drancy, il ne l'avait pas défaite, puisqu'il n'y avait pas de penderie ni de placard dans le minuscule deux-pièces. Les hommes occupaient celle qui servait aussi de salle à manger : trois lits et une table au milieu, et les femmes dormaient dans l'autre. L'exiguïté de cet espace vital, et cette promiscuité, s'associaient dans l'esprit du jeune homme à ce qu'il avait toujours imaginé comme étant la misère.

Il était prêt.

Accrochée aux valises, la famille Kohn descendit les escaliers. Philippe et son père en portaient deux chacun. Derrière eux, la grand-mère, une main sur la rampe et l'autre appuyée sur l'épaule de Georges-André, gémissait à chaque marche.

Juste avant la sortie dans la cour, un homme s'approcha de Philippe et vivement lui glissa sous l'aisselle une sacoche de cuir vert, bordée de noir.

— Tiens, prends ça. Y a là-dedans tout ce qui faut pour vous évader.

En regardant ce Juif presque libre s'esquiver, Philippe fut saisi de vertige. La complicité subite de cet homme, son effacement habile lui révélaient un monde nouveau ; un monde clandestin, truffé de combines, de cachettes, de luttes et de peurs aussi, qu'il avait jusqu'ici totalement ignorées. Dehors, la foule de Drancy ouvrit, sur leur passage, une haie silencieuse, jusqu'à un camion.

Philippe chargea toutes les valises, aida les femmes, et monta le dernier. D'autres déportés attendaient déjà. Il ne les connaissait pas, sauf Georges Schmidt, l'ancien directeur juif du camp, et sa femme Simone. Il les avait vus quelquefois en conversation avec son père. Il y avait aussi trois autres hommes et une autre femme d'une cinquantaine d'années. La détresse s'abattait sur eux comme le froid. Tous serraient les genoux sur leurs bagages et croisaient les bras sur leurs flancs, recroquevillés, rapetissés dans un dérisoire geste de protection. Son père, sa mère et sa grand-mère, d'instinct, prirent la même posture comme si, par cette attitude soumise, à force de minimiser leur corps, ils allaient réussir à le faire disparaître tout à fait.

Philippe tourna la tête vers un murmure, derrière lui. L'Hauptsturmführer Brunner arrivait, tranchant les rangs des badauds aussi nettement qu'un couteau. Il disparut dans le bloc 3. Il ressortit presque aussitôt, pistolet au poing, poussant devant lui un homme de quarante-cinq ans environ, un peu voûté, la tête coiffée d'un béret noir.

— C'est Marcel Bloch, chuchota Armand Kohn à sa femme.

Philippe entendit distinctement quelqu'un expliquer au pied du camion :

— Il refusait de partir.

L'homme au béret n'emportait pas de bagage. Il partait les bras vides, les mains enfoncées dans les poches de sa veste.

⁂

De la botte, un schupo prend appui sur le rail de la porte du wagon. L'homme, encombré de sa mitraillette, se hisse à l'intérieur. Il est massif, puissant. Il paraît indestructible. Maurice Marguliès l'imagine mal en dehors de son uniforme et de tout son fatras d'armes. Il semble être né avec, né pour obéir, serviteur de n'importe quelle cause, pourvu qu'elle commandât et que ses ordres fussent simples. L'initiative et le jugement n'entrent pas dans ces yeux inhabités. Et pourtant, l'Autrichien y perçoit quelque chose de différent de ce qu'il a observé chez les soldats allemands depuis le début de la guerre. Une raideur qui n'est plus aussi froide, ni des gestes aussi secs, trahissant ainsi une habitude sur sa fin. Un ressort minuscule s'est relâché dans cette mécanique de guerrier. Mais Marguliès s'étonne quand même que cette mécanique-là puisse encore fonctionner avec cette apparence d'efficacité. Car cet homme, devant lui, appartient désormais à une armée vaincue, et s'il rentre chez lui, au « Vaterland », c'est en s'enfuyant.

Le policier entreprend une fouille du wagon. Deux ans plus tôt, il aurait tout fait jeter à bas sur le quai. Mais aujourd'hui, il se contente de passer la main, sommairement, sur les sacs et les couvertures empilées. Visiblement, tout ce désordre d'hommes, de femmes et de matériel, l'agace. Il regarde, désabusé, le tas de valises rassemblées de l'autre côté, contre la paroi avant. Il esquisse le geste de palper quelques déportés. Le général qui, bras en l'air, son pain dans une main, tourne comme une toupie devant lui, achève de le décourager. Le schupo descend.

César transpire. De vraies gouttelettes suivent les fils roux de ses tempes. L'arrivée imprévue de cette nouvelle fournée de déportés lui mange son air. Il étouffe. Il quitte sa lucarne pour aspirer de larges goulées près de la porte. Un feldgendarme s'avance vers lui, et lui tend son poing fermé. Il ne comprend pas. L'homme insiste :

— *Nageln, Nageln.*

César ne bouge pas.

— Qu'est-ce qu'il veut ?

— Il veut te donner des clous, traduit Marguliès.

— Des clous, mais pour quoi faire ?

Marguliès parle au soldat.

— ... Il nous donne des clous pour accrocher nos vêtements dans le wagon.

César se contemple sans complaisance. Son costume fripé n'a plus besoin de ce genre de soin. Il sourit pour lui-même. De telles prévenances en de telles circonstances, de la part de gardes-chiourme...

— C'est absurde ! marmonne-t-il.

Il tend sa main ouverte :

— Si ça peut lui faire plaisir.

Et il met les clous dans sa poche.

Sur le bord de la porte, en face de lui, Paula fixe quelqu'un dehors. L'expression de ses yeux a dépassé la haine. Toute sa force tient dans les petits plis autour de ses paupières. Les pupilles serrées de mépris, elle tente de capter le regard de ce faux civil qui se pavane sur le quai, Oscar Reich. Ce dernier, qui s'est baptisé « l'Inspecteur de Drancy », aime aussi qu'on l'appelle « le Seigneur ». Ce Juif, l'ancienne vedette de football, est tranquillement passé du côté des plus forts. Depuis, son zèle lors des recherches et des représailles contre ses coreligionnaires n'a plus laissé de doute sur sa « fidélité » au national-socialisme.

Reich se sent observé, et lève la tête.

— Pourquoi tu fais ça, toi un Juif ? l'apostrophe Paula.

Reich la fixe à son tour quelques secondes, visiblement touché, puis rit largement en ouvrant les bras :

— Regarde-toi, toi et les autres. Je suis sur le quai et toi dans ce wagon, et vous partez pour Pitchipoï. Moi, j'ai de l'argent et tout ce que je veux... et d'abord, conclut-il, je ne suis pas juif.

Sur le quai, Brückler, poings sur les hanches, s'amuse de son propre triomphe. La mauvaise idée que tout Drancy en ce moment même se libère ne l'inquiète plus. Il se réjouit plutôt au spectacle de cette poignée de Juifs aux visages défaits qui ont cru quelques heures échapper à Pitchipoï.

Kapel s'approche de l'oreille de Marguliès :

— Tu devrais essayer de leur proposer de l'argent pour nous laisser partir...

Marguliès n'a pas le temps de répondre, Brückler braille. Marguliès s'adresse à tous :

— Il veut qu'on choisisse un chef de wagon.

— Moi, lance une voix du côté des valises, j'ai été votre chef de camp pendant quelque temps, c'est donc mon devoir de prendre la responsabilité du groupe.

— Toi, ta gueule ! Le général Frydman et Ernest ont crié ensemble sans même se retourner.

L'homme qui a parlé, Georges Schmidt, reste bouche bée. Il est foudroyé debout. Henri Pohorylès, le doigt tendu, lui porte l'estocade :

— Toi, reste dans ton coin et fous-nous la paix.

Puis, se tournant vers les résistants :

— Je propose Marguliès.

Le nom de Marguliès circule comme un mot de passe. Henri annonce la fin de la consultation :

— Maurice, nous sommes d'accord pour que ce soit toi.

Maurice Marguliès n'a plus le choix.

— Bon, d'accord, mais à la condition que Kapel soit mon adjoint. D'accord René ?

René Kapel hausse les épaules :

— Comme tu voudras.

Marguliès s'approche de la sortie :

— C'est moi.

Le gros S.S. sourit. Il précise ses menaces. Le chef de wagon ajoute en se retournant vers les déportés :

— Il dit qu'à la première tentative d'évasion, tout le wagon sera fusillé, et moi le premier.

Puis il va s'asseoir sur le plancher, au milieu du wagon.

C'est fait. La porte est fermée. Une porte-guillotine qui vient de trancher la lumière ; seuls restent quatre rectangles bleus traversés de barreaux aux lucarnes, comme si le ciel d'un coup venait d'être mis en prison.

Rien ne bouge. Chacun se sent découpé du monde, décroché de lui, suspendu nulle part, isolé des autres, pas même concerné par la respiration de son propre voisin. Epaisse minute au fond de laquelle rien n'existe plus que le désespoir égoïste qui passe sur ces nuques caressées par la fatalité.

Une aigre odeur d'angoisse et de sueur monte des corps

étouffés. Marguliès s'ébroue. Un chien qu'on a jeté de force dans une mare, et qui sort de l'eau en se secouant. Il agite la tête vigoureusement en expirant. Il veut émerger de cette lente noyade qui l'attire au fond de l'abîme.

Il se lève, et machinalement, compte les taches claires de ces visages qu'on croirait sortis d'un pinceau. Toutes le fixent, attendant de lui un signal qui les fera revivre. C'est à lui d'animer ces figures de cire, suspendues à ses yeux, points exacts de convergence de tous ces désespoirs réunis.

D'un lent tour sur lui-même, mentalement, il continue son compte. Lorsqu'il passe sur les regards, un à un, ceux-ci marquent un infime signe d'acquiescement, presque de soulagement. Comme s'ils comprenaient que Marguliès les prend en charge.

Cinquante et un ! Maurice Marguliès inscrit ce chiffre quelque part dans sa tête. Il le répète fortement pour se l'enfoncer comme à coups de burin dans sa mémoire et ne jamais l'oublier : cinquante et une victimes de l'absurde, cinquante et un oubliés de la libération, des paumés de l'Histoire.

Plus aucun bruit ne vient du dehors. La vie s'est arrêtée.

Marguliès, à son tour, se sent gagné par cette atonie. Il est un insecte gobé par un monstre. Il voudrait réagir, mais il ne le peut plus ; trancher les fils invisibles qui le retiennent immobile, et il est incapable même de parler. Aucune phrase ne lui vient à l'esprit. Il cherche les mots justes, le sésame propre à rompre le mauvais charme qui les pétrifie. Il quête une aide muette auprès de René Kapel. Celui-ci, cloué à la paroi, ne voit plus rien ni personne, ses lèvres lourdes sont bloquées autour d'un souffle interrompu.

Soudain, le monstre se gonfle, arrondit le dos, s'étire, gémit, et craque de toutes ses vertèbres. Il ahane en lugubres soupirs de dragon. Il tremble. Le train avance :

Ils sont partis. Il est cinq heures de l'après-midi le jeudi 17 août 1944.

CHAPITRE 6

Marguliès regarde, par la lucarne, le ciel bleu qui bouge. Il devine quelque part, là-bas, une petite femme blonde, recroquevillée sur un cri : « Mais où vas-tu, où vas-tu ? »

Des grincements de fer s'engouffrent dans le ventre du train qui se déhanche, et déploie ses anneaux en souplesse. Il pousse des grognements terribles, comme s'il regimbait pour finir par se plier aux exigences d'un dompteur. Il avance péniblement, sans prendre de vitesse, prêt à s'arrêter dans l'instant.

Avec ce mouvement du train qui démarre, la vie passe à nouveau dans les veines de Marguliès. Elle libère tous ses muscles : il fait un léger exercice sur place ; ses membres répondent bien, et son cerveau fonctionne à nouveau clairement. Il faut s'évader, se dit-il.

Il sait que sa désignation officielle de chef de wagon ne signifie pas grand-chose, excepté qu'elle fait de lui le bouc émissaire qui paiera en cas de coup dur. La menace globale de Brückler le vise en premier. Nomination tragi-comique d'un déporté au milieu d'autres déportés ! Car de qui pourrait-il bien être réellement le chef ? Voilà bien qui est conforme aux usages de l'organisation allemande ! pense-t-il. Il suffit de deux personnes ensemble, pour que l'une se voie confier autorité sur l'autre !

Pourtant, il prend cette fonction très au sérieux. De toute façon, son autorité naturelle l'amène à se sentir réellement responsable de ces résistants.

C'est d'ailleurs pour cela que ses amis l'ont désigné.

Il sait aussi pouvoir compter sur le sang-froid et le bon sens de René Kapel. Ce n'est pas par hasard qu'il a exigé de l'avoir pour adjoint. Il le connaît bien. Ils se sont rencontrés pour la première fois en 1940, au camp de Saint-Cyprien, près de Perpignan. Ils se sont revus à Gurs, dans les Basses-Pyrénées, en octobre de la même année. Gurs était un de ces camps que le gouvernement français avait ouvert pour accueillir les combattants de l'armée républicaine espagnole en déroute. C'est dans ce camp, devenu demi-asile demi-prison, que par la suite de nombreux réfugiés d'Europe, poussés par les victoires de l'armée allemande, furent internés sur ordre de Vichy. Marguliès, à Saint-Cyprien, d'abord, puis à Gurs ensuite, avait vu le rabbin se démener au milieu des difficultés considérables que posait la vie quotidienne aux vingt mille personnes entassées dans des baraques de bois. Sa tâche d'aumônier était à la fois spirituelle et sociale. Elle consistait à organiser des services religieux dans les camps, dispenser l'enseignement du judaïsme à la jeunesse, distribuer vivres et vêtements, et fournir aides et secours de toutes sortes. Il entreprit ainsi de nombreuses démarches pour faire libérer certains internés, et obtint souvent gain de cause. Mais c'est surtout à Brains, dans le Tarn, que Marguliès se lia d'amitié avec lui. L'Autrichien avait été délégué auprès de la direction de ce centre, par l'Union des sociétés de bienfaisance de la communauté israélite de Toulouse.

Kapel, le rabbin Kapel, avait essayé ensuite de répondre, par des actes, à toutes les menaces qui s'abattaient sur eux : l'internement de tous les étrangers de race juive, puis le recensement, l'interdiction à tous de quitter leur lieu de résidence, le tampon « Juif » sur les pièces d'identité. A la suite de ces mesures, le rabbin s'était lancé dans l'activité clandestine pour cacher les plus menacés, établir de faux tampons, de faux papiers, de faux certificats de baptême, évacuer des familles entières vers l'Espagne, ou héberger des enfants dans les camps d'éclaireurs...

Marguliès était devenu rapidement son ami, et ne doute pas qu'aujourd'hui encore il peut s'appuyer sur la force de caractère de cet homme.

— Maurice !

La voix du rabbin ne passe pas par-dessus ces craquements de charpente qui rythment chacun des passages sur les rails. Un vacarme assourdissant s'engouffre dans le wagon.

René Kapel se détache de sa cloison, s'ouvre un passage en titubant, prenant appui de ses deux mains sur les épaules des hommes assis.

— Maurice !

Marguliès l'accueille, en le saisissant amicalement par les bras, et baisse la tête pour approcher l'oreille de ses lèvres.

— Je voulais te dire que tu pourrais leur proposer de l'argent pour nous laisser partir.

Marguliès lève le front pour regarder son ami, perplexe.

— De l'argent !

Kapel se hisse à son oreille.

— Tu connais bien Brückler... et tu sais ce qui intéresse réellement les crapules de son espèce ? L'argent. Qu'est-ce que ça peut changer pour lui, que nous arrivions ou non à Pitchipoï ? Nous pourrions lui proposer une grosse somme, une très grosse somme, précise-t-il.

Toujours penché, Marguliès interroge :

— Mais quel argent ? Vous avez de l'argent sur vous, une très grosse somme ?

— Non, mais nous pourrions lui signer une reconnaissance de dettes qu'il toucherait après la guerre... C'est du moins ce qu'on lui dirait, ajoute le rabbin après un bref silence.

Malgré l'apparente naïveté de la proposition, Marguliès estime qu'après tout, l'idée est à creuser.

— Je peux lui en parler, mais je propose combien ?

— Dis-lui par exemple dix millions de francs.

César lance de son coin :

— Propose-lui des dollars, ça le rassurera. La somme que tu voudras.

Marguliès se tourne vers lui.

— Tu penses qu'il va être assez con pour croire qu'il aura cet argent un jour ?

En guise de réponse, César fait un signe de la main pour indiquer qu'il met fin à son intervention.

— Ecoute, tu peux quand même essayer, insiste Kapel. Il faut mettre toutes les chances de notre côté.

— Bon, d'accord, je lui parlerai.

Le général a suivi les négociations avec un intérêt mitigé. Il allonge une moue interminable et regarde Ernest hausser les épaules en grimaçant. Il demande à Marguliès :

— Tu connais Brückler ?

— Oui, assez bien.

Le général s'inquiète :

— Tu vas quand même pas me dire que c'est ton copain ?

— Pas exactement, concède-t-il, mystérieux.

— Et tu crois qu'il pourrait marcher ?

Le général a fait semblant d'y croire, le temps de sa question. Mais à peine a-t-il parlé qu'il est certain que c'est idiot. D'ailleurs, la parlotte, le marchandage, ce n'est pas le genre de méthode qu'il pratique :

— ... Di-plo-ma-tie ! articule-t-il en rigolant. C'est pas mon truc, tu vois. Surtout avec ces mecs-là. Parle-moi d'une bombe, d'un vrai flingue ou d'une mitrailleuse lourde avec une caisse de chargeurs. Y'a que ça qu'ils comprennent.

— Tu as sans doute raison, mais je vais quand même essayer. On verra bien.

— D'accord, vas-y, et si par hasard il accepte, c'est moi, après la guerre, qui irai lui donner son pognon à cette gueule de gelée de cul. Et il aura pas le temps de me dire merci !

Puis, pour marquer sa résolution, il s'assied, les bras autour des jambes, accentuant sensiblement les oscillations de son corps à la cadence du wagon, et revenant toujours à la position droite, comme ces poupées lestées qu'on ne peut jamais renverser.

Après la guerre !

Marguliès réalise qu'il n'y a pas songé depuis le départ de Drancy. Après la guerre ! se répète-t-il. Oui, il aimerait bien lui aussi retrouver Brückler. D'abord, cela signifierait que cette déportation se sera bien terminée, et puis aussi que les rôles seront sans doute inversés. L'heure des comptes.

Brückler, il le connaît bien. Un contentieux vieux de presque dix ans se dresse entre les deux hommes. Il remonte à 1934.

C'était à Vienne. Etudiant à l'époque, Marguliès, militant de gauche, se frottait régulièrement à des groupes d'extrême droite, au-dessus desquels émergeait la silhouette massive et le visage déjà rougeaud d'un certain Brückler. Arrêté, emprisonné et libéré, Marguliès se réfugia quelque temps en Tchécoslovaquie. Lorsqu'il revint en Autriche, Brückler sévissait toujours, avec sa bande. Il partit donc pour la France jusqu'en 1937. Rentré à Vienne de nouveau, les affrontements politiques et les bagarres de rues le mirent en face de ce même Brückler qui s'épanouissait comme un brochet au milieu d'un banc de poissons rouges. La brutale idéologie nazie semblait faite pour lui, elle le nourrissait, le musclait, l'épaississait. Un Brückler en bonne santé !

A la veille de la guerre, la vie n'était plus possible pour Marguliès qui dut s'exiler en Belgique avec Ida, sa fiancée. Il s'occupait de jeunes gens désireux d'apprendre un métier avant de partir en Palestine. Il y épousa Ida, juste avant la naissance d'un fils, Jean. Ce fut encore la fuite sur les routes après l'invasion allemande.

Arrivée à Paris. Descente jusqu'à Toulouse. Marguliès y fut séparé de sa femme et de son fils. Enfermé d'abord dans le stade, il fut évacué au camp de Gurs dans les Basses-Pyrénées, où il connut le rabbin Kapel. Puis à Castres. Et là...

***

Dès qu'il aperçut le gros Brückler parader dans son uniforme d'Hauptscharführer S.S., Maurice Marguliès comprit qu'il n'avait pas fini de voyager à travers l'Europe. Des voyages qui depuis plusieurs années ressemblaient à des fuites successives, des poursuites plutôt, où le chasseur avait les traits de ce balourd S.S. aux yeux noirs stupides et aux lèvres charnues.

En retrait, depuis la fenêtre de sa baraque, il observait discrètement le cortège de camions commandé par son ennemi personnel qui partait avec le produit de sa dernière rafle, un chargement de Juifs. Ce n'était pas un travail bien difficile. Au camp, ils étaient tous juifs. Réputés même dangereux. Beaucoup de réfugiés d'Autriche, d'Allemagne et de toute l'Europe centrale. Pour Marguliès, l'avertissement était clair. Il savait que le manège du S.S. se répéterait, et que lui-même finirait par faire partie d'une des prochaines fournées, surtout si Brückler apprenait sa présence.

Quand la barrière du camp retomba derrière le dernier camion, il se sentit en sursis. Il se retourna. Sur le visage de ses compagnons, l'inquiétude s'ajoutait à la misère. Il n'eut pas de mal à provoquer un conseil de guerre. Une évidence s'imposait : s'évader. Il était inconcevable de rester là, piégé, à attendre que le sort, par la pogne de Brückler, taillât dans le vif. D'autant qu'il se pourrait bien que tout le camp fût évacué d'un coup, et tout le monde déporté.

Ils partagèrent l'argent, leurs maigres provisions, et attendirent la nuit...

Vingt ombres progressaient par petits bonds successifs, de baraque en baraque, vers la grande entrée du camp. Le visage dépassant du dernier mur, Marguliès scrutait l'entrée. Un garde se tenait en faction près de la barrière. Un autre, dans la bâtisse de contrôle, s'était assoupi, les pieds croisés sur la table. Tous deux étaient des policiers français.

Marguliès fit un signe derrière lui, par-dessus son épaule.

— Allons-y, deux sur chacun !

Le policier, dehors, n'eut pas le temps de se retourner. Enfoui sous une couverture, il émit quelques grognements étouffés avant d'être assommé. Deux hommes l'emportèrent et l'allongèrent derrière le poste de garde.

A l'intérieur, l'autre gardien n'ouvrit même pas les yeux. Sous le coup, sa tête s'affaissa en arrière par-dessus le dossier de sa chaise. Marguliès et son complice le sortirent et le traînèrent à l'écart.

La colonne de fuyards s'enfonça dans la nuit.

Maurice Marguliès rejoignit sa femme à Paris.

⁂

Lui aussi finit par trouver du travail à Paris, à la Cité Paradis. C'est là qu'il fut arrêté au début de juillet. Il avait été surpris en train de lacérer des vestes fourrées destinées aux soldats allemands qui partaient pour le front russe. Il fut enfermé à Fresnes et de là transféré à Drancy.

Et c'est en débarquant dans le camp de Drancy qu'il retrouva le « joyeux Brückler ». Celui-ci était absorbé par un ménage expéditif. A coups de poing et de bourrades, il tentait d'éloigner les curieux agglutinés autour des arrivants. Le S.S. l'accueillit à grandes claques dans le dos, comme on retrouve une vieille connaissance. La situation parut l'amuser beaucoup.

Marguliès le vit s'éloigner à reculons, le doigt pointé dans sa direction. Sa bedaine était secouée de rires énormes. Et puis, il y a eu ce choix de déportés, alors que tous les autres étaient libérés.

Et ce sourire aussi, sur la trogne du S.S. lorsque Marguliès tout à l'heure a été désigné par ses amis, pour être le chef du wagon...

Marguliès est intrigué par cette succession de hasards. A croire que la guerre ne s'est développée à travers toute l'Europe que pour leur permettre de s'affronter tous les deux. Comme si elle se résumait à leurs seules rencontres. Le fracas des armes et des meurtres ayant l'air de servir de décor grandiose à la véritable guerre qui se joue entre les deux hommes. Mais cette fois, il ne s'agit plus de bagarres de rues. Les circonstances ont élevé le face à face au niveau du duel à mort. Le voyage vers Pitchipoï a des airs de dernier round, et Brückler semble bien près de l'emporter.

Marguliès est décidé à ne pas se laisser vaincre sans tenter quelque chose. Après tout, l'idée de René Kapel n'est pas si déplacée. Jusqu'à présent, le nazisme triomphant collait parfaitement à la nature grossière et sans scrupule du S.S. Mais aujourd'hui, la perspective de la défaite devrait logiquement l'amener à ne pas repousser un marché. Dix millions, des dollars, même seulement en promesse, sur une reconnaissance de dettes, représentent une somme qui peut faire réfléchir.

Le chef du wagon s'assied à son tour, au milieu de son groupe de voltigeurs, Ernest, Henri, Jacquel, un petit homme au corps sec, et le général. Il respire profondément, pour chasser ce sentiment douloureux d'une famille éclatée. A Marseille, son fils qu'il n'a pas vu depuis deux ans, à Drancy son épouse meurtrie et lui-même coincé dans ce wagon, en route vers la déportation.

Marguliès se penche vers le général, en désignant le coin des valises.

— Qui sont ces gens ?

Le général interrompt son balancement.

— Tu vois bien, des touristes qui vont passer un mois à la mer.

— Non, sérieusement qui sont-ils, d'où viennent-ils ?

— J'en sais rien, en tout cas, c'est des bourgeois... tu les connais, toi, Ernest ?

Ernest secoue la tête.

— Non.

La position assise ne lui convient pas. Elle le berce dans une somnolence trompeuse, alors qu'il a besoin de toute sa lucidité pour voir l'ensemble du wagon, tout regarder, dévisager chacun. Marguliès se relève. Pour lui, l'évasion commence dès maintenant. Il veut tirer profit de chaque détail. Mais cette arrivée des « bourgeois », comme les nomme le général, le contrarie, surtout à cause de leur résignation. Quant à cette famille entière, il ignore ce qu'il doit en penser.

Il remarque qu'elle a changé de pose, pour se figer dans une nouvelle composition statuaire de douleur sublime. La grand-mère, centre de la pyramide, offre ses bras à chacune de ses petites-filles. Son fils et sa bru, derrière elle, posent les mains sur ses épaules, et ses deux petits-fils sont assis à ses pieds. Toute la famille semble attendre de ce contact qu'il apaise les tremblements incontrôlés de la vieille dame.

Marguliès se demande comment les événements vont se dérouler, avec ces passagers encombrants.

Il y a aussi ce mystérieux homme au béret, debout contre la lucarne avant gauche, et qui ne dit rien ; et puis ces deux autres également muets près de lui. Leur visage ne trahit aucune émotion. Il ne sait pas encore s'il faut y lire la détermination, ou la simple dignité dans l'abattement.

Plus loin, cette femme d'une cinquantaine d'années, assise sur une valise, est la seule à avoir recouvré ses esprits. Poudrée, maquillée, coiffée, elle parle comme on tient salon, en s'adressant à un couple dont le silence passerait pour simple courtoisie si leurs visages n'étaient ravagés par le désespoir. Le mari est celui-là qui s'est proposé tout à l'heure pour être nommé chef de wagon. Marguliès l'a entendu se présenter comme ancien directeur du camp. Il imagine ce qu'une telle charge suppose de compromissions. Il n'a pas d'aide à attendre de ce côté-là.

Il y a enfin les deux vieillards montés avec les bourgeois. Marguliès balaie d'un signe de tête leur participation à une action quelconque. L'un des deux, qui porte une calotte noire sur le sommet du crâne, ânonne les prières d'un minuscule livre de psaumes ouvert dans ses deux mains. L'Autrichien l'entend se lamenter près de Kapel :

— Vous encore, gémit-il, je comprends qu'on vous ait arrêtés et qu'on vous emmène. Vous êtes des terroristes... mais moi, je n'ai rien fait. Alors pourquoi... pourquoi ?

Son regard perdu quête une explication, une réponse. Bouche ouverte, il attend une justification que le rabbin ne peut lui donner. Alors ses lèvres reprennent leurs mouvements mécaniques.

René Kapel roule des yeux agacés, mais se résigne.

Dans l'autre coin, à l'arrière, César s'est assis, le dos contre la paroi. Il baisse les paupières. Il se laisse traverser par les vibrations des roues sur les rails. Sa tête balance mollement. Un bercement presque confortable, dans lequel il cherche à apaiser sa respiration folle. Il économise le moindre mouvement. Maurice Marguliès sait qu'il sera prêt le moment venu, comme d'ailleurs tous les autres terroristes. Il ne se pose même pas la question. La rapidité avec laquelle, d'instinct, ils se sont démarqués des bourgeois le prouve. Ils ont tous reculé pour se retrouver entre eux.

Les deux groupes sont séparés par un espace vide large de presque un mètre ; c'est une véritable frontière de classe que personne encore ne franchit.

D'un côté, costumes de bonne coupe pour les hommes et robes d'été, fraîches comme à la sortie d'une teinturerie, pour les femmes ; de l'autre, des chemises douteuses et des pantalons défraîchis, ils les portent depuis le jour de leur arrestation.

L'un des résistants, Tzippy, a même gardé ses chaussettes en réserve dans sa poche pour des jours qu'il prévoit plus difficiles ; il s'est mis nu-pieds dans ses galoches.

Michel Grilikhes n'a plus de lacets à ses chaussures, on a oublié de les lui rendre à sa sortie de Fresnes ; on lui a gardé aussi la ceinture de son « cuir », vaste blouson de type aviateur avec lequel il a vécu une grande partie de la guerre.

La chemise de David Fischer, piquetée de taches brunâtres, témoigne encore de sa difficile et sanglante épreuve des tortures, lors de ses interrogatoires rue des Saussaies. Les joues des résistants sont mangées par une barbe de trois jours.

Henri Pohorylès a le visage creusé et le teint olivâtre ; il a mal supporté les six séances de « baignoire » que la Gestapo lui a fait subir.

Paula, la seule femme du groupe des terroristes, coule un regard de mépris vers les robes à fleurs des femmes du camp d'en face. Elle aussi est restée telle qu'elle était au moment de son arrestation : un corsage délavé et une jupe à carreaux toute simple. Elle a remarqué depuis leur arrivée que les femmes bourgeoises ont le teint frais et le visage maquillé comme pour un pique-nique mondain. Elle-même a dû se contenter d'une lessive et d'une toilette approximatives dans sa trompeuse liberté de Drancy.

Quant au rabbin Kapel, il se désole de son propre manque de netteté. Dans la précipitation du départ, il n'a pas eu le temps de récupérer le linge qu'il a confié à laver à deux jeunes filles de Drancy. De plus, les semelles de bois de ses chaussures sont usées jusqu'à la plante des pieds. Il est pointilleux sur la présentation, parce que, pense-t-il, elle aide au courage. Il se voit dans le désespoir de l'un de ces milliers de Juifs du camp de Saint-Cyprien, près de Perpignan, qui étaient alors démunis de tout, misérables transitaires aux mains vides d'un douloureux voyage commencé pour la plupart en Allemagne, puis continué en Belgique, et achevé en France. Il a vu beaucoup d'entre eux se laisser submerger par des conditions matérielles et d'hygiène désastreuses, et dépérir, jusqu'à mourir même, simplement parce qu'ils ne disposaient pas de linge de rechange, de savon, ni de brosse à dents. Il leur ressemble aujourd'hui. Et lui, l'un des dirigeants du mouvement de la jeunesse sioniste (M.J.S.), lui, « l'aumônier des éclaireurs israélites », l' « aumônier général des maquis », lui qui a prêté serment « la liberté ou la mort », à l'A.J. (Armée juive), est effondré dans son coin.

Maurice Marguliès est frappé par la dignité anachronique des notables. Ils affichent des mines outragées, humiliées de voyager dans un wagon à bestiaux. Cette promiscuité avec les terroristes les paralyse.

Près de lui, le chef de wagon entend le général traduire à Ernest sa propre pensée :

— A mon avis, pour ces gens-là, nous ne sommes pas fréquentables !

Marguliès se retient de leur faire un discours, à ces bourgeois. De leur dire que ces gens « pas fréquentables » qui les effraient et qu'ils ont l'air de mépriser ne se sont pas contentés de faire une guerre de combines pour ne sauver que leur peau. Tous se sont engagés dans la guerre. Tous appartiennent à la Résistance. Il y a là plusieurs familles de résistants : les membres de l'A.J. (l'Armée juive) d'abord, Maurice les connaît presque tous. René Kapel qu'il a choisi comme adjoint ; puis César Chamay, André Amar, Ernest Appenzeller, Henri Pohorylès, qui sont les chefs de ce réseau auquel appartiennent aussi, entre autres, Jacquel, Flamant, Zyman. Il y a ensuite les « Hollandais » commandés par Max Windmuller, dit Cor. Ce sont des réfugiés d'Autriche et d'Allemagne qui sont passés en Hollande et ont rejoint l'A.J. à Paris. Parmi eux, Paula Kauffman, Kurt Reillinger, Alfred Fraenkel, dit Tzippy, Ernst Asher, Hans Herlisch, Wolf... Et le troisième groupe enfin, mélange de F.T.P., de M.O.I. (Mouvement des ouvriers immigrés), et de l'A.S. (Armée secrète), avec Jean Frydman — le général —, Michel Grilikhes, David Fischer, Avramescot, Kessler...

Le chef de wagon comprend que de telles présentations n'entameront pas la résignation des notables. Le problème, pour lui, va consister à canaliser les énergies de ses troupes, et surtout à agir avec le maximum de discrétion, parce qu'à son avis, l'un ou l'autre des bourgeois pourrait bien donner l'alerte. La menace du S.S. Brückler a été claire. Ici tout le monde l'a comprise et sait la brute capable de l'exécuter : « fusillé ».

D'autre part, sans avoir encore réfléchi à la manière de s'évader, une évidence s'impose : ce sera une évasion de groupe. Mais comment agir à l'insu de toute une partie des déportés ? Il est hors de question de mettre « les gens des valises » dans la confidence pour tenter de les amener à participer à ses projets. Le risque d'échec est trop grand.

Et s'il y avait affrontement ? Marguliès ne se sent pas de taille à retenir la fureur possible des résistants. Une seule solution : préparer la fuite le plus discrètement possible, en mettant les bourgeois devant le fait accompli...

Le train roule depuis un quart d'heure, à un rythme de tortillard. En écrasant les aiguillages, il sursaute violemment, entraînant dans ses soubresauts cinquante et une têtes qui hoquettent ensemble.

Marguliès sent une main sur son épaule.

— Maurice.

Il se retourne. René Kapel est à nouveau près de lui.

— Alors, tu laisses tomber ton Juif pieux ?

Le rabbin se défend de toute intention méprisante :

— C'est un vieil homme, s'excuse-t-il. Il s'est collé à moi comme à son dernier refuge. Il lit des psaumes et ne cesse de se lamenter. Il ne comprend pas bien la situation. Il répète tout le temps qu'il est innocent.

— Je sais, dit Marguliès, je l'ai entendu.

Inconsciemment, les deux hommes ont élevé la voix pour couvrir les craquements du train.

— Voilà, je voulais te parler des nouveaux arrivants.

— Tu les connais ?

— Non, mais Amar les connaît.

Marguliès tourne la tête. André Amar a franchi la frontière. Il converse avec l'homme au béret, debout près de la lucarne. Il va ensuite vers la famille Kohn qu'il salue courtoisement. Armand Kohn quitte sa pose hiératique et fait les présentations à toute sa famille. Apparemment, ils se trouvent des amis communs, puisque l'Autrichien les entend s'accorder à l'énoncé de plusieurs noms.

— Le père d'André Amar est banquier, tu comprends ? La banque Amar, tu connais ?

— Non.

Devant, l'échange de propos donne le signal de la détente. Les enfants Kohn en profitent pour se libérer, ils s'écartent de la grand-mère.

— Mais qui sont-ils ?

— L'homme au béret, c'est Marcel Bloch, le constructeur d'avions. Les autres, c'est la famille Kohn, une grande famille d'industriels. Leur grand-mère est la belle-sœur d'une Rothschild. D'ailleurs, Kohn a été, depuis la guerre, l'administrateur de l'hôpital Rothschild.

— Et la femme seule ?

— C'est une princesse, je crois, la princesse Galitzine.

— Une princesse ? d'où elle vient ?

— Je ne sais pas.

— Et qu'est-ce qu'elle fait ici ?

Kapel hausse les épaules.

— Ce couple, là-bas, ce sont les Schmidt. Lui a été directeur à Drancy.

— Oui, j'ai entendu tout à l'heure... Mais dis-moi, René, que crois-tu qu'on puisse faire avec ces gens-là ?

Le rabbin esquisse une grimace d'impuissance.

— ... Parce que tu penses bien, poursuit Marguliès, qu'on va tout essayer pour sortir d'ici. Mais les autres, les bourgeois, comment vont-ils réagir ? Est-ce qu'ils ne vont pas nous empêcher de nous évader ?

Dans les yeux de son adjoint, le chef de wagon voit s'installer la même inquiétude.

Le train s'arrête, après une longue glissade, comme un bateau mourant sur son erre.

CHAPITRE 7

Jeudi 17 août, 16 h 30.

Le général se détend brusquement et bondit vers la lucarne de l'avant, à gauche. Il écarte Marcel Bloch avec autorité :

— Pousse-toi de là !

L'homme au béret obéit. Le général agrippe un barreau, et hisse la tête jusqu'à l'ouverture.

Le train est au fond d'un large déblai, au milieu de voies vides. Les maisons perchées sur la crête en face, à près d'une centaine de mètres, ressemblent à des éléments de village d'enfant. Pas un mouvement là-haut, ni sur les rails, pas même un oiseau dans le ciel. C'est le désert.

La locomotive reprend son souffle à petits chuintements.

La porte du wagon-voyageurs, derrière, bat violemment. Le général aperçoit Brückler se laisser tomber sur le gravier, en même temps qu'une grande secousse entraîne le wagon.

Le S.S. remonte sur le marchepied et disparaît en grognant.

Le train a repris une allure lente, mais régulière.

— A cette vitesse-là, les Américains vont nous rattra per, lance le général en descendant sur ses talons.

Il regarde tour à tour Marcel Bloch et les notables, surpris de constater les effets cruels de sa plaisanterie pas tout à fait innocente. Une sorte de perche gluante qu'il tendrait à un banc de noyés. Il sent les déportés-du-côté-des-valises prêts à saisir n'importe quelle bribe d'espoir. Ils ont attrapé celle-là, quelques secondes, le temps de réaliser qu'elle est peu probable.

Frydman enchaîne, sentencieux :

— Les résistants ont dû faire sauter les voies un peu partout... Tu crois pas ?

Son tutoiement ne s'adresse à personne en particulier. Il est à qui veut le prendre. Marguliès saisit cette occasion de sortir d'une semi-léthargie qui l'envahit malgré lui. La chaleur et la cadence des saccades du train l'endorment.

— C'est probable, répond-il. Il y a aussi l'aviation alliée ; elle a dû bombarder les ponts et les grands axes. Peut-être même va-t-elle attaquer notre train. Avec tout le matériel qu'il y a derrière, ça ne m'étonnerait pas.

Le général prend une mine étonnée, il roule les yeux en secouant la tête :

— Merde, t'as raison ! Ce serait quand même trop con de se faire flinguer par nos potes... Et puis on verra bien. Mais d'ici là, peut-être qu'il se sera passé des tas de choses, lance-t-il à la cantonade, d'un air entendu.

A cet instant, Marguliès aime un peu plus ce garçon que tout le monde avec lui appelle « le général ». Il sourit en regardant son corps mince d'adolescent, perdu dans ses vêtements trop grands qui flottent autour de lui, et le font ressembler à un épouvantail maigre. L'Autrichien sait que la même obsession trotte dans la tête du jeune homme : s'échapper.

Il virevolte, passe entre les hommes, va de l'un à l'autre en plaisantant, la tête pivotante, exactement comme un général au front qui inspecte le moral des troupes.

Contrairement à la plupart, le général Jean Frydman ne s'est pas adjugé d'emplacement fixe dans le wagon. Il trône au milieu, regardant tout et surveillant tout. Ce qui s'y fera passera obligatoirement par lui. Marguliès pense que ce général-là a aussi des allures de lion quand, d'un large regard enveloppeur, il marque son territoire. De sa place, il pourra aller vers n'importe quelle partie du wagon, sans que personne ose s'y opposer.

Le jeune homme interrompt son inspection. Il détaille du regard l'amoncellement de valises, et tous ces gens autour, écrasés sous la fatalité.

— T'as vu les bourgeois ?

Près de lui, Ernest, qui le dépasse d'une tête, ajuste un sourire incrédule sur celui de son compère. Le général suit son idée à haute voix.

— Ils ont tout ce qu'il faut pour passer un mois de vacances à la mer ! C'est pas des bagages, çà, c'est le mur de l'Atlantique !

Au fond, le mur est approximatif. Les valises sont posées en désordre, les unes debout, les autres empilées, à plat. Les femmes sont disposées en perchoir avec, devant elles, les hommes qui les protègent de leurs corps, figés dans la détresse digne d'une poignée de soldats réguliers décidés à mourir, face à une bande de mercenaires débraillés.

Marguliès s'inquiète des airs de défi lancés par les deux jeunes gens. Il craint de prochains affrontements. Ernest est le plus calme des deux. Ses gestes sont précis, et il parle peu. Mais le chef de wagon sait qu'il ne reculera devant personne pour s'évader.

Quant au général, malgré l'avenir précaire que lui promet ce voyage vers la déportation, il est habité d'une joie de vivre presque inconvenante. Marguliès la met sur le compte de son jeune âge, de l'inconscience. Il a tort.

Jean Frydman a toujours eu de la chance. Et cette fois-ci, malgré le mauvais sort qui l'a désigné lui aussi pour ce convoi, alors qu'en ce moment même Drancy se libère, il y croit encore. Il est persuadé que jamais il n'arrivera à Pitchipoï. De toute façon, ces jours et ces heures qui passent, il les ressent comme un cadeau, du surplus. Il est en train de vivre son deuxième sursis depuis le début de la guerre. En effet, ce gamin de dix-huit ans est déjà presque mort deux fois.

La première fois, c'était pendant l'hiver de janvier 1943. Il était certain que tout allait se terminer pour lui ; et déjà, il avait vu toute sa courte vie défiler devant ses yeux...

« Je vais crever », se disait-il.

L'épaisse couche de feuilles de journaux qu'il s'était mise sur la poitrine le soutenait comme un corset. Seules ses jambes paraissaient mobiles et avançaient d'un pas mou et défaillant. Il s'attendait à ce qu'elles ne le portent plus d'un instant à l'autre, et à s'écrouler sur le bord de la route, incapable de se relever. Ses deux poings, accrochés à la courroie de sa musette, soulageaient le poids de ses bras mais l'empêchaient de respirer. Son souffle court finissait par un râle à travers lequel il entendait sa vie s'en aller. La fièvre lui martelait les tempes. Une curieuse sensation de chaud et de froid. La poitrine en feu et la tête brûlante, battues par le vent glacé, lui donnaient l'impression de s'évaporer. Une bûche qui se consume. Sa vie foutait le camp dans un combat contre lequel il ne pouvait plus rien. Il fondait, grignoté par la mort qui prenait son temps. « Je vais crever... je vais crever ! » se répétait-il, cherchant confusément à déclencher un réflexe, l'instinct de conservation de son corps qui ne l'écoutait plus.

Il ouvrit la bouche, gobant l'air, comme un moribond avant de s'apaiser. Au passage, des milliers de glaçons pointus lui perforaient la gorge et les poumons. Ses mains se décrochèrent de la musette sous la violence des soubresauts, et il se mit à tousser interminablement, cherchant au fond du ventre à se débarrasser d'une irritation qui ne se calmait pas.

Il tomba à genoux, ses mains repoussant le sol gelé pour se redresser entre chaque quinte de toux. Le ciel et la terre, balayés par l'hiver, formaient un étroit corridor qui l'emprisonnait. Et les nuages passèrent, chevauchés par des side-cars vert-de-gris, conduits par de longs cirés, coiffés de casques allemands.

— Ça y est, je délire, pensa-t-il. Crever de maladie, en pleine guerre ! C'est trop con !

Les side-cars couvraient tous les nuages, une armée pétaradante, une invasion d'insectes avec des mitrailleuses pointues et menaçantes. Jean Frydman comprit. Ce devait être cela la mort. Des images qui surgissent, le passé qui fait sa récapitulation d'usage avant le grand trou noir. Il ne chercha pas à lutter. Et puis, certaines de ces images l'attendrissaient, la rue Lebert avec la boutique de lingerie féminine tenue par son père. Le lycée et le grand émoi des semaines d'avant-guerre. Les commentaires intarissables de ces politiciens en culottes courtes qui refaisaient l'Europe et le monde. Mais il y avait toujours, au milieu de ce déferlement de souvenirs, ces side-cars.

Il se releva, et reprit sa marche. Son délire venait de lui imposer une idée fixe à laquelle il allait pouvoir s'agripper pour continuer à avancer. Ces side-cars, jamais il n'oublierait ce jour-là.

C'était le 14 juin 1940. Un temps splendide. La guerre était perdue, mais le garçon n'en avait encore rien vu de cette guerre. Paris vivait une récréation silencieuse, attendant dans une ignorance totale les conséquences d'un tel événement. L'inquiétude qui pesait sur lui s'était alourdie à l'annonce des défaites successives, invasion de la Belgique, débandade de Dunkerque. Bien qu'il s'opposât de toutes ses forces à ces images de capitulation, il lui fallait bien admettre que les Allemands allaient entrer dans Paris. Et ça, il voulait le voir, pour en être certain. De toutes les catastrophes annoncées, celle-ci lui paraissait la plus improbable.

Il ne savait plus comment s'était répandu le bruit qu'ils allaient arriver porte des Lilas. Presque à côté de chez lui. Il avait remonté la rue de Belleville. Des attroupements. Des hommes, des femmes, des enfants aussi, des petites filles surtout que les mères semblaient avoir préparées pour une remise de prix. Elles pensaient peut-être qu'en faisant bonne figure aux vainqueurs, il ne se passerait rien de désagréable.

Trois side-cars arrivèrent. Dans leurs baignoires, les hommes-crapauds enfoncés sous des cirés, les mains posées sur leurs mitrailleuses regardèrent, touristes étonnés, ces badauds qui eux aussi les regardaient. Il y eut quelques applaudissements timides des petites filles proprettes, heureuses de voir enfin le défilé commencer.

C'était le moment, Jean Frydman était sûr qu'il allait se passer quelque chose. Des hommes camouflés au milieu de cet attroupement allaient découvrir leurs armes et tirer. La France n'était pas battue. Inimaginable ! Il y avait une ruse quelque part, quelqu'un là-haut, au gouvernement avait certainement pensé à ça. Un plan de dernière heure qui abattrait les envahisseurs et les contraindrait à se replier.

Rien. Il ne se passait rien. Les side-cars à queue de grillon disparurent, s'enfonçant dans la rue. Ils étaient entrés. Paris était occupé. Des ennemis allaient vivre à l'intérieur. Des corps étrangers qui pouvaient tout commander, tout prendre puisqu'ils étaient les vainqueurs. Comment se pouvait-il qu'il ne se soit trouvé personne pour les en empêcher ? Pas un homme pour leur tirer dessus, s'opposer à leur arrivée. Il n'avait pas voulu voir la suite. Il était rentré. Au lycée Bolivar, son indignation ne trouva pas d'écho. Tout le monde se taisait. Chacun était atterré. Ses parents aussi. Le nez dans son assiette, le garçon écoutait le silence des repas, la tête tonnante de combats imaginaires où des hommes en side-cars vert-de-gris explosaient, et retombaient déchiquetés comme des poupées de son. Enfin, un homme qui pensait la même chose que lui ! Quelques jours plus tard, tous ses copains en parlaient. A Londres, un général français venait de faire un discours. La guerre continuait avec lui. La France n'était pas anéantie sans espoir. Tous avaient le devoir d'aller le rejoindre en Angleterre pour former une armée de libération. Il annonça aussitôt son départ à ses parents. La tête qu'ils avaient faite !

— Tu veux aller rejoindre de Gaulle à Londres ?

Son père avait levé les bras, sa mère avait allégué ses culottes courtes :

— Mais tu es trop jeune. Un enfant.

Les idées les plus folles lui traversaient l'esprit. Ecrire à de Gaulle pour qu'il lui envoie un avion pour le prendre. Il alla même au Bourget pour chercher un pilote qui accepterait de l'emmener. Personne n'avait voulu se risquer.

Les Allemands vivaient dans Paris et le peuple ne se révoltait pas ! Autour de lui, on commençait à s'installer dans l'occupation, vaille que vaille. Mais à sa connaissance, personne ne se levait de l'intérieur, personne ne cherchait à se débarrasser d'eux par la force. Incompréhensible. Le 11 novembre, il s'était retrouvé sur les Champs-Elysées. Un mot d'ordre avait circulé pendant plusieurs jours : « Tous à l'Arc de triomphe. » Quelque chose de vaguement organisé. Une manifestation avec un regroupement peut-être sur la tombe du Soldat inconnu. Il suivit.

Par petits paquets, les jeunes gens arrivèrent, élevant la voix et affermissant leurs protestations au fur et à mesure qu'ils voyaient leur nombre grossir. Cris, slogans, *la Marseillaise.* Des images confuses aujourd'hui. Une arrivée soudaine de camions venus par la place de l'Etoile, qui déchargèrent des colonnes d'Allemands en armes. Un premier flottement, quelques projectiles. Avec les autres, instinctivement, il recula au coin de la rue de Berri. Et puis tout à coup, les soldats, genoux en terre, qui les visent et tirent. Des garçons qui s'effondrent à quelques mètres de lui, et du sang sur le trottoir. Il se mêla à la cavalcade qui s'engouffra rue de Berri. Une drôle d'armée les prit à contresens : des flics français et des Allemands mélangés. La tenaille refermée, il n'eut pas le temps de disparaître dans un immeuble. Toutes les portes étaient verrouillées. Il était pris. Encore une chose qu'il ne comprenait pas alors. Ces flics français qui les gardèrent vingt-quatre heures. Il s'attendait à ce qu'ils applaudissent le courage des jeunes gens. Au lieu de cela, ils effectuèrent méthodiquement des contrôles d'identité. Pour un peu, ils les auraient livrés aux Allemands.

Au lycée, cette fois, l'affaire fit du bruit. Pour les élèves, la guerre venait d'entrer sur les bancs de classe. Il en profita pour essayer d'ameuter ses copains. Ils parlaient tous, mais ne décidaient rien.

Rentré chez lui, sa décision était prise. Impossible de rester plus longtemps à Paris. Il en était convaincu. Avec l'arrestation du 11 novembre, il devait être fiché. Au premier coup dur dans son secteur, il serait pris sans même avoir le temps de faire quelque chose de concret pour chasser les Boches.

Pour sa mère, ce fut un matin comme les autres. Elle embrassa son fils, son petit garçon en culottes courtes, qui s'était mis en tête de partir pour l'école avec une curieuse musette au lieu de son cartable habituel. Dehors, il s'écarta du chemin du lycée ; il prit le métro jusqu'à la gare de Lyon. Dans sa musette, un morceau de pain, un pull-over et une carte de France. Dans sa poche, cinquante francs, volés la veille dans le tiroir-caisse de son père. Objectif : zone libre. N'importe où, mais quelque part, à la rencontre de gens qui s'étaient levés et organisés pour se battre. Il n'avait pas encore quinze ans...

Jean Frydman tirait sur ses souvenirs. Seule cette succession d'images l'empêchait de délirer. En repensant à tout cela, il s'aperçut que sa marche devenait automatique, qu'il n'avait plus le souci de ses membres ni de sa fièvre. Depuis quelques minutes, il ne voyait même plus le chemin parcouru. Il avançait sans savoir comment. Il s'accrocha à son idée de culottes courtes.

— Ça, c'était une bonne astuce, souriait-il.

Qui donc pouvait se soucier d'un gamin dans la campagne ? On ne part pas faire la guerre en culottes courtes ! D'ailleurs sa mère le lui avait dit. Et au fond, c'était elle qui, sans le savoir, lui avait donné cette idée. Il avait prévu aussi de répondre aux questions, grâce à sa carte. Il regardait le nom du village traversé et celui vers lequel il se dirigeait. Si on l'interrogeait, son explication était simple. Depuis Poitiers où il était descendu du train, personne ne l'avait jamais soupçonné :

— Je viens de tel endroit, et je vais à tel endroit.

Cela paraissait normal. Un gamin qui rentre chez lui ! Son calcul était bon, puisqu'il passa la ligne de démarcation, en se baissant sous la barrière gardée par la sentinelle allemande sans même s'arrêter :

— Où tu vas ?

— Moi, je viens de Civray et je vais à Charroux.

De l'autre côté, tranquillement, il avait pris un car Limoges-Pau. Ensuite à pied, il avait mis le cap sur les Pyrénées. Sitôt la ligne franchie il avait réalisé qu'il lui serait plus difficile que prévu d'entrer en contact avec la Résistance. Il se voyait mal arrêter des gens sur la route et leur demander :

— Pardon, monsieur, le maquis, s'il vous plaît ?

Il revint alors à sa première idée. L'Espagne, et de là, s'embarquer pour Londres.

En repensant aux gendarmes dans les Pyrénées, Jean Frydman serra les dents. S'il avait eu l'expérience d'aujourd'hui, il aurait certainement réussi à passer. Naïvement il leur avait répondu :

— Eh bien, je vais en Espagne.

Les deux hommes s'étaient regardés.

— ... Et pour quoi faire en Espagne ?

— Pour m'embarquer et rejoindre de Gaulle à Londres. Et vous, qu'est-ce que vous foutez là, pourquoi vous n'êtes pas partis ?

Arrêté, jugé, il fut condamné à trois mois de prison ferme pour « tentative de franchissement illégal de la frontière ». Par égards pour ses culottes courtes, il ne fit que quinze jours.

Deux années ! Il dut patienter deux années pour pouvoir enfin entrer dans la Résistance organisée. Cette idée le remplissait encore de rage. Il ne s'attendait pas, bien sûr, à trouver un véritable bureau de recrutement. Mais il s'était imaginé que la France entière, ou presque, reprendrait les armes, disparaîtrait dans les maquis ou rejoindrait l'Angleterre. Au lieu de cela, il fallait se méfier de tout le monde. Et la France, loin d'être quadrillée par des réseaux de résistance, était trouée d'immenses régions où l'occupant s'installait en toute quiétude. C'est pour cela qu'il fut détaché de son maquis de la Creuse pour le secteur d'Issoudun.

Six résistants sur un terrain plat, enfoncés dans la forêt domaniale. Il fut ainsi l'un des créateurs du premier maquis de l'Indre. Il avait fait le trajet depuis la Creuse, derrière les quartiers de bœufs d'un camion frigorifique, un arsenal exceptionnel dans les jambes : mitraillettes, pistolets, caisses de munitions, grenades, explosifs. De quoi déménager tout le département. Le travail ne manquait pas. Au début, ce fut même un festival. Des trains, des lignes à haute tension. Chaque fois, il fallait venir à pied, à travers champs. Des dizaines de kilomètres dans la nuit pour retrouver au bout de sa fatigue un trou de taupe creusé dans la forêt, abrité à hauteur du sol par une toile de parachute recouverte de branchages. Tout y était humide. Il faisait froid. Il n'était pas possible de se réchauffer, ni même de faire cuire correctement des pommes de terre, à cause de la fumée facilement repérable. Il crut vivre à son tour la guerre des tranchées. A son avis, ce devait être la même chose. La boue qui colle partout et dont ne ne peut se débarrasser. Le froid tranchant des nuits et l'humidité qui transperce la peau. L'humidité surtout. Il la sentait s'infiltrer en lui et ne plus jamais s'atténuer. A la fin, il ne pouvait même pas se reposer normalement, ni dormir. Rien pour se soigner. S'il restait là, il allait agoniser comme un rat. De plus, sa faiblesse l'empêcha bientôt de participer à de nouvelles opérations. Mieux valait partir. Son état empirait. La fièvre.

— Tu as une pneumonie. Si tu ne pars pas, tu vas crever.

Ses amis étaient d'accord. Ils lui avaient conseillé les journaux pour couper le froid. De partir sans armes aussi. Mais pas à Issoudun, ils étaient maintenant trop repérés. Pour lui, il valait mieux regagner le maquis de la Creuse, près de La Souterraine. Plus de cent vingt kilomètres, à pied.

Jean Frydman marchait depuis trois jours. Un automate, comme s'il ne voulait pas que la mort le surprenne immobile.

Il pensait que ce réseau de résistance s'était révélé une réussite. Peu à peu, les gens de la région s'étaient réveillés au courage et avaient établi avec eux des contacts solides. L'impulsion était donnée. Mais, sur le plan de la sécurité des maquisards, le trou dans la forêt domaniale présentait des dangers insurmontables. C'était miracle qu'ils n'aient pas encore été anéantis. Un plat pays. Rien pour se retirer. Seule issue d'une alerte, disparaître dans les bois. Il se demandait encore comment ils avaient pu durer...

Pas une voiture. Malgré les consignes, il était prêt maintenant à tout pour ne plus marcher. Puisqu'il se sentait mourir, autant risquer de se faire prendre en stop. Il trouverait bien le moyen d'éviter les questions, et tant pis pour les contrôles éventuels de la police ou des Boches. D'ailleurs, dans son état, il se demandait de toute façon comment, même à pied, il pourrait échapper aux dangers. Il n'avait plus de force.

La route déserte s'enroulait autour des collines, interminable. Mais le paysage avait changé. Insensiblement, les plaines s'étaient soulevées. Il reconnut cette campagne.

Tenir. Il ne devait plus être très loin. Il espérait voir surgir de derrière un de ces arbres un compagnon qui le reconnaîtrait. Il s'écroulerait à ses pieds.

Il s'en voulait de n'avoir pas essayé de voler une voiture. Il avait appris à conduire au maquis. Et bien qu'il n'en eût pas encore l'âge, on lui avait confié pourtant des transports. Il se rappelait l'histoire de la banque d'Issoudun.

Une opération facile, surtout avec la complicité d'un employé. Tout s'était passé comme prévu. Le gardien assommé, le coffre ouvert, les sacs d'argent dans la camionnette. Ses complices l'avaient quitté peu après. C'était donc à lui qu'il revenait d'effectuer la livraison près de La Souterraine, à quelques kilomètres du camp de base. Il avait roulé la nuit. Exact au rendez-vous. Appels de phares répétés. Rien. Camouflé dans un bosquet, il avait attendu. Une heure. Deux heures. Personne. Au petit jour, il ne savait plus quelle résolution prendre. Tout cet argent. Des dizaines de millions. Il n'en avait jamais tant vu. Il avait ouvert un sac, pris un billet, et fait le tour du bosquet pour vérifier qu'on ne voyait rien de la route, puis il était allé au village acheter des sandwiches et de la bière pour soutenir un long siège.

A son retour, toujours personne. Il avait entamé ses provisions, puis, lassé de veiller, s'était allongé et endormi sur un matelas de billets de banque. L'homme était arrivé avec quarante-huit heures de retard : un empêchement, avait déclaré simplement celui-ci, en guise d'excuse. Le garçon lui avait remis son trésor...

Il lui sembla que son vœu se réalisait. Une voiture grimpait derrière lui. Il se campa au milieu de la route, agitant les bras comme un sémaphore triste. Méfiant, le chauffeur ralentit, inspectant les environs, visiblement prêt à foncer. Il s'arrêta net, descendit précipitamment. Le garçon le reconnut. C'était un homme du maquis, un ami.

— Emmène-moi, dit-il, j'ai la crève.

Puis, conformément à son rêve, il s'écroula.

Au même instant, à un peu plus d'une centaine de kilomètres de là, six cents hommes armés, miliciens et Allemands, éventraient la forêt domaniale et anéantissaient la taupinière du premier maquis de l'Indre. Jean Frydman venait d'être sauvé par quelque chose qui ressemblait pourtant étonnamment à la mort, une pneumonie à en crever.

La deuxième fois qu'il frôla la mort, ce fut de plus près encore. Elle paraissait même inévitable. C'était à la prison de Fresnes. Après avoir été soigné dans un hôpital de la Creuse, il était revenu à Paris, fin 1943, la tête plus pleine que jamais de dynamite et de coups de revolver. Au sein du groupe Franc National il avait participé au feu d'artifice du fichier S.T.O. au ministère du Travail, place Fontenoy ; fait sauter la centrale électrique de Chevilly-Larue ; détruit une usine de roulements à billes. Il s'était même offert un déplacement en province, près de Châteauroux, pour finir un travail que la R.A.F. avait commencé, en anéantissant une usine d'avions. A Paris, il avait aussi pulvérisé une boîte de nuit, rue Fontaine, où se réunissait la Gestapo noctambule. Sans compter les traquenards tendus aux mouchards, aux collabos, aux S.S.

Arrêté, il fut condamné à mort par un tribunal militaire allemand.

Et depuis, chaque matin il avait guetté l'ampoule électrique restée allumée toute la nuit dans sa cellule. L'ampoule allumée, c'était le règlement pour les condamnés à mort. A l'instant où elle s'éteindrait, il ne s'écoulerait pas deux minutes avant qu'il ne soit fixé sur son sort.

Mais, pour Jean Frydman, une épreuve supplémentaire était venue corser le scénario. Celle de la haine muette que lui vouait inexplicablement son gardien. Son déroulement en était immuable. Chaque matin, depuis des semaines, son garde-chiourme se livrait à un petit jeu qui semblait l'amuser beaucoup. A cinq heures précises, heure habituelle des exécutions, il traînait les bottes dans le couloir, comme à plaisir, piétinait ostensiblement devant la porte, enfonçait sa clef dans la serrure, ouvrait brutalement, regardait le condamné à mort, droit dans les yeux et, satisfait, repartait sans un mot.

Ainsi, le jeune homme était mort vingt-sept fois, depuis que la cour martiale avait rendu son verdict. Il avait beau tourner, dans sa tête, tous les raisonnements possibles, il savait qu'un jour ce clown tragique jouerait son numéro pour de bon. Rien dans ses allures ne changerait : mêmes pas, mêmes piétinements, la clef, la serrure, la porte, et cette trogne vicieuse qui s'animerait alors peut-être d'un seul mot répété deux fois « *schnell, schnell* ».

Mais heureusement pour lui, il y eut ce vendredi 11 août, et l'extraordinaire ténacité de Brunner, traqueur de Juifs.

La discussion avait été serrée. D'un côté, le commandant de Fresnes ne voulait pas lâcher un de ses condamnés à mort, de l'autre, le S.S. s'estimant responsable de tous les Juifs, exigeait qu'on les lui remît tous.

***

Voilà pourquoi aujourd'hui, dans ce wagon, le général manifeste une joie de vivre insolente.

Brunner le bourreau, en l'embarquant à Drancy avec les autres Juifs, lui a sauvé la vie. Il est son bienfaiteur. Cette étoile jaune qu'il n'a jamais portée de toute la guerre et qu'on a cousue sur ses vêtements à son arrivée au camp, il la caresse maintenant, dans un geste de provocation. Il voit, en face de lui, que les bourgeois n'y attachent pas la même valeur de fétiche. Au contraire. Ils sont abattus. Les six branches de leur étoile, six tentacules, étreignent leurs poitrines comme si elles allaient les dévorer, paraissant même leur faire subir de réelles souffrances.

Derrière lui, Kapel converse avec Marguliès. Le rabbin commente la visite de courtoisie qu'Amar a faite auprès d'eux.

— ... Ils disent ne pas comprendre pourquoi ils sont avec nous.

— Ils sont juifs, répond Marguliès, ça suffit non ?

— Oui, mais selon eux, nous, nous sommes des terroristes. Ils admettent que Brunner n'ait pas voulu nous laisser libres... mais eux, disent-ils, pourquoi ? puisqu'ils n'ont rien fait !

— C'est bien ce qu'on leur reproche, intervient Frydman.

— Que leur a-t-on dit avant de partir ? demande le chef de wagon.

— Qu'ils n'étaient pas des déportés comme les autres, mais des otages. On les conduira dans un endroit spécial, en Allemagne. Ils seront tous ensemble, et ne manqueront de rien. Oui, des otages, répète Kapel. Pour échanger contre quoi ? Contre qui ? Ils n'en savent rien.

— Ils sont encore plus inconscients que je ne croyais... des otages... un endroit spécial... ils ne manqueront de rien, reprend Marguliès, éberlué.

— A mon avis, tranche le général, ils sont complètement cinglés. Et avec la trouille qu'ils ont, ils sont même dangereux pour nous.

Les trois hommes se taisent, regardant ensemble le coin des valises, avec curiosité.

Armand Kohn, mû par une idée subite, se retourne et s'accroupit. Il fouille à ses pieds dans une petite mallette au cuir lustré. Il sort une carte de visite, choisit un des cinq stylos alignés méticuleusement à l'intérieur du couvercle, rabat celui-ci, s'assied sur une valise, et écrit :

« 17.VIII.44. Cher Monsieur,

« Nous sommes tous déportés. Sans doute allons-nous en Allemagne, armés de courage et confiants en Dieu. Nous sommes avec des prisonniers politiques de Fresnes. Pourquoi ? Essayez d'agir pour nous, via Croix-Rouge internationale. Voyez le président de Paris. Adieu. A bientôt. Pensez à nous. Prévenez les amis, et l'entreprise que j'administrais. »

Pour être lisible, malgré les tremblements du wagon, Armand Kohn écrit en caractères d'imprimerie.

Sa lettre terminée, il ouvre à nouveau sa mallette, prend une petite enveloppe et inscrit l'adresse de son destinataire.

« Monsieur Robert Carré

Secrétaire, 29 bis, rue Doudeville

à Paris VIIIe. »

Puis, au dos de l'enveloppe :

« Prière à la personne qui trouvera cette lettre de la mettre à la poste. »

Il sort un timbre d'une petite boîte, et le colle soigneusement.

Le geste d'Armand Kohn agit comme un signal. Parmi les déportés qui ont observé son manège, certains l'imitent. Ils sortent des bouts de papier froissé qu'ils se partagent. Mais les résistants n'ont que deux crayons et ils sont une dizaine à attendre leur tour. Philippe Kohn l'a remarqué. Après une brève hésitation, il ouvre la mallette, et en sort toute la batterie de stylos de son père. Celui-ci, étonné, le regarde sans faire un geste. Le garçon traverse la zone frontière qui le sépare des résistants, et fait la distribution. Puis il revient près des siens, du défi plein les yeux.

Flamant, un jeune résistant de dix-huit ans, le remercie encore, d'un signe de tête, de loin. Il tient à écrire à ses parents, pour qu'ils sachent au moins où il est. Il n'a plus donné, ni reçu aucune nouvelle depuis son arrestation, il y a un mois. Il leur dit des mots simples : qu'il est « en route pour la déportation ». Il remercie aussi son père « toi qui as ensoleillé mon enfance avec les coûteuses meringues au chocolat que, malgré tes moyens modestes, tu achetais chaque semaine, chez le pâtissier de la rue Notre-Dame-de-Lorette ».

Il s'adresse ensuite à sa mère :

« Je salue en toi une femme courageuse. Tu le resteras jusqu'à mon retour. »

Sur la même feuille, il écrit l'adresse d'une amie, rue du faubourg Poissonnière.

« Mademoiselle Germaine Racine. » La très-catholique-

Germaine-Racine, pense-t-il avec une admiration attendrie. Il espère qu'elle n'aura pas d'ennuis, à cause de lui, puisqu'elle n'est pas juive ; par contre, s'il envoyait la lettre à ses parents, il sait que ceux-ci risqueraient d'être arrêtés.

C'est pour cette même raison que le général, César, Cor, Kapel, Henri, Amar, Tzippy et beaucoup d'autres n'écrivent pas.

Le train, qui hésitait depuis plusieurs minutes, s'arrête à nouveau. Flamant monte à la lucarne et jette comme les autres son message dans le vide. Une goutte d'eau dans cette pluie de mots d'espoir.

Armand Kohn balaye la paille entre ses pieds, et glisse sa lettre par une fente du plancher. Il la pousse du plat de la main, jusqu'à ce qu'il la voie disparaître, petite tache blanche, libre, sur la voie, la plus grande boîte à lettres du monde. Des hurlements arrivent soudain de dehors. Flamant colle sa joue contre les barreaux. C'est Brückler.

Le S.S. court le long du wagon et commence à ramasser les papiers, qu'il enfouit dans sa poche, au moment même où le train redémarre. Brückler se hâte. Il court. Il s'essouffle en vociférant. Il n'a plus le temps de les prendre tous. Flamant ne sait pas où est tombé son message. Il voit l'Allemand renoncer enfin et sauter sur le marchepied. Au hasard, il fixe un papier blanc, resté à terre, et le regarde disparaître entre les pierres du remblai, en priant pour que ce soit le sien.

Derrière lui le général interroge :

— Il a tout ramassé ?

Flamant ne répond pas. Une boule lui obstrue la gorge. Il quitte son emplacement en haussant les épaules, en signe d'ignorance.

Un panneau passe dehors.

— Freinville, lit le général à haute voix.

— On est loin de Paris ? demande Ernest.

— Non, on a dû faire à peine dix kilomètres depuis le départ.

Les jeunes gens s'impatientent. Ils attendent qu'un événement se produise, quelque chose qui leur permettra d'agir.

— De toute façon, il faut attendre la nuit. On ne pourra rien réussir avant, dit Ernest, certain que son ami, à cet instant, suit la même idée que lui.

CHAPITRE 8

Jeudi 17 août, 18 h 30.

— Mais qu'est-ce que j'ai été con !

Philippe Kohn est fasciné. Depuis de longues minutes, il ne quitte plus des yeux Ernest et le général.

« Mais quel con ! Mais quel con ! » se répète-t-il. Le train le répète avec lui, sur trois temps, à chaque changement de rail, avec une insistance lancinante.

C'est en regardant Ernest et le général que, tout à coup, pour lui, un monde vient de basculer. Ils ont le même âge que lui. Ils sont enfermés dans le même wagon. Ils sont juifs, comme lui. Ce que Philippe vient de comprendre, eux l'ont compris depuis longtemps : ils se sont battus, parce qu'un Juif ne compose pas avec les nazis.

Philippe a la révélation subite d'avoir été trompé. Depuis toujours. Pourquoi a-t-il cru qu'il existait plusieurs sortes de Juifs : ceux qu'on déporte, et ceux qu'on ne déporte pas ? Pourquoi a-t-il pensé que la fortune de sa famille le mettrait à l'abri ? Pourquoi son père a-t-il imaginé que ses petits arrangements avec l'Hauptsturmführer Brunner vaudraient à sa famille la tranquillité ?

La réponse à ces questions paraît évidente au jeune

homme depuis quelques minutes à peine. Il ne se pardonne plus tant de naïveté.

Pourtant, les avertissements ne lui ont pas manqué.

La rafle du Vel' d'Hiv' ? Philippe en a entendu parler, à l'époque, mais il ne s'est pas senti concerné. Pas plus que par les mesures qui suivirent. L'étoile jaune ? Il l'a portée depuis le premier jour ; d'ailleurs, son père n'aurait pas permis un écart sur ce point. Il veillait personnellement à ce qu'elle fût cousue à l'emplacement réglementaire. Le garçon se souvient aussi des colères folles de cet homme, lorsque lui-même, ou l'une de ses sœurs, rentrait après le couvre-feu. Et puis il y avait eu, surtout, les amis qui partaient en déportation, et qu'on ne revoyait jamais. Autour de la famille, leurs rangs s'étaient considérablement éclaircis.

— Mais quel con ! enrage-t-il entre ses dents.

Un homme, un Juif, M. Armand Kohn, son père, industriel, cogestionnaire de banque, et administrateur de l'hôpital Rothschild, continuait son travail, sous une avalanche de sanctions qui ne semblaient pas le toucher. Il quittait son appartement du XVIe arrondissement, à 8 h 30, chaque matin, pour son travail. Il rentrait, le soir, avant 19 heures. Dans le même temps, alors que Philippe se rendait tous les jours à ses cours de l'ESSEC, ses sœurs allaient, l'une au conservatoire, l'autre en fac. Le plus jeune frère était externe au collège. Sa mère dirigeait la maison. Sa grand-mère continuait à vivre au milieu de ses domestiques et de ses œuvres d'art, dans son hôtel particulier de l'avenue Hoche, à deux pas des sinistres cachots de la Gestapo. Tant de routine familiale et monotone, comme s'il ne se passait rien d'inhabituel à Paris, ni dans toute l'Europe !

Cette situation apparaissait tellement absurde à leurs amis et tout leur entourage qu'on avait surnommé la famille Kohn « les volontaires de la mort ». Philippe lui-même ne l'ignorait pas. Mais il n'y croyait pas non plus.

— Comment j'ai pu être aveuglé à ce point ?

Le jeune homme se prend la tête à deux mains, dans un geste d'impuissance. Il regarde de côté, vers son père, le stratège défait aux narines pincées. Au début, en 1939, Papa avait pourtant manœuvré avec une autorité qui avait fait une grosse impression sur le garçon. Il avait dit :

— La guerre, ça signifie des bombardements. Et Paris risque d'être touché en premier. Alors, on s'en va.

Il avait appelé cela « l'exode ». En fait d'exode, toute la famille, grand-mère incluse, s'était retrouvée dans la propriété familiale de Deauville. En arrivant à la villa, Philippe avait défait ses valises avec enthousiasme, heureux de passer des vacances prolongées au bord de la mer. Et puis, la guerre piétinant, son père l'inscrivit au collège mixte local. Pour le garçon ce fut une période merveilleuse. Il n'avait pas quinze ans.

Après l'entrée fulgurante des Allemands en Belgique et en France, Armand Kohn sonna la retraite. On refit les valises, direction Pays Basque. Avec cette traversée de la France, la guerre, pour Philippe, prenait des allures de croisière.

Mais là, chez sa tante, Nadine Thierry, à Guéthary, entre Biarritz et Saint-Jean-de-Luz, eut lieu la première erreur de son père, la plus flagrante aussi. Philippe se souvient du formidable coup de gueule que « Père » poussa ce jour-là, son oncle, Philippe de Rothschild, ayant fait escale. avant de partir en Espagne avec sa famille, avait essayé de convaincre Armand Kohn de s'enfuir aussi. L'oncle avait expliqué longuement qu'un Juif devait s'attendre au pire avec les nazis, qu'en Allemagne l'antisémitisme avait été sanglant, que l'idéologie du IIIe Reich était parfaitement claire sur la question. Peine perdue. Le père de Philippe s'était emporté :

— Nous ne partirons pas. Quitter la France, c'est de la lâcheté. Je suis un grand invalide de guerre, moi, j'ai été gazé dans les tranchées, moi, je suis Français avant tout, moi !

Père s'était buté. Plus rien n'avait pu modifier sa résolution. Non seulement la famille Kohn ne partit pas pour l'Espagne, mais elle rentra à Paris. En pleine occupation.

Philippe comprend aujourd'hui que, depuis ce jour-là, la suite de la guerre pour la famille Kohn n'a été qu'une succession de décisions sans clairvoyance, imposées par un homme entêté.

Père opposait à toute discussion le même argument :

— Tant que nous serons ensemble, il ne nous arrivera rien.

Il avait pourtant fait un écart à cette maxime, lorsque

Philippe avait été menacé par le S.T.O. Il s'était alors affairé pour le cacher dans une ferme de l'Yonne d'où le fils ne revint qu'en 1943, passée la menace d'être envoyé en Allemagne. Sans comprendre comment son père avait pu s'arranger pour qu'il ne partît pas, Philippe avait repris sa vie d'étudiant.

Le général et Ernest sont assis par terre, les jambes croisées en tailleur. Ils se parlent à l'oreille, l'air de conspirateurs. Philippe imagine qu'ils mettent au point une manœuvre imparable qui les tirera de cette fâcheuse situation. Ils ne paraissent pas vraiment pris au dépourvu. Pour eux, c'est la guerre qui continue, mais sous une autre forme. Ils semblent forts, aguerris, préparés à affronter n'importe quelle épreuve. Philippe les envie presque. Il aimerait bien être avec eux, faire partie de leur bande, franchir cet espace vide, cette frontière insensée qui sépare les deux clans, comme si l'un et l'autre n'avaient rien de commun, rien à se dire. Lorsqu'il est monté dans le wagon, tout à l'heure, il a suivi d'instinct sa famille, et s'est retranché avec elle du côté des valises. Ces gens en guenilles lui semblaient appartenir à un autre monde, à une autre race même. Maintenant, il a compris que dans ce wagon il n'y a ni coupables ni innocents, mais seulement des Juifs. Des Juifs riches, des Juifs pauvres, mais toujours des Juifs.

Sa valise, derrière lui, est bourrée de linge de rechange, de costumes, de pulls, de chemises fines, de tenues d'été. Il a même une paire de chaussures de toile. Philippe a toujours été pointilleux sur sa tenue vestimentaire. Mais, à cette minute, il a honte de sa chemisette blanche, de son blazer bien coupé, de son pantalon de flanelle au pli presque parfait. Les jeunes terroristes ont eu des préoccupations bien différentes. C'est leur visage aujourd'hui qu'il met derrière toutes ces actions dont il entendait parler ces dernières années, résistants, filières, attentats, sabotages, réunions clandestines, peurs, marches dans la nuit, arrestations, tortures et héroïsme.

Ses expéditions nocturnes à lui consistaient à faire le mur. Et encore, se reprend-il, amer, l'expression « faire le mur », dans son cas précis, est-elle trop glorieuse.

Il lui suffisait, dans le studio qu'il occupait au-dessus de l'appartement familial, d'ouvrir sa porte donnant sur l'escalier de service. Il allait retrouver des amis, enlevait l'imperméable qu'il portait toujours pour cacher sa poitrine et Philippe dansait, avec son étoile jaune. Même en cachette, il ne parvenait pas à désobéir complètement à son père.

Une fois pourtant, il avait failli réussir. Failli seulement. Mais pour le garçon, cette tentative était quand même un exploit. Il avait tenu tête à son père pendant toute une semaine, durant laquelle il avait refusé de se rendre au sempiternel argument :

— Tant que nous serons ensemble, nous ne risquons rien !

Il voulait partir avec son cousin pour rejoindre l'armée de Gaulle en Afrique du Nord.

D'abord, Armand Kohn avait essayé de le raisonner :

— Je ne t'ai pas évité le S.T.O. pour te laisser aller en Afrique ! Si tu pars, nous risquons de subir des représailles !

Philippe n'en démordait pas. Son père résolut alors d'employer les grands moyens :

— Tu ne quitteras pas cette maison. Songe qu'en agissant autrement, tu auras sur la conscience la mort de toute ta famille. D'ailleurs, pour t'éviter de faire une bêtise, à partir d'aujourd'hui, tu seras enfermé à clef dans ta chambre, et moi seul pourrai t'ouvrir. Tu n'en sortiras que lorsque tu seras calmé.

Et il avait tenu parole. Philippe s'était retrouvé bouclé dans son studio. Son père avait pris la précaution de fermer aussi l'autre porte donnant sur l'escalier de service, et à midi il revenait spécialement de son travail pour lui monter son déjeuner.

Le garçon était en prison. Cette idée, à l'époque, le faisait sourire. Jusqu'à présent, la prison évoquait pour lui une cellule humide avec quatre murs gris et sales, une lucarne inaccessible tranchée d'énormes barreaux de fer, un mobilier inexistant limité à un seul bat-flanc fixé par une chaîne à la paroi. Les détenus y ressemblaient, au mieux, au sportif comte de Monte Cristo, et au pire à un abbé Faria barbu, agonisant dans la forteresse du château d'If.

Au lieu de cela, son cachot personnel coiffait le dernier étage d'un immeuble cossu. Les murs, recouverts d'une apaisante tapisserie mordorée, débordaient de soleil. Le mobilier était de bon goût : une bibliothèque fournie, un ravissant bureau dos d'âne pour travailler ses cours, une chaise Louis XV et un lourd fauteuil de cuir. Quelques menus tableaux agrémentaient l'ensemble. Quant au lit, il faisait un bat-flanc acceptable.

Pendant ces huit longues journées, Philippe avait tant pesé le pour et le contre, qu'il n'avait pas su quoi décider. Devait-il croire ce qu'il entendait dire autour de lui sur les malheurs arrivés aux autres, à des amis ? Ou bien faire confiance à son père ? Philippe reconnaissait que jusqu'ici ce dernier semblait avoir eu raison. Et il avait choisi d'obéir...

— Mais que j'ai été con ! insiste Philippe excédé.

Il se débarrasse de sa veste et la jette sans ménagement sur le tas de valises. Sa mère, surprise, le gourmande du regard, puis elle la ramasse et la plie soigneusement. Le garçon s'excuse :

— Tu sais, dit-il en l'embrassant, ce n'est plus la peine. Je crois que bientôt, nous n'aurons plus besoin de tout ça.

Il désigne le coin des bagages.

— Mais pourquoi dis-tu une chose pareille ?

— Pour rien maman... rien.

Philippe regrette son geste. Il lit l'inquiétude sur le visage de sa mère. Deux plis verticaux creusent son front entre ses yeux. En obéissant aveuglément aux décisions de son père, elle aussi a fini par se retrouver dans ce même wagon ; et cela il ne l'accepte pas. Cette logique qu'il refusait de voir, éclate aujourd'hui. Quand il y repense, le dernier acte de cette tragique illusion avait été un monument de bêtise.

Un coup de téléphone.

— Allô, Philippe ?

C'était la voix de son père.

— Oui.

— Surtout, restez où vous êtes, nous sommes chez grand-maman. Les Allemands sont là. On vient nous arrêter. Ne bougez pas. Nous allons rester tous ensemble. Dis bien à tes sœurs de ne pas s'affoler. Tout s'arrangera. Quelques jours, tout au plus. Attendez-nous, nous arrivons.

Philippe reposa le téléphone. Il était 8 heures du soir, le 17 juillet 1944. Cela fait juste un mois. Tous les enfants étaient là, fidèles aux consignes, rentrés depuis une heure.

Il fit le tour des chambres.

— Antoinette, viens, je dois te parler. Appelle Rose-Marie.

En entrant dans la chambre de Georges-André, Philippe trouva son jeune frère à quatre pattes, occupé à remettre un train électrique sur ses rails. Il le laissa et referma la porte. Dans le salon, ses deux sœurs l'attendaient. Bien que n'étant que le second des enfants, Philippe se sentit l'aîné, pour la première fois de sa vie. Les deux jeunes filles le regardaient, le visage grave.

— Papa vient d'appeler. Il est avec Maman avenue Hoche. Les Allemands sont avec eux. Ils vont venir ici. Nous sommes arrêtés. Papa dit que tout va s'arranger. On va probablement nous conduire à Drancy pour quelques jours, c'est tout. Ensuite, nous reviendrons à la maison, comme avant. De toute façon, la guerre sera bientôt finie, et on ne nous gardera pas longtemps.

Une demi-heure plus tard, un autobus s'arrêta au 2 de la rue d'Andigné. Deux policiers allemands, un gros S.S., c'était Brückler, et un de ses sbires, un petit homme aussi large que haut, entrèrent derrière ses parents et sa grand-mère, dans l'appartement.

— Préparez vos valises, dit le père.

Sans un mot, les enfants disparurent dans leur chambre. Philippe sortit, monta dans son studio, et ferma sa porte. Il réalisa alors qu'il pouvait s'enfuir. Il s'était fait fabriquer une nouvelle clef de la porte de service que son père avait condamnée lors de son « emprisonnement ». Il lui suffisait de déplacer l'armoire, de descendre l'escalier de service, et de disparaître par-derrière.

Il tira l'armoire et regarda la porte quelques instants. Il essaya la clef. Elle tourna dans la serrure. Il ouvrit. L'escalier de fer tournoyait vers la liberté. Il lui aurait suffi d'un pas, un seul pour être dehors. Le temps que les Allemands s'inquiètent, et il serait déjà dans Paris, introuvable.

« N'oublie pas que tu auras sur la conscience la mort de toute ta famille ! »

Jamais il n'avait réussi à se libérer de cet avertissement de son père.

Philippe referma la porte, sortit la clef et remit l'armoire à sa place. Il empoigna sa valise, la remplit du nécessaire habituel pour partir un mois en vacances, à la mer. Et il redescendit.

« En fait de privilégié, se dit Philippe avec amertume, j'ai surtout été privilégié de l'évasion. » Il ne doute pas une seconde que n'importe lequel de ces terroristes en face de lui aurait saisi ces occasions. Et pourtant, même après l'arrestation, il n'avait pas encore compris. Il est vrai que son père faisait preuve d'une telle confiance en l'avenir.

— Il ne nous arrivera rien, répétait encore ce dernier à Drancy. Nous ne resterons ici que quelques jours, et puis nous retournerons à la maison.

Même lorsqu'il y eut le dernier convoi du 31 juillet ! Pourtant étonné qu'en pleine avance alliée les Allemands puissent encore déporter, Philippe ne craignait pas trop pour lui-même et les siens. Depuis la fenêtre de son bloc, il avait assisté au grand cérémonial du départ.

Parmi les mille trois cents victimes rassemblées dans la cour, il n'était pas parvenu à détacher les yeux d'un garçon d'une dizaine d'années. D'une main le gosse tenait un baluchon, et de l'autre il amarrait fermement une petite fille par le cou. Tous deux attendaient leur tour, engloutis dans un groupe de trois cents enfants, attentifs aux ordres. Le gamin, coiffé d'une casquette, serrait la fillette en tablier, sa sœur sans doute. Philippe avait eu le cœur chaviré par ce petit bonhomme courageux et protecteur qui la prenait en charge pour le grand voyage en train. Il l'avait vu se pencher vers elle de temps en temps et lui parler à l'oreille. Le garçon et sa petite sœur, alignés avec les autres en un carré dérisoire, attendaient bravement le dernier autobus. Près d'eux, il y avait un vieillard allongé sur une civière, et une femme qui portait avec ferveur une courte caisse de bois, dans laquelle dormait un nouveau-né. Philippe avait appris le même soir que le bébé était né au camp, et qu'il avait deux semaines.

Hissé par la plate-forme, le grabataire glissa au-dessus des têtes, la mère et sa caisse précieuse montèrent derrière lui. Le petit garçon s'effaça pour laisser passer sa sœur. Il la poussa pour l'aider à grimper. Ils étaient les derniers.

L'autobus démarra, emportant avec lui, dépassant de la vitre, une casquette penchée près d'une mèche de cheveux blonds collés par les larmes.

Cette dernière image, malgré toute la confiance qu'il accordait à son père, avait ouvert une fissure qui ne s'était jamais refermée. C'était une sorte de peur latente, mais toujours présente, dont il n'avait jamais pu se débarrasser. Même les nouvelles rassurantes de l'avance alliée ne l'avaient pas guérie. Elle lui apparaît maintenant, dans ce wagon, comme prémonitoire. Mais il est trop tard...

Le train s'est arrêté, sans une seule secousse. Il s'est immobilisé en douceur, comme s'il venait de trouver un fragile équilibre. Philippe est surpris par le silence. Il croyait que ces grincements de ressorts et ces cognements répétés sur les rails ne cesseraient jamais. Jean Frydman se précipite à nouveau à la lucarne, devant Marcel Bloch qui s'écarte sans rien dire.

— Dammartin-Juilly... Dammartin-Juilly ! annonce le général.

Il a le ton d'un chef de gare annonçant sa station.

Philippe n'aime pas cet humour. Il a le sentiment que ces réflexions le visent, lui et sa famille. Il aimerait expliquer aux terroristes que s'ils sont là avec toutes ces valises, c'est parce que, lorsqu'on part en voyage pour plusieurs semaines, on emmène toujours ses bagages. Et il croyait simplement partir pour un voyage. Il craint, en cet instant, que le général ne pousse trop loin les plaisanteries. Qu'il ne se mette, par exemple, à jouer les porteurs. Il sent pourtant que ce dernier a raison. La raideur des siens que son père prend pour de la dignité lui apparaît déplacée, anachronique. Surtout que dans ce silence absolu, les gémissements incessants de sa grand-mère, inaudibles pendant la marche du train, sont maintenant entendus et compris de tous. La vieille dame est obsédée par une seule pensée :

— Mais comment vais-je faire pour me déshabiller, ce soir ?

Le silence s'est épaissi autour de ses plaintes. Tous les déportés l'écoutent. Elle répète, en interrogeant des yeux son fils Armand Kohn :

— Mais comment vais-je faire ? Comment ? Rosa n'est pas là. Ah, si j'avais ma Rosa !

Les résistants regardent la vieille dame. Ils sont partagés entre le mépris et la pitié.

Maurice Marguliès décide qu'elle a perdu la tête. Le général renchérit :

— Elle est complètement toquée, murmure-t-il pour lui-même.

Pour la première fois de sa vie, Philippe ne se sent pas à sa place au milieu de sa famille. Il a honte.

— Rosa, ma Rosa ! grince sa grand-mère, l'air absent.

Rosa est sa dame de compagnie. Philippe l'a toujours connue. Tous les soirs, dans la chambre de l'hôtel particulier, avenue Hoche, Rosa décoiffait sa maîtresse, défaisait la longue rangée des lacets de son corset, et la préparait pour la nuit. Lorsque celle-ci se rendait chez des amis, Rosa attendait son retour, quelle que soit l'heure, pour l'aider à se déshabiller.

Après plus d'un demi-siècle de ce cérémonial quotidien, immuable, Mme Marie-Jeanne Kohn, née de Weisweiller, belle-sœur d'une Rothschild, dans ce wagon à bestiaux, a perdu le sens des réalités. Elle est anéantie par l'inconfort de ce voyage, cet entassement, cette promiscuité. Jamais de toute sa vie, elle n'a subi une telle épreuve. Elle n'a connu que le luxe, et les égards.

Philippe s'approche d'elle. Il lui prend la main pour la rassurer.

— Ne t'inquiète pas, Rose-Marie et Antoinette t'aideront. Tu verras, tout se passera bien.

Ses lèvres ont cessé leurs tremblements. Elle serre son petit-fils contre elle, et tout son corps s'apaise. Ses yeux fixent le plancher. Elle ne regarde rien, elle s'est évadée de ce wagon, elle est perdue dans ses souvenirs.

Philippe souffre aussi pour ses deux sœurs. Il réalise qu'elles non plus ne sont pas à leur place dans ce wagon. Il les dévisage avec affection. Elles sont belles dans leurs robes à fleurs. Coquettes comme toutes les jeunes filles de leur âge, elles ont mis des robes légères, parce que dehors, c'est l'été. Elles sont la jeunesse et la vie, dans ce wagon de mort. Qu'ont-elles à voir avec cette guerre ? pense-t-il.

Et Georges-André ? Assis sur la paille du plancher, adossé à une valise, désœuvré, son jeune frère attend sagement. Sécurisé par la présence de toute sa famille, il ne parle pas.

Juif ! Juif ! Nous sommes des Juifs ! Mais qu'est-ce que ça veut dire ? Cette question qu'il se répète l'obsède. Il n'y trouve pas de réponse. D'ailleurs, il se sent presque coupable de n'être pas un bon Juif. Il ne pratique par les rites juifs. Georges-André, lui, est catholique, il a fait sa communion solennelle, quelques semaines avant leur arrestation. Quant à Antoinette, elle a décidé depuis longtemps de se faire religieuse. Mais alors, Juif ?

Jusqu'à présent il n'en avait pas souffert. Même l'étoile jaune n'était pour lui qu'un signe distinctif qui ne l'avait jamais vraiment gêné. Jamais il n'avait subi de réelle humiliation.

Philippe plonge les yeux vers le carré blanc de la lucarne. Dehors, un oiseau est passé. Le bec chargé, il se dépêchait. Dans le wagon silencieux, on n'entend que des respirations appliquées.

Maurice Marguliès observe le garçon depuis de longues minutes. Il a l'habitude des jeunes gens. Il comprend que Philippe se bat, qu'il s'empêtre dans ses contradictions. Le chef de wagon devine les questions qu'il se pose. Il voit cela à des signes infimes. D'abord le jeune homme a perdu cette rigidité que son père prend pour de la dignité. Et puis, tout à l'heure, il n'a pas hésité à traverser la frontière pour proposer des stylos aux résistants.

Philippe se sent regardé. A trois mètres de lui, cet homme solide qui ne le quitte pas des yeux l'inquiète. Avec ce chef de wagon, les résistants vont tenter de s'évader, il en est certain. Et s'ils s'échappaient sans nous ? pense-t-il soudain, paniqué. Le garçon jette un bref coup d'œil à son père. Ce dernier lui tourne le dos. Il est occupé à murmurer quelque chose à l'oreille de sa mère. Encore ses habituelles paroles d'encouragement !

Le garçon se décide. Il ramasse sa sacoche verte bordée de noir que lui a remise l'homme à Drancy, au pied de l'escalier. Il traverse la frontière pour la deuxième fois et s'adresse au chef de wagon.

— Regardez, chuchote-t-il.

Le dos tourné au coin des valises, il ouvre la sacoche. Le général et Ernest se sont approchés.

Bien alignés dans leurs passants de cuir, il y a des limes de toutes tailles, des scies à métaux, des tournevis, et même un marteau et un burin. Un véritable attirail de professionnel. Philippe est étonné lui-même par la panoplie qu'il vient d'étaler. Le prisonnier de Drancy a bien fait les choses. Le général émet un sifflement admiratif, puis ordonne en tendant les mains :

— Donne-nous ça !

Philippe s'esquive vivement en opérant un demi-tour sur lui-même. Il a eu le temps de remarquer le regard furibond de son père.

— Il n'en est pas question, répond-il au général.

— Donne-nous ça, je te dis, insiste Jean Frydman.

— Non, tant que vous ne m'aurez pas assuré que vous ne vous évaderez pas sans nous.

— Donne d'abord. On discutera après, exige le général, agressif.

Philippe tient bon :

— Ce sera comme ça ou pas du tout, je vous le donnerai quand nous en aurons besoin.

— D'accord, conclut Marguliès, apaisant.

Au même instant, dehors, Brückler braille des ordres. Aussitôt, des piétinements s'abattent autour du wagon, faisant rouler les cailloux du remblai.

Le général et Ernest se précipitent à la lucarne. Marcel Bloch avait prévu leur réaction. Par réflexe, avant leur arrivée, il s'est de nouveau effacé de son poste d'observation habituel.

César s'est levé avec Amar, et Kapel aussi et Henri Pohorylès, Tzippy et Cor. Toutes les lucarnes sont prises d'assaut.

— Alors ? demande Marguliès.

— Je crois qu'on est arrêté pour un moment, hasarde le général.

Il observe les deux schupos laissés en sentinelles le long du wagon, pendant que les autres, sans se presser, traversent les voies en direction des bâtiments de la gare déserte.

— Si c'est vrai, commente Marguliès, c'est que les voies ont été coupées par la Résistance. Nous sommes un train de matériel, donc prioritaire. Il faut un empêchement important pour que nous n'avancions plus.

Si les paroles du chef de wagon ont fait renaître l'espoir parmi tous les déportés, lui-même ne se fait guère d'illusion. Il connaît l'efficacité de l'organisation allemande. En ce moment, des hommes doivent travailler sur les voies détruites, ou chercher un autre itinéraire.

Philippe profite de cet intermède pour refermer sa

sacoche et revenir dans son coin, bravant au passage le regard de son père. Une petite victoire.

Maurice Margulièès sait maintenant qu'il peut compter sur un sympathisant, au moins, dans ce groupe de bourgeois. Le garçon, avec son attirail, est une brèche dans ce mur d'otages dédaigneux. Et le chef de wagon rêve d'une évasion complète, tout le wagon vidé, résistants et otages ensemble. Brückler ne trouverait plus personne !

A l'instar de leur frère, Rose-Marie et Antoinette Kohn franchissent la frontière. Marguliès les accueille. Etonné, il attend. Ernest, le général et Henri les entourent.

Rose-Marie s'accroupit et leur fait signe de l'imiter. Les hommes obéissent. Rose-Marie espère ainsi atténuer le bruit de sa voix. Elle ne veut pas que son père comprenne ce qu'elle va dire. Les deux sœurs se regardent avec une complicité de petites filles qui hésitent à livrer un secret.

— Alors ? demande Frydman.

— Voilà, commence Rose-Marie. Grand-mère a tous ses bijoux ici. Alors on a pensé que nous pourrions peut-être les proposer à Brückler pour qu'il nous laisse tous partir ?

Emportée par son élan, et convaincue de la justesse de son idée, elle explique le plan qu'elle a imaginé avec sa sœur :

— ... Vous avez vu, fait-elle remarquer, le train est tout près de la route. Et ici, on n'est pas loin de Paris.

Elle s'interrompt, pour s'assurer que tout le monde apprécie bien la valeur de l'observation.

— ... Alors, continue-t-elle, on attendrait la nuit, Brückler ne mettrait pas de sentinelle ; il ouvrirait la porte du wagon, et... pfuiit..., tout le monde pourrait sortir.

Rose-Marie attend. Elle a terminé sa proposition. Elle a retrouvé, pour la circonstance, le conditionnel des jeux d'enfants. Les gestes aussi. Elle a claqué ses paumes pour mimer la fuite : Pfuiit.

Marguliès est attendri. Le geste de la jeune fille évoque pour lui une gentille compagnie de lapins qui détalent vers leur terrier, au clair de lune.

Les hommes regardent Rose-Marie, sceptiques. Elle s'étonne de leur silence prolongé. Antoinette interroge, inquiète :

— Alors, qu'en pensez-vous ?

— Pfuiit ! imite le général en frappant dans ses mains.

Ernest et Henri sourient, sans méchanceté, pour excuser leur compère. Marguliès intervient doucement :

— C'est une bonne idée, dit-il, en hochant la tête comme s'il réfléchissait, mais...

— Mais quoi ? répond vivement Rose-Marie, vexée.

— Mais j'ai peur que cela ne marche pas. Vous avez vu les S.S. Vous les connaissez depuis que vous êtes à Drancy. Si vous leur dites que vous avez sur vous de l'argent ou des bijoux, ils vous prendront tout et vous resterez enfermées dans ce wagon.

Rose-Marie se mord la lèvre. Avec sa sœur, elle n'avait pas pensé à cela.

— Mais... c'est bien ! apprécie le chef de wagon, comme s'il mettait une note d'encouragement à un élève. Vous avez eu raison de nous en parler. C'était une idée, et il ne faut rien négliger.

— Dites, monsieur, vous croyez qu'on va sortir d'ici ?

Marguliès est ému par la supplication de Rose-Marie.

— Je ne sais pas, dit-il. J'espère ! Enfin, nous ferons tout pour ça.

Les deux jeunes filles regagnent le coin familial. Leur père les récupère avec empressement. Ses gestes sont nerveux. Il s'emballe dans un long murmure de phrases saccadées, cassantes comme des ordres. Visiblement, il désapprouve les escapades au-delà de la « frontière », comme si elles revenaient d'une expédition dangereuse.

Assises sur des valises, près de leur mère, Rose-Marie et Antoinette baissent la tête. De temps en temps, elles lèvent les yeux vers les terroristes, en leur jetant des regards d'enfants punis.

Philippe est debout, à côté de son père. Il médite, mesurant l'importance de cette frontière de classe si difficile à franchir. Marguliès commence à se demander s'il ne s'est pas trompé. Ces jeunes gens auront du mal à se libérer de la terrible autorité paternelle. Il pense qu'il faudra sans doute agir sans eux. Quant aux autres bourgeois, jusqu'à présent, aucun ne s'est risqué à passer du côté des résistants. Le chef de wagon est persuadé qu'ils resteront ainsi tout le voyage, « dignes » jusqu'au bout.

CHAPITRE 9

Jeudi 17 août, 21 heures.

Appuyé sur les coudes, jambes allongées, la tête renversée en arrière, Maurice Marguliès ferme les yeux. Il pousse un long soupir de lassitude. La chaleur est lourde. Aucun air n'entre par les lucarnes. Il a les mains poisseuses. Dans le wagon, personne ne parle, pas même un chuchotement. Rien. Il ne se passe rien.

Tout à l'heure, il est allé jeter un coup d'œil à travers la lucarne. Pas un mouvement dans la gare. Seules quelques silhouettes silencieuses glissaient au loin, à l'abri des rayons obliques du soleil. Un instant, l'angoisse a envahi le chef de wagon. Il a saisi les barreaux devant lui, et s'y est accroché en serrant les dents dans un geste de refus. Jamais il n'avait été ainsi manipulé, transporté comme un objet, une marchandise. Il n'est qu'un colis enfermé dans une caisse.

Le train est immobile depuis plus de trois heures.

Marguliès voudrait ne plus ouvrir les yeux. Il est en liberté derrière ses paupières fermées. Il sait pourtant que des minutes comme celles-ci sont dangereuses, parce que démobilisantes. Mais pour l'instant, il n'y a rien d'autre à faire. Impossible de tenter quelque chose à l'arrêt, et surtout en plein jour. Et puis il est fatigué. La journée a été éprouvante. Jusqu'ici, il a bien tenu le coup. Il accuse maintenant cette immense déception du départ pour Pitchipoï. Il a sommeil. Mais il ne veut pas se laisser aller. Il s'est répété depuis le départ qu'il devait être vigilant. Tout peut arriver, n'importe quand.

Marguliès imagine ce qui peut se passer. Il leur faudra s'évader de nuit, et pendant que le train sera en marche. Comment ? L'attirail du gamin lui servira. Il trouvera bien un moyen pour que le jeune homme accepte de le céder. Mais ensuite ? Par la porte ? Par une lucarne ? Et surtout, combien de nuits passeront-ils dans ce wagon avant d'arriver en Allemagne ? Et si les Allemands trouvaient un itinéraire de rechange ? Demain, ils pourraient être arrivés. L'éventualité de cette unique chance d'évasion le traverse comme une décharge électrique. Il ouvre les yeux. Le soleil déclinant est entré dans le wagon. Deux rayons tranchants comme des épées. Deux épées de poussière. Elles se soulèvent imperceptiblement vers le plafond.

De tous les déportés, un seul homme est debout : Bloch. La joue collée à la cloison, il regarde dehors, fixement.

Armand Kohn est assis sur une valise, le buste bien droit. Il a desserré sa cravate. Son regard réprobateur passe sur les silhouettes des résistants avachis ou allongés sur le plancher. Sa femme est près de lui, muette. Inlassablement, ses yeux caressent Rose-Marie, Antoinette, Philippe, Georges-André et recommencent. La grand-mère, un mouchoir blanc à la main, s'éponge le front et les lèvres. Elle a enlevé ses chaussures et défait un bouton en haut de son corsage.

A côté, la princesse ne parle plus. Elle aussi pétrit un mouchoir entre ses doigts. Marguliès remarque que son visage s'est coloré anormalement, que ses lèvres sont crispées. Il la croit en proie à une crise nerveuse. Il s'étonne que cette femme flanche si vite. Au départ, elle lui avait paru la seule parmi les bourgeois à faire preuve de sang-froid. Ses gestes désordonnés s'accélèrent. Marguliès s'attend à ce que la crise éclate d'un instant à l'autre. Il la voit secouée d'une ultime contraction. Elle ferme les yeux, s'arrête de respirer quelques secondes, puis pousse un interminable soupir, soulagée. Marguliès vient de comprendre. Ahuri, il fixe par terre une petite flaque qui s'allonge et disparaît entre les planches, embarquant avec elle des brins de paille. La princesse ouvre les yeux. Elle regarde le chef de wagon. Deux larmes roulent le long de son nez. Marguliès est abasourdi. Ça, il ne l'aurait jamais prévu. Il n'a pas pensé qu'elle n'oserait pas utiliser la tinette. Pour lui, les conditions exceptionnelles de cette cohabitation forcée auraient dû abolir naturellement toute pudeur excessive. La princesse s'est recroquevillée, mortifiée. Elle feint de s'absorber dans la contemplation des deux taches de soleil qui meurent sur la cloison. Personne d'autre ne semble avoir remarqué son drame.

Le chef de wagon sourit. Une rengaine enfantine, chevauchée par des paroles qu'il ne peut pas retenir, lui trotte dans la tête : « La princesse a pissé dans sa culotte... la princesse a pissé dans sa culotte... la princesse... »

Marguliès transpire. Il s'essuie le front avec sa manche. Il a hâte de voir arriver la nuit avec sa fraîcheur, pour renouveler cet air tiède, vicié par cinquante et une poitrines. La poussière lui assèche la gorge. Il enjambe les corps et s'accroupit près du seau d'eau.

— Ça va ? demande-t-il en allemand aux « Hollandais » assis.

— Ça va, rassure Cor.

Il boit deux gorgées que, l'une après l'autre, il garde longtemps dans sa bouche, avant d'avaler, puis vide le reste de son quart dans le seau.

— On n'en est pas encore à rationner l'eau, explique-t-il, mais il faut quand même faire attention de ne pas la gaspiller. On ne sait pas combien de temps on va rester là-dedans.

Cor hoche la tête en prenant le quart qu'il plonge à son tour dans le seau. Il le tend à Paula.

— Oui, dit-il, mais dès qu'on pourra, il faudra le faire remplir.

Le général Jean Frydman s'est levé et roule les épaules pour se dégourdir.

— Dis donc, Ernest, t'as pas une petite faim ?

Allongé, Ernest replie ses longues jambes et s'assied.

— Oui, faut voir avec Marguliès pour la distribution.

Le chef de wagon est revenu à sa place, au milieu du wagon.

— Pour l'eau, il faudra faire attention, répond-il, mais pour manger, on n'a pas de souci à se faire.

Il désigne le tas de provisions et de matériel.

— ... Il y a là-dedans de quoi bouffer pendant une semaine. Et d'ici là, ça m'étonnerait qu'on soit encore dans ce wagon. Pour ce soir, on va commencer par les choses qui se gardent mal.

Le général bondit vers les victuailles, excité.

— A la soupe !

Il brandit sa première trouvaille :

— ... Du pain, qui veut du pain ?

Ernest, Henri et le petit Jacquel servent de relais. Le général poursuit son inventaire.

— De la confiture !... du pain d'épices !... du saucisson !... du chocolat !... du sucre !...

Ernest l'interrompt :

— Dis donc, il faudrait peut-être découper le saucisson.

— Je m'en occupe. Ramène-le-moi.

Ernest appelle :

— Envoyez le saucisson ici !

Dans sa trajectoire, le saucisson frôle les têtes et atterrit sur le stock de couvertures. Le général se lève, va chercher son pain laissé à sa place, sous sa veste, et revient. Il le brise, et en sort une petite scie à métaux. Puis il commence à débiter des tranches épaisses.

— Je vois que tu as tout prévu, mais regarde ça ! confie Ernest.

Il dégage la paille accumulée dans le coin du matériel, et en sort un paquet enveloppé dans un chiffon. Il le secoue. Le général entend un bruit métallique. Ernest, sans l'ouvrir, l'enfouit à nouveau dans sa cachette, en concluant, énigmatique :

— On verra plus tard !

— Mais, comment t'as eu ça ?

— Je t'expliquerai, promet-il, un doigt sur la bouche.

En voyant lui arriver une boule de pain avec une tranche de saucisson bien nette, Margulies s'approche de Frydman. Il le regarde faire quelques secondes et l'interrompt :

— Arrête ça. Imagine que Brückler débarque dans le wagon et voit qu'on mange des rondelles tranchées comme au couteau. Il va faire une fouille complète, et te piquera ton matériel.

Le général glisse son outil sous une pile de couvertures, boudeur. Il entreprend un laborieux découpage en tordant le saucisson : il réussit à le déchirer en trois morceaux qu'il fait circuler. René Kapel est servi. Il n'a pas faim. Il se force à manger. Les premières bouchées lui ouvrent l'appétit. Près de lui, le pieux Mizrahi continue à marmonner ses prières. Kapel se demande ce qu'il peut bien réciter, puisqu'il ne fait plus assez jour pour lire son livre de psaumes. Ses lèvres doivent trembler par habitude, se dit-il.

Soudain, le vieil homme lève les yeux. Il est effaré. Il regarde autour de lui ces gens qui mordent du saucisson. Il a peur de comprendre. Mais le doute n'est plus possible. L'indignation lui crève la gorge. Il se tourne vers René Kapel.

— Comment ?... mais comment n'empêchez-vous pas de manger une viande qui n'est pas préparée selon le rite des Saintes Ecritures ?

Stupéfait, le rabbin avale sa bouchée d'un trait. Et pendant qu'il s'étrangle, il cherche une formule biblique qui puisse convaincre le vieil homme :

— La Loi est faite pour l'homme, dit-il en toussotant et non l'homme pour la Loi. Et il n'est écrit nulle part que l'homme doive se laisser mourir de faim.

Offensé, le pieux Mizrahi soulève sa calotte et la réajuste au sommet de son crâne. Il ne supporte pas ce sacrilège qui se consomme sous ses yeux. C'est au-dessus de ses forces. Il baisse les paupières et se détourne horrifié. Il ne dira plus un mot. Ses lèvres reprennent leurs battements de prières.

Le général mastique avec ferveur. Il est revenu à son poste d'observation, au milieu du wagon. Il interroge le coin des bourgeois :

— Et eux, demande-t-il, pourquoi ne mangent-ils pas ?

— Ils ont tout ce qui leur faut, répond Marguliès. Puisqu'ils veulent rester à part, ils n'ont qu'à s'organiser tout seuls.

De l'autre côté de la frontière, Philippe s'est levé. Il a décidé d'imiter les résistants. Il fouille dans un panier, puis dans les valises, et sort du pain qu'il brise à la main. Il propose les morceaux à toute sa famille. Sa mère accepte, sa grand-mère, ses sœurs et son frère aussi. Son père refuse. Il distribue ensuite des bâtons de chocolat. La princesse lui fait signe. Philippe la sert. Bloch et les deux ingénieurs ne mangent pas. Georges Schmidt néglige l'offre du garçon et va lui-même préparer un morceau de pain qu'il donne à sa femme.

Philippe vient boire près du seau d'eau. Rose-Marie et Antoinette l'ont suivi. Elles boivent aussi. Puis, le quart plein dans le creux de ses deux mains, le garçon revient près de sa grand-mère. Il répète le manège pour sa mère et la princesse.

Marcel Bloch attend que tout le monde ait terminé. Il quitte sa lucarne, boit deux gorgées et revient prendre sa place, toujours debout.

***

Dans le wagon, il fait nuit. Une nuit claire qui découpe nettement chacune des silhouettes des déportés.

Depuis quelques minutes, Philippe est préoccupé par un problème auquel il n'avait pas pensé. C'est Rose-Marie qui l'a jeté dans ce trouble. Elle lui a dit :

— J'ai envie de faire pipi.

Ça ? Sur le seau, les femmes, sa mère, sa grand-mère, ses sœurs, et devant tout le monde !

Philippe est paniqué.

— Ecoute Philippe, il faut trouver une solution, je ne peux plus tenir !

— Mais tu ne vas quand même pas faire ça au milieu de tout ce monde !

— Comment faire autrement ? Et puis, il fait noir !

Philippe explique la situation à l'oreille de son père. Celui-ci s'affaisse en écarquillant les yeux. Ses bras pendent de chaque côté de la valise où il est assis. Depuis le départ, il est prêt à tout. Mais cette fois... Il se redresse. C'est dignement, comme toujours, qu'il fera face.

— Ecoute Philippe, préviens ton frère, moi je vais en parler à Georges Schmidt.

Georges-André s'est levé, et attend.

Son père revient avec Schmidt.

— Voilà, explique Armand Kohn, nous nous trouvons devant une affaire délicate. Nous allons nous mettre debout devant les femmes qui veulent utiliser le seau.

— Excusez-moi !

Armand Kohn s'est adressé à un résistant assis sur la

tinette renversée. C'est Tzippy, un « Hollandais », jeune homme aux immenses yeux ronds. Ce dernier se lève sans un mot, et se rassied sur le plancher. Armand Kohn saisit le seau, et le ramène de l'autre côté de la frontière. Puis les trois hommes et le jeune garçon se placent devant, en demi-cercle, serrés les uns contre les autres au garde-à-vous. Philippe entend un bruit de vêtements qu'on froisse ; il toussote légèrement.

Armand Kohn ferme les yeux sur cette suprême humiliation.

Après Rose-Marie, toutes les femmes profitent de ce fragile paravent. Philippe souffre le martyre. Il est aux aguets. Il observe les hommes d'en face, attentif au premier coup d'œil indiscret, au premier sourire, au premier ricanement.

Les résistants n'ont pas levé la tête.

Armand Kohn ramène le seau près de Tzippy.

— Merci !

Tzippy ne répond pas. Il jette une couverture par-dessus.

Marguliès marche le long du wagon, exactement au milieu. Il écarte les résistants sur son passage. Il leur explique qu'il faut laisser un espace vide, un couloir, pour permettre à ceux qui le désirent de se déplacer sans marcher sur quelqu'un.

Il appelle doucement :

— Général, Ernest ?

Les deux jeunes gens se tournent vers lui.

— ... Distribuez les couvertures, il fait frais le matin.

Depuis le coin du matériel, le général et Ernest lancent les couvertures aux bras qui se tendent dans le noir.

— Arrangez-vous avec votre voisin, conseille le chef de wagon. Si vous n'avez pas assez de place, vous vous étendrez chacun à votre tour.

Les résistants s'installent. Assis près de la tinette, adossé à la porte du wagon, Tzippy sait qu'il ne va pas dormir. Il est fatigué, mais il n'a pas sommeil. Il est inquiet. Vers les valises, trois femmes sont affairées autour de la grand-mère qui gémit :

— Rosa ! Rosa !

Armand Kohn et l'aîné des fils se lèvent. Ils tendent une couverture qu'ils tiennent comme des piquets. On s'agite derrière, dans des froissements d'étoffe.

Tzippy, c'est un surnom pour la Résistance. Il s'appelle Alfred Fraenkel. Oui, il est très inquiet. Il a compris depuis longtemps ce que signifient les voyages comme celui qu'il fait aujourd'hui. Et même s'il a gagné plus de deux ans, frôlant la libération, à quelques heures près, il sait, qu'à moins d'une évasion, il n'a guère d'espoir de s'en tirer. Jamais il n'a revu, ni même reçu de nouvelles de ses amis partis pour l'Allemagne depuis 1942. Tzippy frissonne à l'idée qu'il aurait dû être avec eux. Il a échappé aux premiers convois, par hasard.

D'origine allemande, réfugié en Hollande, il était l'un des premiers visés pour aller dans un camp de travail nommé « Mauthausen ». Seulement, au moment de la réquisition, Tzippy n'était pas dans « sa famille ». Il ne se cachait pas. Il était simplement rentré tard, c'est tout. Au mois de mai de la même année, il y avait eu d'autres fournées.

En y repensant aujourd'hui, il enrage d'avoir été aussi naïf. Comme presque tous ses amis, il croyait alors ce que disaient les Allemands. Les jeunes Juifs reçurent un billet de train, libellé le plus régulièrement du monde « Amsterdam-Birkenau ». Un avis l'accompagnait. Il précisait le trousseau que chacun devait emporter avec lui, et exigeait une visite médicale obligatoire avant le départ.

Aujourd'hui encore, Tzippy ne sait toujours pas pourquoi il n'a pas reçu de billet à cette époque. Sinon, il serait parti, comme les autres. Jamais, pense-t-il, la mystification nazie n'a atteint un tel degré de perfection ! Il se souvient des départs presque joyeux de ces adolescents qui s'en allaient œuvrer à la gloire du grand Reich allemand. Cette mascarade macabre emporta des milliers de jeunes gens qui partirent par trains entiers de douze cents personnes.

Tzippy a compris la vérité, lorsque la constitution de ces convois donna lieu, par la suite, à d'impitoyables chasses à « l'homme juif ». Et s'il a presque de la chance d'être dans ce wagon seulement maintenant, il sait pourtant que ce n'est qu'un sursis.

Dans le coin des bourgeois, les deux hommes ont replié leur paravent. Il aperçoit alors quatre silhouettes blanches. Il cherche à les distinguer dans l'obscurité et arrondit les yeux. Ce sont bien quatre femmes, pieds nus, en chemise de nuit, les cheveux défaits. Il les voit s'allonger côte à côte. Une discrète odeur de parfum flotte dans le wagon. Tzippy comprend qu'elles se sont changées et démaquillées pour dormir. Il est stupéfait. Le père a dénoué sa cravate, et il déboutonne sa chemise. L'aîné des garçons est torse nu. Le plus jeune a déjà ôté ses chaussures, et est en train d'enlever son pantalon. Le père s'assoit. Avec des déhanchements laborieux, il enfile une culotte de pyjama. Il passe la veste.

Près de lui, ses deux enfants sont prêts. Le père fait alors relever tout le monde, et étale des couvertures pour isoler du plancher. Les femmes s'allongent à nouveau. Il étend sur elles d'autres couvertures encore, comme sur un lit. Le plus jeune garçon s'installe, et l'homme se couche à son tour, tandis que le fils aîné s'accroupit près de l'ancien directeur de Drancy et de sa femme.

Tzippy se demande un instant s'il n'a pas rêvé. Toute cette famille en pyjama et chemise de nuit ! Exactement comme s'ils voyageaient dans une luxueuse cabine de l'Orient-Express ! Quelque chose lui échappe. Il évalue ce qu'il faut d'inconscience pour expliquer un tel comportement. Mais qu'est-ce qu'ils s'imaginent, ces bourgeois ? se demande-t-il. Ils emportent leur confort avec eux, conservent leurs habitudes... ils croient peut-être aller passer quelques semaines de villégiature en Allemagne ! Comment dans un wagon de déportés, peut-on penser à se changer pour la nuit ? Mais qu'est-ce que ces gens-là ont pu foutre pendant toute la guerre ?

⁂

Tzippy serait le dernier homme à se prendre pour un héros. Il a vingt-deux ans. Plutôt petit, le cheveu frisé en une multitude de boucles serrées, il a le front bombé et d'immenses yeux bleus. Ce sont d'ailleurs peut-être ses yeux qui lui ont permis de traverser la guerre sans encombre presque jusqu'à la fin. En effet, il est capable de les arrondir à volonté, de manière à leur donner une extraordinaire expression de naïveté, de franchise et de spontanéité à la fois. Dans le camp de Westerbord déjà, le « Drancy » hollandais, ses manières discrètes, son air d'être toujours prêt à rendre service, son efficacité l'avaient désigné pour être l'homme à tout faire. Menuisier, facteur, commissionnaire. Ces différents emplois lui permettaient de circuler librement. Lié à un résistant, un instituteur, il fournit toute une série de faux papiers, depuis les cartes d'identité, jusqu'aux cartes d'alimentation, en passant par des laissez-passer spéciaux avec tampons de la Gestapo. Grâce à cela, de jeunes Juifs de Westerbord purent s'enfuir par la filière établie avec les Eclaireurs israélites de France. A son tour, lorsqu'il décida de quitter le camp, il avait dans sa poche des faux papiers affirmant qu'il travaillait pour la Wehrmacht, en France. Il partit à pied, de son pas tranquille, accompagné d'un passeur déguisé en employé des postes hollandais, chargé soi-disant de vérifier les lignes téléphoniques à la frontière Hollande-Belgique. Pas de problèmes jusqu'à Anvers, où ils prirent le train pour la frontière française. Là, les policiers saisirent le stock de tabac que les deux hommes avaient acheté, et refoulèrent, côté France, ceux qu'ils croyaient être des petits combinards naïfs venus s'approvisionner en Belgique.

Arrivé à Paris, il avait contacté la Résistance au mois de juin. C'est ainsi qu'avec ses faux papiers il s'était retrouvé dans le bureau d'un fonctionnaire de la Wehrmacht, à jouer de l'innocence et de la bonne volonté. Il avait regardé l'homme bien droit, les yeux aussi ronds que possible. L'homme avait plongé un instant dans cet océan de bonne volonté et de candeur, et il avait rempli des papiers imprimés, tamponnés réglementairement.

Et le nazi opéra, malgré lui, une substitution qui faisait d'un jeune Juif allemand, un volontaire hollandais, aryen, menuisier qualifié, employé au service de la Wehrmacht.

A la fin de l'entretien Tzippy, jubilant, faillit lui serrer la main, juste pour faire bonne mesure. Il se retint.

Il fut affecté à Tôtes, petite bourgade de Normandie.

Régulièrement, par passeur, il envoyait les dessins représentant les travaux auxquels il participait, sans réussir à comprendre leur nature exacte. Il les jugeait importants, compte tenu des précautions prises par les Allemands pour isoler le camp. La réponse à sa question arriva deux mois plus tard aux environs de Noël 1943, alors que, par hasard, il se trouvait en dehors des chantiers. Des bombardiers alliés pilonnèrent les entrepôts et les ateliers. Et Tzippy apprit du même coup que l'innocent village de Tôtes servait à la fabrication de rampes de lancement pour V1.

Tzippy prit un air navré de circonstance. Et son patron allemand, ne voulant pas perdre un employé aussi discret et efficace, l'envoya dans la vallée de la Loire. Cette fois, aucun doute n'était plus possible. Il travaillait à l'aménagement des grottes naturelles pour abriter des V2.

Quelques semaines plus tard, un soir, l'allure paisible d'un ouvrier qui part en congé, Tzippy prit le train.

Le lendemain, une escadrille de bombardiers écrasait l'emplacement précis des entrepôts.

— Des as, ces pilotes, conclut-il en débarquant à Paris, chez Cor qui le félicitait.

Cor est là aussi dans ce wagon. Tzippy aperçoit son crâne chauve de l'autre côté, en face de la porte. Cor, de son nom Max Windmuller, est assis au milieu de silhouettes qu'il reconnaît, Nanoo, Paula, Hirsch. Tzippy se souvient des dernières heures de liberté qu'il a connues avec eux.

Il revenait d'Italie où il avait guidé toute une famille qu'il avait confiée ensuite à un réseau chargé de les conduire en Espagne. Il avait réussi, et c'était la fête. Les femmes du groupe avaient mis leur plus belle robe et les hommes leur costume de sortie.

C'est ainsi que l'ouvreuse de l'Opéra de Paris fit se lever avec autorité une demi-rangée d'officiers nazis en grand uniforme, pour permettre à cinq Juifs d'atteindre leurs fauteuils et d'assister confortablement à la représentation du *Lac des Cygnes.*

Ce fut l'apothéose, le dernier privilège que lui accordèrent ses papiers de la Wehrmacht. Le lendemain 28 avril 1944, il était arrêté.

Tzippy s'étire vers Marguliès :

— Maurice ! T'as vu les bourgeois ? Ils se sont mis en pyjama !

Marguliès se retourne.

— Oui, j'ai vu. Il faut se méfier de ces gens-là.

Tzippy revient à sa place. Il est bien de cet avis. Il faut se méfier des gens qui dorment en pyjama dans les wagons à bestiaux !

« Mais qu'est-ce qu'ils ont bien pu foutre pendant la guerre ? » se répète-t-il.

CHAPITRE 10

Jeudi 17 août, 23 heures.

Deux détonations, et l'horizon aussitôt a brandi une torche incandescente.

— Ça y est ! Paris flambe ! a crié le général.

Dans le premier wagon, c'est la bousculade. Les résistants se piétinent pour voir.

Un brasier gigantesque monte au-dessus de Paris, dans un ronflement de forge.

— C'est pas possible !... Pas possible ! murmure Marguliès, prostré.

Les flammes éclatent en nuées rouges qui dévorent les étoiles. Marguliès, Ernest, César, Henri et tous les déportés montés aux lucarnes refusent de le croire.

Les Alliés dans Paris ! Trop tard ! Les libérateurs sont arrivés trop tard ! Il leur a manqué quelques heures pour empêcher ce dernier départ pour Pitchipoï, pour arrêter ce dernier wagon qui les emmène, eux, les derniers Juifs qu'on déporte.

Ils sont là-bas, à une poignée de kilomètres ! Et eux, dans leur wagon, assistent à ce ratage.

— Trop tard ! répète Marguliès, en se cognant le front contre les barreaux.

Le général a envie de hurler. Il donne des coups de pied rageurs contre la cloison.

— Allons, calmez-vous, supplie Kapel. Laissez-moi voir.

Marguliès prend le rabbin par les épaules, et le place devant lui. Les soldats et les schupos sont descendus pêle-mêle sur la voie. A travers les créneaux de leurs casques, Kapel observe le ciel de Paris embrasé.

— Je crois que vous vous énervez pour rien, conclut-il, après un long silence. Vous n'imaginez pas que les Alliés entrent dans Paris sans un coup de feu, sans un coup de canon. Or, écoutez...

Il attend.

— ... Rien. Il n'y a rien d'autre que cet incendie qui paraît très localisé. C'est un dépôt qui brûle. Un coup de la Résistance probablement. Je vous en prie, calmez-vous.

René Kapel a raison. Ce sont les moulins de Pantin qui flambent.

Marguliès et ses compagnons sont soulagés. Que Paris soit libéré à quelques heures de leur départ, au lieu de quelques jours, cela ne changerait rien à leur situation. Et pourtant, ils ne le supporteraient pas. Ce serait trop, cette malchance qui exagérerait.

⁂

Les soldats sont remontés dans leurs wagons. L'incendie grignote, paisible et silencieux.

Marguliès contemple, à l'horizon, cette boursouflure cramoisie que la nuit écrase lentement.

Près de la locomotive, une sentinelle est immobile. L'autre marche, tête baissée. Elle arrive de l'arrière du wagon. Elle traîne le pas, poussant un caillou du bout de la botte, comme un enfant triste jouerait à la marelle.

Marguliès est exaspéré. Il craint que le train ne reste immobile jusqu'à l'aube. Et cette nuit sera gâchée, parce que s'il est impossible de s'évader de jour, il est impossible aussi de le faire à l'arrêt.

Le chef de wagon refoule l'espoir que ce train ne repartira plus jamais, qu'il restera là, près de ce village, à quelques kilomètres de Paris.

Ils se réveilleraient demain matin, et les Allemands auraient disparu !

Marguliès freine son imagination. Tout cela est peu vraisemblable. De même qu'une attaque par les résistants, et à plus forte raison une libération par les Américains. Il refuse de se laisser emporter par l'idée d'une aide extérieure.

L'Autrichien enjambe avec précaution les corps enroulés dans les couvertures et vient s'asseoir au centre du wagon.

Marcel Bloch a repris sa place. Le visage impénétrable, face à la lucarne, il entame debout sa première nuit de déporté.

— Où est ton matériel ? chuchote Marguliès au général.

Le garçon plonge la main dans sa couverture.

— Le voilà !

Marguliès prend la lime et la fine scie à métaux.

— Bravo ! dit-il.

— Attends, coupe Ernest, moi aussi j'ai quelque chose à te montrer.

En deux bonds précis, il atteint le stock de provisions, et revient avec un paquet qu'il tend à Marguliès.

— Tiens !

Le chef de wagon déroule le chiffon dans un bruit métallique.

— Chut ! souffle le général. Tu vas réveiller les bourgeois en pyjama !

Marguliès tâte une à une les limes, les pinces et les scies.

— Dis donc, lâche-t-il admiratif, il y a là-dedans presque autant de choses que dans la mallette du fils Kohn !

— Mais comment as-tu eu ça ?

— C'est Paula, répond Ernest. Elle me l'a donné.

Il désigne les corps allongés vers le groupe des Hollandais.

— ... Oui Paula. Ce matin, avant notre départ, elle est allée à la menuiserie du camp et a échangé tout ça contre des cigarettes !

César Chamay a entendu le chef de wagon au milieu de son inventaire. Il arrive.

— Tenez, dit-il, moi j'ai ça !

Il pose deux limes et une scie sur le plancher.

Le général ne peut réprimer un sifflement approbateur.

— Avec tout ça, on peut découper le wagon en allumettes !

A genoux, les résistants contemplent leur trésor. Soudain, ils entendent des soupirs étouffés, comme un fou rire qui se contient. Ils sortent d'un homme adossé à la cloison. Ernest s'approche.

— Qu'est-ce que tu as ?

L'ombre se lève et s'avance. Son visage fait une tache ronde dans l'obscurité. C'est un jeune homme. Il a l'air d'un gamin. Margulies ne le connaît pas. Il l'a vu ce matin à Drancy pour la première fois au moment du départ, lorsqu'il sortait du cachot avec deux autres prisonniers. Le garçon se tient bien droit, il bombe le torse et fouille dans sa braguette. Les déportés le regardent, perplexes. L'opération est laborieuse. Enfin, il sort triomphalement un minuscule objet métallique qu'il jette sur le stock d'outils.

— Qu'est-ce que c'est ? demande Ernest.

— Une petite lame, s'excuse-t-il en souriant. Un morceau de mon châlit de Fresnes. Je l'ai coupé, et je l'ai frotté pendant des heures sur le ciment pour l'aiguiser. Je me suis dit que ça pourrait peut-être me servir un jour, alors je l'ai caché dans la doublure de ma braguette. Mais là, quand j'ai vu votre attirail de pinces, de scies et de limes, eh bien, ma petite lame à côté, j'ai trouvé ça drôle.

Les résistants rient avec lui, en petits gloussements pareils à ceux d'un dortoir de collégiens.

Le garçon revient à sa place. Il s'appelle Michel Grilikhes. Il a dix-sept ans. Lui aussi est dans ce wagon pour cause de résistance. C'est la première fois qu'il sourit depuis deux ans. La Résistance, l'arrestation, la torture sont pour lui la voie normale que tout Juif de son âge aurait dû suivre. Lui, il a fait tout cela pour chasser de son esprit ce qui s'est passé un jour d'octobre 1942...

⁂

Paris, cinq heures du matin. Des coups impatients font trembler la porte d'entrée de l'appartement. Son père va ouvrir.

— Police française !

Deux hommes comme des milliers d'autres. Ils entrent.

— Monsieur Grilikhes ?

— Oui...

— Nous sommes chargés de vous conduire au commissariat. De là on vous amènera à Drancy.

Michel s'est réveillé. De sa chambre il entend tout. Son père se précipite. Michel devine sa mère, inquiète, assise sur le bord du lit.

— On vient nous arrêter, devine-t-elle.

Elle suit son mari dans l'entrée.

— Prenez une valise, dit l'un des hommes, nous partons tout de suite.

Puis il se ravise :

— ... Avez-vous des enfants ?

Soudain terrifiée à l'idée d'entraîner son fils avec elle, elle répond :

— Non, ils sont en zone libre.

Elle ne ment qu'à moitié. Sa fille se trouve effectivement en zone libre. C'est sans doute grâce à cela qu'elle a cette idée.

Michel a compris que son père et sa mère veulent empêcher à tout prix les deux hommes de fouiller la maison. Il entend son père improviser :

— Je vais aller avertir un voisin pour que les enfants soient prévenus de ce qui nous arrive.

— Bon ! fait un policier en le suivant sur le palier.

Devant l'autre homme, sa mère s'excuse. Michel imagine qu'elle croise pudiquement ses bras sur sa poitrine :

— Si vous voulez bien passer dans l'autre pièce, à côté, pour que je m'habille, demande-t-elle.

Il va dans le salon. Elle entre dans la chambre de son fils, lui pose un baiser furtif sur le front, et lui ordonne dans un murmure :

— Va-t'en !

Heureusement, la porte du salon et la porte d'entrée ne sont pas en face l'une de l'autre. De là où il est, le policier ne peut pas voir le garçon traverser. Michel, en pyjama, se faufile jusqu'à la sortie. Son père et l'autre homme parlent chez le voisin du dessous.

Il grimpe l'escalier, sautillant comme un chat, amortissant chaque marche de tous ses muscles, et se jette dans une chambre de bonne, en gardant la poignée de la porte serrée dans la main, pour éviter le grincement du pène. Essoufflé de peur, il attend quelques minutes, suivant par la pensée les gestes de son père et de sa mère qui choisissent à la hâte quelques vêtements.

Des pas dans l'escalier... Michel repousse la porte au

maximum... ils descendent... des pas... ceux de son père et de sa mère qui, ce matin d'octobre 1942, sortent de sa vie pour toujours. Il a quinze ans.

⁂

Ce scénario de quelques minutes, il le revit tous les jours, depuis deux ans. A chaque fois, le garçon essaye de le tordre dans tous les sens pour le modifier. Il imagine que la veille, tous trois soient allés rejoindre sa sœur en zone libre. Ou encore, il se voit lui-même brandissant par surprise un couteau et tuant les deux policiers. Rien... Cela finit toujours par des pas dans l'escalier... Il n'a même pas pu regarder sur le trottoir les deux silhouettes fragiles, ces deux voyageurs de son cœur, son père et sa mère, qui s'en allaient mourir avec leur si petite valise.

C'est pour effacer ces images de victimes innocentes qu'il est entré dans la Résistance. Des victimes qui ne savaient pas qu'il valait mieux se battre plutôt que de se laisser emmener, dociles.

Et là, cette nuit, il imagine dans l'obscurité, dans un wagon semblable, en route pour la déportation, son père et sa mère qui s'étreignent, se consolant l'un l'autre de la liberté de leurs deux enfants.

Michel Grilikhes entend le chef de wagon faire des recommandations :

— Bon, maintenant, éparpillez tout ça, gardez-le avec vous, cachez-le. De toute façon, tant que le train n'avance pas, on ne peut rien faire. Il faut attendre.

CHAPITRE 11

Vendredi 18 août, 6 heures du matin.

Maurice Margulliès ouvre les yeux. L'aube pousse quatre petits nuages frais à travers les lucarnes. Quatre volutes de lumière qui blanchissent les visages. Il fait jour.

Le chef de wagon a veillé longtemps, allongé, le regard planté sur la voûte noire du toit. Puis il a cru s'assoupir pour quelques minutes, et il a dormi le reste de la nuit, d'une traite. Il est incapable de dire combien de temps. Trois heures ? Quatre heures ? Il est étonné de voir que tout le monde ou presque a pu s'étendre sur le plancher. Seuls cinq ou six hommes sont restés assis, adossés à la paroi, tout autour du wagon.

L'Autrichien s'en veut d'avoir perdu conscience si longtemps. Il craint d'avoir raté une occasion, un détail, une chance peut-être. La panique le saisit. Il se lève, enjambe les corps, bute sur Henri qui réagit aussitôt en s'appuyant sur ses coudes :

— Qu'est-ce qui se passe ?

Le chef de wagon ne répond pas. Il s'agrippe à la lucarne.

— T'en fais pas, rassure une voix tranquille derrière lui, on n'a pas bougé.

C'est le général qui a parlé.

Dehors, la brume enveloppe le village derrière la gare. Elle se déchire lentement, par petits lambeaux qui lèchent les maisons encore imprécises. On les croirait sorties d'un marécage.

— Excuse-moi, dit Marguliès en repassant au-dessus d'Henri. J'ai cru que nous avions bougé sans m'en apercevoir.

Puis, s'adressant à Jean Frydman :

— Je me suis endormi ! Je ne sais pas ce qui m'a pris.

Le général pardonne, magnanime :

— T'as bien fait. De toute façon, s'il s'était passé quelque chose, je t'aurais appelé. Je suis resté à la fenêtre jusqu'au lever du jour. R.A.S. Ils ont changé les sentinelles à peu près toutes les deux heures. C'est tout.

— Ça fait une nuit de foutue !

Henri s'est tourné sur le flanc. Il a la tête appuyée sur sa main droite. Ses yeux sont rougis de fatigue. Lui non plus n'a pratiquement pas dormi. De tous les déportés de ce wagon, il est sans doute celui qui sait le mieux ce qui l'attend au bout de ce voyage ; et si toutes les nuits sont pareilles à celle-ci, il ne voit pas comment il pourra échapper à la mort. Henri Pohorylès était à Nice en 1942. Il appartenait au réseau de l'A.J. (Armée juive) devenu ensuite l'O.J.C. (Organisation juive de combat) dont il est l'un des chefs. Et c'est à Nice qu'il a vu Hœnig et Salomon, deux déportés juifs, évadés d'Auschwitz. Ceux-ci avaient réussi à traverser toute l'Europe et à gagner la côte d'Azur, alors sous domination italienne. Par le canal du Comité d'aide aux réfugiés, ils s'étaient lancés dans une véritable campagne d'information.

Hœnig, le premier, avait raconté ce qui se passait dans les camps de concentration. Il avait décrit des scènes horribles... Il disait qu'on remplissait des camions entiers de Juifs, enfermés sous des bâches hermétiquement closes. Un tuyau situé dans le plancher injectait alors un gaz mortel. Il parlait aussi de gens mitraillés par dizaines dans les fossés extérieurs du camp.

Après lui, Salomon confirma ces atrocités, insistant sur la volonté systématique des nazis d'exterminer tous les Juifs. A l'époque, on prit les deux hommes pour des fous.

Henri Pohorylès avait été l'un des rares à croire leurs récits. Des informations de sources différentes étaient venues les renforcer.

En juillet de cette même année 1942, la B.B.C. avait parlé d'un rapport détaillé selon lequel onze mille juifs polonais étaient morts dans des chambres à gaz.

En octobre, la presse clandestine française écrivait que parmi les Juifs déportés de la zone occupée et ceux de la zone libre livrés par Laval et Pétain, onze mille hommes, femmes, vieillards, enfants étaient morts gazés.

Bien que l'excès même de l'horreur rende cette horreur moins crédible, Henri est persuadé aujourd'hui que tous ces témoignages et ces informations sont vrais.

— Oui... une nuit de foutue, répète-t-il, songeur.

— Ne t'inquiète pas, à l'allure où nous allons, il y en aura d'autres, les résistants ont dû faire un sacré boulot dans le coin !

Marguliès se rassied.

— Et si on ne repartait plus ? suggère Henri.

Ils y pensent tous maintenant, Ernest, Frydman et Jacquel qui écoute aussi. Mais aucun ne veut en parler. Ce serait trop beau, trop simple. Il est trop facile de s'en remettre à la Providence. Le chef de wagon a senti le flottement dans l'imagination de ces hommes. Il balaie cet espoir :

— Vaut mieux ne pas y compter. Si ça arrive, tant mieux, mais jusque-là, on va se débrouiller tout seuls.

Il prend appui sur ses mains, derrière lui, et se tourne pour détailler les dormeurs dans tout le wagon. Le général suit son regard jusqu'au coin des valises, et commente :

— Ceux-là, s'ils pouvaient dormir tout le temps, on serait plus tranquilles !

— Moi, je crois que les enfants marcheront avec nous, répond Marguliès.

— Ecoutez !

Le général suspend son souffle :

— Mais y en a un qui ronfle !

— Et pourquoi voudrais-tu qu'il ne ronfle pas ? interroge Ernest. Pour lui, c'est la nuit, alors il dort, et quand il dort, il ronfle. Il ne change pas ses habitudes. Il mange à sept heures et demie du soir, se couche à dix heures, enfile son pyjama, et il roupille. Un homme comme lui, ça doit se réveiller à sept heures, tu verras. Il va se raser, changer de chemise, mettre un costar et une cravate, et il prendra son petit déjeuner. Il fait comme si tout était normal, même de voyager dans ce wagon à bestiaux !

Le général est abasourdi par tant d'inconscience. Il se lève. Il atteint la tinette en exécutant des contorsions de danseur pour éviter les corps allongés. Tzippy qui l'a vu venir, enlève la couverture du seau.

— Oui, t'as raison pour la couverture. T'as pas de chance, t'as pas choisi la bonne place.

Le général, Jean Frydman, a donné le signal du va-et-vient vers la tinette. Le wagon se réveille. Marguliès l'observe s'animer. Il regarde ces bras et ces jambes s'extraire lentement des couvertures. Il voit ces visages aux traits tirés, ces cheveux ébouriffés, ces yeux éteints par l'angoisse de se réveiller dans un cauchemar qui continue.

Il caresse ses joues. Sa barbe est dure. Il la fait crisser sous ses doigts. Les yeux lui piquent. Il pense qu'il aurait mieux fait de ne pas dormir du tout. Ces quelques instants de sommeil n'ont servi qu'à lui révéler sa fatigue.

— Ça va ? demande-t-il à Ernest.

— Ça va.

Le jeune homme ne paraît pas éprouvé. Pourtant, il n'a pas dû dormir beaucoup, lui non plus. Marguliès espère que la prochaine nuit sera favorable, sinon, ils vont tous être épuisés, surtout si ce voyage doit durer encore deux ou trois jours.

— Je crois qu'il faudra établir des tours de garde pour ce soir :

Ernest le rassure :

— Ne t'inquiète pas, en dormant dix minutes par-ci par-là, je tiendrai une semaine s'il le faut.

Le jeune homme mord avec appétit un morceau de pain que lui a tendu Jean Frydman. Le chef de wagon déchiquette du pain d'épices qu'il mâchonne longuement avant de l'avaler. Il n'a pas faim.

Devant eux, le coin des valises se réveille. Les femmes alignées côte à côte, comme dans un grand lit, restent muettes, les yeux ouverts, fixés au plafond. De temps en temps, elles s'interrogent en se lançant un regard en biais. Surprises par la lumière du jour, elles ont remonté leurs couvertures jusqu'au cou. Marguliès devine leur gêne d'avoir à se montrer en chemise de nuit et à s'habiller.

Rose-Marie et Antoinette chuchotent quelque chose. Elles saisissent leurs vêtements derrière elles, et se livrent, sous les couvertures, à une gymnastique compliquée. Les autres femmes, près d'elles, les imitent.

Philippe Kohn se peigne avec ses doigts. Après être resté longtemps assis pendant la nuit, il a fini par repousser doucement les jambes de Georges-André, et il s'est allongé entre son frère et Simone Schmidt. Il a dormi un peu.

Il vient de se lever, lorsque Georges Schmidt se rue sur lui, pointant le doigt à la hauteur de ses yeux. L'ancien directeur du camp de Drancy est furieux, il cherche ses mots, finit par murmurer, menaçant :

— Ce soir, c'est moi qui coucherai entre ma femme et vous. Compris ?

Le garçon reste interloqué.

Le mari plie sa couverture. Ses yeux jettent à sa femme des éclairs courroucés.

— Mais... commence Philippe, pour s'expliquer.

Il s'interrompt. La moindre objection déclencherait une dispute. Il préfère se taire. Il plaint ce mari jaloux qu'il imagine resté éveillé toute la nuit à écouter le moindre bruit, le moindre geste, dans le noir. Pour le garçon, sa propre conduite n'a rien de répréhensible. Hier soir, il a parlé longtemps avec Simone Schmidt, parce que, dans ces circonstances particulières, on parle volontiers. Mais de là à...

Enfin ! Philippe préfère ne pas épiloguer.

Simone Schmidt n'écoute même pas la scène que lui fait son époux en menaçant entre ses dents.

Pendant des mois, cet homme a assumé de lourdes et pénibles responsabilités. Il a joué le rôle d'amortisseur entre les folies subites des nazis et ses propres coreligionnaires. Il racontait volontiers que, lorsque l'Haupsturmführer Brunner avait décidé, un jour, de tatouer tous les Juifs sur les mains, il avait réussi à l'en empêcher. Codirecteur du *Tabarin,* une boîte à la mode, il y emmenait les S.S. Brückler et Weisel, en civil, pour les amadouer, tenter de leur faire perdre un peu de leur agressivité. Il leur disait :

— Je vais vous faire connaître le vrai Paris.

Les S.S. en revenaient au petit jour, éperdus de reconnaissance, pour un temps.

Mais Philippe sait l'ancien directeur de Drancy pointilleux sur l'honneur depuis cette histoire...

Simone Schmidt, dentiste, s'occupait dans le camp des questions sanitaires. A ce titre, elle pouvait parfois sortir.

Un jour, elle fut prise avec des lettres qu'elle passait à l'extérieur. Interrogée, elle subit la plus grande humiliation de sa vie. Les Allemands la déculottèrent et la fessèrent devant tout le monde. Elle aurait préféré la torture.

Philippe observe Georges Schmidt s'approcher de son père, et lui parler. Il souhaite que cette affaire stupide ne prenne pas des proportions excessives. Le garçon estime que les préoccupations du moment devraient porter sur des sujets plus sérieux. Les deux hommes paraissent s'accorder sur quelque chose. Philippe ira jusqu'à l'esclandre si son père lui fait une réflexion. En s'habillant, il se prépare à répondre.

Rien. Lorsqu'il se retourne, Georges Schmidt et son père se sont avancés jusqu'à la tinette, tenant une couverture à deux. Ils la plaquent contre la paroi du wagon.

— Dans ce sens, ça devrait aller, estime Armand Kohn.

Schmidt acquiesce et demande :

— Mais il faudrait la fixer !

— Qu'est-ce qu'ils vont encore inventer, ces bourgeois ? s'interroge le général, attentif à leur manège.

Margulìès et Ernest observent aussi, curieux.

Armand Kohn va fouiller dans ses affaires et revient, triomphant.

— Ah, je crois qu'il a trouvé des punaises ! commente Ernest.

— Regarde, c'est beau des ouvriers qui travaillent ! poursuit Frydman.

Georges Schmidt tient le haut de la couverture à hauteur de sa poitrine et il la tend contre la cloison. Du pouce Armand Kohn enfonce les punaises en grimaçant. Le travail terminé, les deux hommes reculent pour juger de l'installation. Ils glissent la tinette dessous. Le bas de la couverture l'enveloppe et tombe en replis sur le plancher. Schmidt disparaît derrière et ressort presque aussitôt, satisfait.

— Ça ira ! dit-il.

— Chouette pissotière ! traduit le général.

Paula, la seule femme résistante du wagon, la déportée « retardataire », ne s'intéresse pas aux travaux des deux hommes. Depuis quelques minutes, elle est stupéfiée par ce qu'elle voit de l'autre côté de la frontière. Elle regarde les jeunes filles Kohn, leur mère et leur grand-mère, sans perdre un seul de leurs gestes. Les quatre femmes sont assises autour d'une petite valise remplie de produits de beauté.

Et tour à tour elles piochent à l'intérieur, sortant boîtes de crème, pinceaux, crayons, bâtons de rouge à lèvres, vernis, poudrier...

Paula ne se souvient pas d'en avoir jamais tant vu.

Elles s'apprêtent et se coiffent devant une glace qu'elles se passent.

Paula, qui n'a même pas emporté un peigne, ne peut se défendre d'un sentiment de mépris pour ces femmes que la fortune, jusqu'ici, semble avoir protégées de la guerre. Comme si elles s'étaient imaginé que l'argent les rendait moins juives aux yeux des nazis. Intouchables. En ce moment même, pense-t-elle, ces femmes croient encore que leur rang social les différencie des autres Juives et leur épargnera toute épreuve pénible.

La jeune fille se sent à sa vraie place du côté des résistants. Elle se félicite de ne pas ressembler à ces élégantes embarquées pour Pitchipoï avec bagages et trousse à maquillage.

Tzippy, lui, est intéressé par cet appareil qui fait un petit bruit de moteur. C'est le rasoir d'Armand Kohn. Le garçon aux yeux ronds n'en connaissait pas de semblable.

— T'as vu ce truc-là, dit-il à Marguliès, il n'a pas besoin d'eau ni de savon... Il doit y avoir un ressort à l'intérieur.

Le petit moteur s'arrête.

Armand Kohn tapote ses joues glabres en se regardant dans un petit miroir ; puis il range le rasoir.

Machinalement, le chef de wagon se gratte la barbe.

— Il ne lui viendrait pas à l'idée de nous prêter son engin !

Le fermoir de la mallette claque d'un coup sec. Armand Kohn, en chemise blanche, cravate et costume strict, a l'air dispos et décidé d'un homme qui part à son bureau. Aidé de Georges Schmidt, il fait reculer tous les otages jusqu'à la frontière, et entreprend un travail de déménageur, en déplaçant toutes les valises.

— Dis donc, c'est le spectacle permanent ici !

Le général s'est installé aussi confortablement que possible. Il a roulé sa couverture en boule et s'est assis dessus.

— Mais qu'est-ce qu'ils font ? Mais qu'est-ce qu'ils font ? répète-t-il, impatient.

Tous les résistants regardent.

— Philippe, aide-moi, commande le père.

L'ouvrage se précise. Les valises empilées forment maintenant un curieux échafaudage qui occupe tout l'avant du wagon.

Armand Kohn et Georges Schmidt fixent des couvertures sur le devant.

— Des cabines de plage ! s'extasie le général. C'est Deauville ici !

La chaleur est étouffante. Il est près de midi. Le train est toujours immobile. Les parois du wagon sont tièdes. Marguliès respire un air brûlant. L'Autrichien regarde la vieille dame à l'avant. Elle happe l'air à petits coups précipités. Si le train reste en plein soleil toute la journée, se dit-il, elle ne tiendra pas le coup.

Dans son coin, César Chamay aussi a des difficultés. Le vaporisateur qu'il se fourre dans les narines depuis des jours ne semble plus faire d'effet. Il est vide.

La rabbin René Kapel se tamponne le front avec sa manche de chemise.

Les déportés sont silencieux. Le général et Ernest en profitent pour somnoler. Ils sont allongés, paisiblement. Ils dorment.

— Ils ont raison, pense Marguliès tout haut.

Ils ressemblent à deux enfants sages. Tous les deux croisent leurs mains sur le ventre, comme des gisants. Ils se reposent. L'homme mûr admire l'intelligence et la maîtrise de ces gamins. Sachant qu'il n'y a rien à tenter jusqu'à la nuit, ils attendent, sans fournir d'effort inutile. Le chef de wagon songe à la vie exceptionnelle de ces jeunes gens. Ils ont été précipités directement de l'enfance dans le grand bouleversement de la guerre, sans le passage privilégié de l'adolescence. Ils sont devenus rapidement des combattants, des hommes d'action. Ils ont acquis un sang-froid que beaucoup d'adultes pourraient leur envier. Ils manifestent à tout propos une telle envie de vivre, une telle certitude de réussir à s'évader, que Marguliès lui-même en est conforté. L'Autrichien se demande pourtant ce qu'ils vont devenir après la guerre, s'ils en réchappent, lorsqu'une nouvelle règle du jeu les obligera à s'insérer dans la paix.

— Maurice, tu devrais leur demander d'ouvrir un peu la porte. Nous ne pourrons pas tenir longtemps comme cela.

Marguliès a reconnu la voix grave de Kapel. Il se retourne vers son ami.

— Regarde, poursuit le rabbin, certains d'entre nous vont bientôt se trouver mal. Nous ne pouvons plus respirer.

Le chef de wagon se lève. Il va vers la lucarne, interpelle une sentinelle en allemand et lui parle. Il a vu le soldat s'éloigner vers la gare, le pas traînant, et n'attend même pas son retour. Il revient à sa place, persuadé que sa tentative n'aura servi à rien. Tous les déportés qui ont levé la tête vers lui l'ont compris aussi. Le silence s'est réinstallé pendant de longues minutes. La chaleur s'est encore alourdie. Marguliès sent la sueur lui coller sa chemise contre le dos. Le wagon de bois en plein soleil se transforme en four.

Soudain, la porte roule jusqu'à la butée, libérant une lumière aveuglante. Yeux fermés et bouche ouverte, les déportés aspirent cet air neuf avec gourmandise. Tous amorcent le geste de se lever pour s'approcher de l'ouverture. Mais les gémissements de la grand-mère Kohn les laissent sur place. Elle s'appuie sur l'épaule de Georges-André, et se lève haletante. A pas mal assurés, elle s'avance jusqu'à la porte. Deux hommes en armes sur le quai barrent la sortie en formant un rempart de leurs mitraillettes. La vieille dame croyait pouvoir descendre ; elle se résigne et s'assied sur le bord, jambes pendantes dans le vide. La tête penchée en arrière, le front au soleil, elle baisse les paupières à chaque inspiration.

Dehors, un soldat assis sur un banc la désigne à ses camarades. Tous la regardent. Ils n'ont pas l'air de comprendre ce que cette vieille dame fait là, dans un wagon à bestiaux. Marguliès, surpris que les S.S. aient ouvert la porte, décide de pousser un peu plus cet avantage. Il guette Brückler et l'interpelle en le voyant sortir de la gare :

— Hauptscharführer !

Le S.S. s'approche. Il est bichonné comme un taureau de concours. Il n'a pas l'air de mauvaise humeur. Le retard du train, cette immobilité forcée ne semblent pas le contrarier. Rasé de près, lissé, lustré, impeccable dans son uniforme noir, les mains passées dans son ceinturon, il avance ses sabots avec suffisance.

Marguliès connaît bien le goût maniaque des Allemands pour la propreté et l'hygiène. Il lui demande :

— On pourrait aller se laver ?

Il a désigné un robinet, contre le mur de la gare. Brückler se retourne, mesurant du regard la distance à parcourir pour les déportés, une dizaine de mètres.

— *Ya, ya,* traîne-t-il, prenant un air bon enfant.

Il donne des ordres aux schupos. Marguliès s'adresse aux déportés :

— On peut aller se laver au robinet là-bas. On va vider la tinette aussi et refaire le plein d'eau. Mais pas de bousculade, ils ne veulent pas plus de deux personnes dehors à la fois.

Tzippy descend avec la tinette, suivi de Grilikhes, le seau à la main. Une sentinelle les accompagne.

— Hauptscharführer !

Brückler s'arrête, il a l'air excédé de l'homme qui est allé déjà à la limite de ses bontés.

Marguliès descend sur le quai, calmement. Le garde le suit du canon de sa mitraillette.

Le chef de wagon s'adresse à Brückler :

— Je voudrais vous parler seul à seul.

Et il commence à marcher près de lui. René Kapel les voit longer le train et revenir, exécuter des demi-tours, et repartir. Ils discutent comme deux hommes d'affaires.

Le rabbin espère que le S.S. va accepter la proposition de Marguliès. Il estime que ces minutes qui passent jouent en leur faveur. Si Brückler avait refusé, l'entretien serait déjà terminé. Kapel se dit qu'il a sans doute bien raisonné en pensant que l'argent seul pouvait aujourd'hui intéresser encore l'Hauptscharführer. La brute a dû comprendre que la guerre était perdue pour lui, que le nazisme s'effondrait. Il y a pourtant un passage difficile dans ce marché, reconnaît le rabbin. Brückler risque de se montrer réticent quant à la valeur de cette reconnaissance de dette. Mais il n'y a pas d'autre moyen.

Grilikhes et Tzippy sont revenus. Le va-et-vient vers le robinet continue. Paula et Cor sont descendus à leur tour lorsque Marguliès remonte dans le wagon.

— Alors ? interroge le rabbin impatient, qu'est-ce qu'il en dit ?

Le chef de wagon fait un geste de la main, indécis.

— Il est intéressé. Il ne refuse pas. Il ne sait pas trop quoi faire.

— Mais il a bien compris que leurs chances de gagner la guerre sont réduites ?

— Oui, il m'a même paru inquiet pour son avenir.

— Est-ce qu'il a décidé quelque chose ?

— Il dit que ce n'est pas facile ! Qu'il a pour mission de convoyer ce wagon à Weimar. De là, nous serons transportés à Buchenwald. Il a un ordre écrit, avec les noms de tous les déportés du wagon. Il est responsable de ce voyage.

— Et Brunner ?

— Il est parti pour l'Allemagne, en voiture.

— Avez-vous conclu quelque chose ?

— Non, rien de précis, il a dit simplement qu'il n'était pas seul et qu'il était obligé d'en parler aux autres. A mon avis, ça ne se fera pas. Il a trop peur. C'est pour ça d'ailleurs que je le crois capable de mettre sa menace à exécution, et de fusiller tous ceux qui tenteraient de s'évader.

Kapel est déçu.

— Il te donnera une réponse ?

— René, n'attends rien de ce côté-là.

— J'en étais sûr. On ne négocie pas avec les nazis, intervient le général.

— Par contre, poursuit Marguliès, j'ai appris une chose intéressante.

— Quoi ? demande Ernest.

— Alors que la veille du départ ils n'avaient toujours pas trouvé de train, Brückler a réussi à négocier trois wagons auprès de la Luftwaffe. Et savez-vous avec quoi il les a payés ? Savez-vous contre quoi il nous a échangés ?

Le chef de wagon marque un temps d'arrêt pour augmenter l'effet de surprise. Il élève le ton :

— ... contre les produits de la ferme qu'ils avaient installée à Drancy : quelques poules, des oies, une pièce de vin, et surtout deux beaux cochons !

— Cinquante et un déportés contre deux cochons ! reprend le général.

Armand Kohn s'est retourné.

— Oui, brave le général de loin, vous et nous, avons été échangés contre deux cochons et de la volaille !

— Plus jamais je ne mangerai de cochon, dit Ernest. D'ailleurs la religion me l'interdit, ajoute-t-il, cynique.

— Où doit-on aller, as-tu dit ? demande Kapel.

— Buchenwald.

— Ça sonne comme la mort, décide le général en sautant du wagon à son tour.

Il traverse le quai.

Penché sur le robinet, il a le nez sur les bottes cirées du schupo. Il s'asperge largement le visage en s'arrangeant pour arroser aussi son gardien qui recule vivement.

— C'est ça, laisse-moi un peu d'air, marmonne-t-il, victorieux.

Il examine les lieux. La gare grouille d'uniformes. Les soldats de la Luftwaffe se sont installés partout, mais ils ne font pas attention aux déportés. Des schupos sont adossés à la barrière qui donne sur la place. Dommage, pense le général. S'ils n'étaient pas là, ça vaudrait le coup d'essayer. Deux pas, enjamber la barrière et disparaître. Mais ce Dammartin-Juilly est un patelin trop petit, songe-t-il. Il n'échapperait pas à une battue. Et puis la place est trop dégagée. Les autres gardiens auraient même le temps de descendre de leur wagon et de l'ajuster. Avant d'être à couvert, il serait tiré comme un lapin. Pas une chance sur dix mille de réussir, conclut-il.

L'eau fraîche lui fait du bien. Torse nu, il se mouille à grandes claques sur la peau. Il enfile sa chemise sans s'essuyer et revient au wagon.

— Au suivant ! lance-t-il.

Il ajoute pour Marguliès :

— J'ai l'impression qu'on est ici encore pour un bout de temps. Rien n'indique que le train soit sur le point de repartir.

— Oui ! Brückler m'a dit qu'on était arrêtés à cause du trafic.

— Du trafic ! Tu parles ! Y'a plus de voie plutôt. Les résistants ont dû tout faire sauter. Ça marche pour nous ! exulte-t-il en se frottant les mains.

L'optimisme du général est communicatif. Marguliès lui-même se demande s'il n'a pas raison d'espérer. Le chef de wagon regarde sur le quai. Des soldats de la Luftwaffe se sont assoupis sur les bancs. Ce ne sont pas des convoyeurs de Juifs. Ils se foutent de ce wagon de déportés. Ils sont surtout pressés de rentrer au « Vaterland ». Il lui semble pourtant que les schupos eux-mêmes n'ont plus le cœur à l'ouvrage. Ils assurent leur service avec efficacité, mais sans zèle ni brutalité. Il y a presque de l'ennui dans leur maintien.

Mais il sait qu'ils obéiront.

Autour du wagon ouvert flotte une sorte de déliquescence de la discipline, comme à l'école en fin d'année, songe Marguliès, quand ce n'est plus tout à fait la classe et pas encore les vacances. Ce n'est pas encore la libération, et ce n'est plus tout à fait la guerre. Sauf ce wagon absurde, se reprend-il. Il se rend compte des conditions exceptionnellement clémentes dans lesquelles se déroule ce voyage. La porte ouverte, le droit de sortir pour se laver ! Autant d'indices de relâchement qui devraient faciliter une évasion.

— Je parie que tu es encore en train de bouquiner ton Nietzsche !

César s'est adressé à un jeune homme contre la cloison, face à la porte ouverte. C'est Jacques Lazarus, dit Jacquel.

— Vrai, répond celui-ci, *Ainsi parlait Zarathoustra.*

— Tu trouves pas que c'est un peu déplacé de potasser les idées de ce précurseur du nazisme ?

Jacquel retourne son livre sur le plancher, entre ses genoux. Il se prépare à discuter. Il est sur un terrain qu'il connaît bien.

— Contrairement à ce que croient la plupart des gens, commence-t-il, Nietzsche n'est pas un théoricien du nazisme. Non seulement il n'était pas antijuif, mais il était même plutôt philosémite. Sa pensée a été dévoyée après sa mort par sa sœur Elizabeth. Je trouve que sa lecture, en ce moment, est tonique pour nous. Ses considérations sur le « surhomme » ne peuvent que nous stimuler.

César refuse le débat. Pour toute réponse, il plonge machinalement son vaporisateur dans ses narines. Jacquel, dépité, reprend son livre. Ce livre ne l'a pas quitté. Il l'a emporté le 17 juillet, pour un autre voyage, lorsqu'avec Kapel, il avait été désigné pour plaider la cause de l'A.J. (Armée juive) devenue O.J.C. (Organisation juive de combat) auprès des organisations juives internationales, à Londres.

⁂

C'était une de ces missions à l'idéalisme un peu fou. Mais les résistants juifs avaient accumulé une telle somme d'efforts, de souffrance, de départs précipités, de poursuites, de drames, qu'elle leur paraissait logique. Depuis des années, en effet, ils participaient malgré eux à une partie de chasse impitoyable où le gibier était toujours le même, eux, les Juifs. Ils éprouvaient depuis longtemps le besoin de passer de l'autre côté du fusil, et cette fois, ils touchaient au but. Il s'agissait de la création d'une légion juive qui se joindrait aux forces alliées et combattrait à la libération de la France, jusqu'à Berlin s'il le fallait. Et il le faudrait sûrement, pensaient-ils.

Ils avaient un modèle prestigieux, en la personne de Jabotinsky, mort à New York quatre ans plus tôt, et qui avait créé la légion juive pendant la guerre de 1914-1918.

Dès que cette idée de légion juive avait été formulée, elle avait roulé dans leurs têtes des déferlements de fusils, de chars et de canons. Les résistants de l'O.J.C. n'étaient pas loin même d'imaginer des escadrilles frappées de l'étoile juive pilonnant l'ennemi. Sans doute sa contribution serait modeste, mais elle serait.

En principe, le voyage de Jacquel et du rabbin René Kapel aurait dû se passer sans histoire. Un contact avait été établi avec un certain capitaine Oliver qui se présentait comme officier de l'I.S. (Intelligence Service) à Paris. Tout était arrangé. Un rendez-vous dans un café (*la Régence,* face à la Comédie-Française), un transport dans un champ, où un avion les attendait pour partir en Angleterre. Une fois à Londres, ils se débrouilleraient pour faire passer sur la B.B.C. le message suivant « Les canards sont boiteux ». Cela signifierait qu'ils étaient bien arrivés et que l'autre rendez-vous avec Oliver et les autres chefs résistants, César, Ernest, Henri, André Amar et Cor pouvait avoir lieu.

Mais le capitaine Oliver à la moustache rousse pourtant très britannique était allemand, et celui qui le leur avait présenté, Porel, s'appelait en réalité Rehbein, un Allemand né en Bavière, qui s'était fabriqué un magnifique passé d'ancien des Brigades internationales, avait travaillé pour l'Intelligence Service britannique, mais appartenait en fait à l'Abwher, laquelle l'avait chargé de démanteler les réseaux de Résistance française. Et la superbe voiture noire dans laquelle Jacquel et Kapel prirent place ce jour-là, croyant se rendre sur un aéroport clandestin, les conduisit directement au 180, rue de la Pompe, siège de la Gestapo.

Ce fut ensuite le passage rue des Saussaies, puis la prison de Fresnes. Par chance, Jacquel et Kapel ne furent pas torturés. Dans le même temps, le faux Porel, grâce à ses contacts d'agent double, faisait passer à la B.B.C. le message attendu « Les canards sont boiteux ». Et le lendemain, 18 juillet, César, Ernest, Amar, Henri et Cor se présentaient au rendez-vous fixé dans un appartement de la rue Erlanger. Les canards étaient faits aux pattes. Ils tombèrent entre les mains d'une vingtaine de gestapistes.

***

Jacquel lève le nez de son Nietzsche et se dresse pour se dégourdir les jambes. Petit, les cheveux bruns bouclés, repoussés vers l'arrière, ses yeux noirs trahissent une de ces énergies d'adolescent qui a trouvé une juste cause à défendre. Depuis longtemps, il sait à quoi s'en tenir sur l'idéologie antisémite des nazis. Elle l'a atteint dès le début de l'Occupation. Il était militaire de carrière à l'époque, lorsqu'un jour de juillet 1941, son chef de corps le fit appeler pour lui annoncer brutalement :

— Vous n'êtes plus français, vous êtes juif.

Sur le coup, il n'avait pas répliqué. Il s'était acharné, avait fait des recherches pour dénicher des pièces qu'il croyait irréfutables. Il avait retrouvé trace de sa généalogie jusqu'à la Révolution française, extirpant au passage un aïeul soldat de la campagne d'Italie avec Bonaparte, et un autre médaillé de Sainte-Hélène. Au plus loin qu'il ait pu remonter, il avait démontré que sa famille était toujours restée en Alsace, entichée d'un solide patriotisme qui l'avait conduit à faire lui-même carrière dans l'armée. A cet effet, il avait préparé l'école des sous-officiers, et en 1942, comptait déjà six années de service actif.

Il était même allé à Vichy pour rencontrer Xavier Vallat, le commissaire aux Questions juives. Il avait été reçu par le chef de cabinet, lequel avait promis de faire « tout son possible ». Mais les choses en étaient restées là, jusqu'en août 1941 où une note du ministère de la Guerre le raya officiellement des cadres de l'armée. Un trait de plume avait suffi à barrer une dizaine de générations de bons et loyaux services à la France.

Il lui semble avoir vécu cent ans, depuis ces démarches naïves. Un monde a totalement basculé. Lui-même ne se reconnaît plus dans ce jeune homme qui jouait cette scène pitoyable dans le bureau du commissariat aux Questions juives :

— Mais je suis français, disait-il ! Comme vous ! Vous n'avez pas le droit. Je suis un vrai Français, avec mon père et ma mère, mes grands-parents, et des ancêtres français depuis au moins deux cents ans !

— Non, vous êtes juif, donc vous n'êtes pas français.

La vie civile, par la suite, lui avait apporté les mêmes enseignements. Tous les métiers ou presque lui étaient interdits, c'est ainsi que, rejeté par la France, il était entré dans la résistance juive.

⁂

Calé contre la cloison, Jacquel est absorbé par sa lecture. Le wagon est silencieux.

Pour Marguliès, ces quelques pas dehors, cette toilette au robinet de la gare ont effacé la fatigue de la nuit. Ses amis aussi paraissent reposés. Le chef de wagon connaît cette petite lueur qui danse dans leurs yeux devant la porte ouverte : elle s'appelle l'espoir. Ils s'attendaient à un voyage plus pénible, plus rapide aussi, qui les livrerait en quelques heures à cet inconnu terrifiant de « Pitchipoï ». Au lieu de cela, ils sont partis depuis vingt-quatre heures, n'ont parcouru qu'une vingtaine de kilomètres, la porte est ouverte, et les S.S. leur ont permis de sortir quelques minutes. Cette détention adoucie les fait tous rêver à la vraie liberté qui semble si proche. Marguliès se laisse entraîner aussi. S'il pouvait au moins aller et venir, comme ces gens dans le village là-bas, affairés ! Il ne peut s'empêcher de penser que ce train pourrait ne pas repartir. Le train immobile depuis la veille fait une cible idéale pour une attaque aérienne. Et la Résistance ! Il est impensable que ce convoi n'ait pas été signalé. Il suffirait d'un coup de main audacieux !

L'Autrichien se tourne vers le murmure qui vient de recommencer. Il le connaît bien, c'est celui du pieux Mizrahi qui s'est relancé dans ses prières interminables. Près du vieil homme, son ami Kapel a levé les yeux au ciel, comme pour une supplication. Le rabbin sait que ces litanies vont durer jusqu'au coucher du soleil, jusqu'à ce qu'il n'y ait plus assez de lumière pour lire son livre de psaumes qu'il tient toujours ouvert dans ses deux mains. A cet instant, Kapel pense que de tout ce voyage, jusqu'à présent, c'est la présence de cet homme geignard à ses côtés qui est la plus pénible à supporter. Il a vainement essayé de l'interrompre, en lui parlant. Il lui a demandé ce qu'il faisait ici, comment il y était arrivé, ses activités avant et pendant la guerre, mais il n'en a rien tiré. A chaque question, l'autre répète toujours la même chose :

— Je suis un Juif pieux ! Pourquoi m'a-t-on enfermé ici ? Je n'ai rien fait.

Le doux Kapel s'inquiète sérieusement. Il craint de ne pas tenir jusqu'au bout, que sa patience ne vacille. De plus, à chaque fois qu'il s'assied, se lève ou se déplace, le vieux Mizrahi s'interrompt et le cherche, affolé. L'homme à la calotte noire ne se calme que lorsque son compagnon est immobile, près de lui.

Kapel se maîtrise pour ne pas lui arracher son psautier des mains. Il tend le bras doucement et prend le livre :

— Vous permettez ?

C'est le seul stratagème qu'il ait trouvé pour avoir la paix quelques minutes. Son voisin le regarde, en plein désarroi. Le rabbin le rassure, lui laissant entendre qu'il a besoin de prier lui aussi. Il laisse courir les pages du livre sous son pouce et s'arrête au hasard. Ses yeux parcourent quelques lignes, et son visage s'illumine :

— César, Maurice, André, regardez !

Il tend le livre au-dessus de sa tête, et le montre à la ronde :

— Je viens de tomber sur un psaume magnifique, le 121. Ce n'est pas n'importe lequel pour moi. Figurez-vous que c'est celui-là même que mon père, dans mon enfance, récitait tous les jours à la maison. Ecoutez.

Le rabbin a retrouvé naturellement le ton du prêche. Il lit à haute voix :

« Je lève les yeux sur les montagnes pour voir d'où viendra le secours,

« Mon secours vient de l'Eternel,

« Qui a fait le ciel et la terre,

« L'Eternel gardera ton départ et ton arrivée, dès maintenant et à jamais. »

Il se tait quelques secondes, et reprend :

— Vous vous rendez compte combien ces paroles, écrites il y a des milliers d'années, sont extraordinaires ? Surtout ce dernier verset : « L'Eternel gardera ton départ et ton arrivée, dès maintenant et à jamais », répète-t-il.

Le rabbin est bouleversé. Pour lui, ce n'est pas un hasard d'être tombé exactement sur ce psaume. Une vague de confiance le submerge. Des images lui passent dans la tête, précises comme une vision prophétique, et il annonce triomphant :

— Maintenant, je suis prêt à parier que dans huit jours, nous serons à Paris. Tiens, vendredi prochain, je serai à l'office, à six heures, à la synagogue rue de la Victoire. Et toi César ?

César, éberlué, regarde son ami, et entre aussitôt dans le jeu de l'espoir :

— Eh bien moi, dit-il, j'irai au temple Sephardi, rue Buffault.

Marguliès n'est pas croyant. Pourtant, quelque chose de surnaturel vient de passer dans le wagon à bestiaux. Il le sent. Son ami Kapel a l'air d'un prophète dans ce rayon de soleil qui l'éclaire lui seul.

20 heures.

La vieille dame est restée assise tout l'après-midi sur le bord de la porte, les mains posées sur le rail de la glissière, le corps à demi à l'extérieur du wagon. Elle a mangé de bon appétit ce que son petit-fils, Philippe, lui a apporté. Elle ne tremble plus, ne gémit plus. L'air frais du soir l'a calmée.

Marguliès n'ose pas imaginer qu'on laissera la porte ouverte toute la nuit. Cette idée lui fait même un peu peur, parce qu'Ernest et le général ne manqueront pas de profiter de l'occasion, malgré les sentinelles. Peut-être réussiraient-ils à deux, mais il est impossible de faire s'évader tout le groupe ainsi. Le chef de wagon sait qu'il devra user de toute son autorité pour convaincre les jeunes gens. Sinon... Il n'ose penser à ce qui arrivera.

— J'espère que c'est pour cette nuit !

Le général a tiré Marguliès de ses réflexions.

— Oui. Dès que le train roule régulièrement, Ernest et toi, vous vous débrouillez pour faire un trou quelque part dans le bois, et on sort tous.

— On a réfléchi tous les deux, regarde.

Le général dégage la paille devant lui, et indique les planches disjointes. Il explique :

— Ça sera pas difficile de faire sauter trois ou quatre planches. Elles sont presque pourries. On pourrait se laisser glisser par là un à un, si le train ne va pas trop vite.

— Mes amis !

Le rabbin Kapel les interrompt à voix haute. Il s'adresse à tous :

— ... Avec le soir qui tombe, je vous propose d'accueillir la venue du shabbat.

Il attend le silence. Les déportés croyants et incroyants se recueillent. Kapel a repris le psautier de Mizrahi. Ce dernier s'est couvert la tête d'un mouchoir. L'autre vieil homme, Namias, l'imite. Le rabbin récite des prières sur un ton monocorde. Quelques voix l'accompagnent. Marguliès est ému malgré lui par ce murmure plaintif qui emplit le wagon, cette prière d'un office millénaire célébré par une poignée de déportés en route vers un Pitchipoï inconnu, à deux pas de leurs bourreaux.

Dehors, les soldats et les gardiens n'ont pas bougé. Pour eux, c'est l'heure de la popote. Ils se sont installés aux abords de la gare, et ne prêtent aucune attention au wagon. Seules, deux sentinelles lasses se croisent sur le quai. Elles se raidissent aux premiers accents de la *Hatikva.* Plus loin, les soldats ont levé la tête quelques instants, puis ont repris leurs occupations en plaisantant. Le chant terminé, une voix parmi les déportés entonne *la Marseillaise.* Tous les Français reprennent avec elle.

Les schupos et les soldats de la Luftwaffe crient et gesticulent. Marguliès aperçoit Brückler sortant de la gare. Il est furieux. Il arrive en hurlant, bouscule la grand-mère qui roule sur le plancher, et pousse brutalement la porte contre sa butée. Les déportés se sont tus.

Dans le wagon, il fait nuit.

CHAPITRE 12

Vendredi 18 août, 22 heures.

— Dis donc, t'es juif toi ?

Le général a interpellé Ernest, par bravade, pour rompre le silence qui a succédé aux accents de *la Marseillaise,* et surtout aux grincements de la porte. Il a parlé pour dire quelque chose, se défendre contre cette écorchure qui lui fouit les entrailles, depuis que le panneau de bois s'est refermé.

La trêve est rompue. Elle n'a été qu'illusoire. Chacun a retrouvé son identité. D'un côté les gardes-chiourne, et de l'autre les prisonniers.

Dans l'obscurité, le général scrute le visage d'Ernest tourné vers lui.

— Non, je suis une erreur, moi j'ai un phimosis, répond-il.

Frydman sourit. Il pense que son ami plaisante. Et pourtant, c'est presque vrai. Du moins les Allemands l'ont-ils cru. L'histoire du phimosis d'Ernest avait fait rire tous ses amis du réseau, mais surtout lui avait accordé un sursis de quelques mois.

Elle a commencé le 15 octobre 1943 par l'irruption

brutale de la Gestapo dans la chambre qu'il occupait à Nice, au 19 de la rue Paul-Déroulède. Transféré aussitôt au camp de Drancy, il dut d'abord pendant deux mois et demi faire face à l'acharnement des S.S. Ceux-ci essayaient de le piéger. Ils étaient persuadés qu'Ernest était un réfugié juif allemand. Ils avaient presque raison.

Ernest est autrichien comme Marguliès. Il a quitté Vienne à douze ans, avec un groupe d'enfants que leurs parents, inquiets, ont expédiés en France. Au moins, pensaient-ils, ils apprendront un métier, loin des tracasseries et mesures antijuives. Ernest avait ainsi appris rapidement le français, qu'il parlait sans aucun accent.

Muni de faux papiers au nom d'Ernest Leboucher, le garçon feignait de ne pas comprendre l'allemand. Il jouait le jeu à merveille quand les S.S., la nuit, faisaient irruption dans sa chambre, le secouaient et l'interpellaient en allemand pour qu'il se trahisse. Mais Ernest restait impassible, affectant l'air étonné de celui qu'on s'acharne à ne pas croire.

Il avait même passé sans trop de mal l'épreuve des entretiens particuliers avec l'Haupsturmführer Brunner. Il avait entendu parler de certains trucs qui convainquaient le commandant S.S.

Un jour, par exemple, que ce dernier accueillait un nouvel arrivant par ce simple mot :

— *Jude !* (Juif.)

L'homme, inspiré, avait répondu :

— Moi, Juif ? Voilà ce que je fais aux Juifs !

Et il avait craché trois fois par terre. L'homme s'en était tiré. Brunner était persuadé qu'on ne pouvait cracher aussi spontanément sur les Juifs, et en être un.

Mais Ernest n'avait pas eu besoin d'user de ce genre de procédés qu'il jugeait peu élégants. Il préférait miser sur sa belle gueule ; et Brunner, impressionné par ce grand gars athlétique, aux cheveux et aux yeux clairs, qui le regardait, ne se décidait pas. Ernest cherchait seulement à éviter l'encrier et le presse-papier que le S.S., furieux, lançait vers lui. Il se contentait d'observer calmement les murs de son bureau, maculés de taches d'encre et de sang, et écorchés d'impacts de balles, témoignages des colères habituelles du maître de Drancy.

Au fur et à mesure des convocations, Ernest constata que le nerveux Brunner se radoucissait. Le S.S. était en effet bombardé de lettres émanant d'un « curé de paroisse » de Nice. Le ton en était de plus en plus indigné. Le « curé » dénonçait « l'acharnement incorrect, indigne de représentants du Reich, à soupçonner et à garder un catholique aryen ».

En écoutant ces rapports, le jeune homme s'efforçait de garder la tranquille assurance de ceux qui n'ont pas peur, et font une confiance absolue à l'avenir. Le « curé » envoya, outre un certificat de baptême, toutes les pièces d'identité justificatives au nom d'Ernest Leboucher. (Ce nom correspondait effectivement à celui d'un garçon passé clandestinement en Espagne.) Pendant que les S.S. prenaient l'affaire très au sérieux, Ernest, qui avait reconnu derrière la signature du « curé », la patte d'Henri Pohorylès, admirait le culot de son ami. Sa dernière lettre était un véritable ultimatum. Le « curé » menaçait d'en référer directement en Allemagne, pour dévoiler à Himmler en personne les « procédés inadmissibles de ses subordonnés en France ».

A bout d'arguments, Brunner s'en était remis à l'épreuve décisive : l'examen Montandon...

***

Ernest regarda la petite pièce où on venait de le pousser. Trois mètres sur quatre. Des murs nus. Dans un coin, un hommes aux cheveux grisonnants, assis devant une table, finissait de prendre des notes sur son carnet. Il paraissait avoir environ soixante-cinq ans, et était plutôt élégant. Sur la table, une petite baguette graduée, une loupe, un flacon d'alcool, une grande carte quadrillée comme une carte d'état-major, des fiches et un grand livre.

Ernest connaissait cet homme de réputation. On l'avait déjà prévenu. Le personnage penché qui, derrière ses lunettes, lisait la mise au propre de ses conclusions sur l'examen précédent, détenait un réel droit de vie et de mort : c'était « l'éminent M. Montandon », professeur d'ethnologie, né en Suisse, en 1879, naturalisé français en 1941 et directeur scientifique du journal *l'Ethnie française,* créé en 1940. Pour certains cas difficiles ou douteux, Brunner faisait appel à lui et s'en remettait aveuglément à ses jugements. Ernest savait que le « doux savant » se laissait parfois influencer par certains arguments non scientifiques, pour peu qu'ils fussent percutants. Pour des sommes pouvant varier de dix mille à cinq cent mille francs, par exemple, il débaptisait volontiers une circoncision de la plus belle coupe en banale opération chirurgicale. Le directeur du *Lido* réussit même à acheter son phimosis avec trois caisses de champagne.

L' « honnêteté » scientifique du « savant » eut à souffrir de comportements étonnants de la part de certains de ses patients. Un jour, l'un d'eux entra dans son bureau en le saluant en arabe. Le professeur le regarda, ahuri. L'autre expliqua qu'il était afghan, bon musulman, qu'il faisait ses ablutions deux fois par jour. Puis il sortit de sa poche un Coran qui, mieux qu'un laissez-passer, ne le quittait jamais, et s'emballa dans une prétendue récitation de versets entiers. Montandon, qui ne comprenait pas l'arabe, regarda éberlué cet homme qui ne s'arrêtait plus. Ce dernier, Juif en réalité, débitait une série d'injures en persan, langue qu'il parlait couramment. Et « l'Arabe » fut libéré.

— Bonjour, monsieur le professeur.

Le professeur ne répondit pas. Il posa son stylo et leva la tête vers le nouveau spécimen qui se tenait devant lui. Grand, bien bâti, le nez droit, le cheveu abondant, yeux clairs. Ernest crut deviner dans son regard une certaine impatience. Comme si Brunner le dérangeait pour n'importe quoi, même dans les cas les plus évidents. Pour lui, ce garçon de dix-huit ans, représenterait, sous l'uniforme allemand, le type d'Aryen le plus pur qu'on puisse imaginer. Il se préparait à un examen de pure forme.

— Votre nom ?

— Ernest Leboucher.

Montandon ne prit même pas la peine de consulter sa carte quadrillée, le cadastre du cimetière de Pantin qu'il emportait toujours. Le nom de Leboucher ne figurant certainement pas dans les concessions juives. Grâce à cette carte, il avait souvent identifié des noms juifs inhabituels. Mais « Leboucher » !

— Mettez-vous de profil.

Ernest se tourna légèrement, mimant une raideur qu'il voulait germanique. Montandon écrivit.

— De l'autre côté.

Ernest fit un demi-tour réglementaire. Le professeur écrivit encore. Puis il se leva, et tourna autour de lui, mains derrière le dos, se reculant parfois de quelques pas, ou se rapprochant à quelques centimètres de sa joue, essayant d'évaluer l'angle que formait la base du nez avec le front, tel un maquignon soupesant les avantages d'un animal.

A chaque nouvelle investigation, il regagnait sa table, et écrivait minutieusement. Ernest sentait approcher avec crainte le moment décisif, l'ultime investigation qui risquait de modifier totalement la première impression plutôt favorable.

Jusqu'ici, il avait toujours réussi à échapper au déculottage rituel qui aurait balayé le doute. Les occasions s'étaient présentées favorablement. Il avait su en profiter à la seconde près. Il provoquait une légère bousculade pendant que les « juges » conversaient entre eux, et feignait de reboutonner sa braguette, pour se présenter au contrôle suivant. Mais cette fois, Ernest était seul et ne pouvait plus tricher. Il lui était impossible de passer à travers l'examen.

— Baissez votre pantalon.

Le garçon obéit, sans trahir la moindre appréhension. Armé de sa loupe et de sa baguette, le « spécialiste » attendit, impatient, que le sexe fût bien dégagé, et s'étonna :

— Mais vous êtes circoncis ?

— Non, monsieur le professeur, on m'a opéré quand j'avais huit ans.

— Mais non, mais non, répétait-il, c'est une circoncision.

Il passa sa baguette sous le pénis et le maintint à plat, l'examinant à travers sa loupe.

— On dirait bien une circoncision... C'est une circoncision, affirma-t-il en se relevant.

Ernest se défendit.

— C'est mon père qui m'a traîné un jour chez le médecin. Il m'a dit qu'il fallait me faire une petite opération, sinon je ne deviendrais jamais un homme.

Devant le calme et l'assurance du garçon, Montandon effectua un nouvel examen. Le seul support de sa baguette ne permettait pas une observation complète. Il se résigna à tourner le pénis entre ses doigts, minutieusement, marmonnant ses réflexions, se repassant en mémoire toute la science qu'il possédait de la spécialité.

Ernest regardait la nuque et le dos, penchés sur lui. En

d'autres temps, la situation aurait pu lui paraître comique. Mais là, avec ce fou, elle n'était même pas grotesque, elle était tragique.

Le « scientifique » se releva, sans un mot, toucha les cheveux du jeune homme et en évalua la texture. Il regarda ses notes. Il hésitait :

— Cheveux fins, lèvres minces, intéressant, murmura-t-il. Montrez-moi vos genoux.

Ernest laissa tomber son pantalon sur ses chevilles.

Montandon parcourut l'arrondi de la rotule avec son crayon, puis demanda en se relevant :

— Comptez jusqu'à dix.

Cela aussi faisait partie des découvertes sensationnelles du professeur. Il était persuadé que les Juifs avaient tous une intonation particulière.

Il compta en se rhabillant.

— Baissez encore votre pantalon.

Ernest obéit. Il n'imaginait pas autrement le marché aux esclaves. Il aurait volontiers donné un coup de genou pour écraser le nez de ce faux savant. Montandon se redressa.

— Oui, c'est exact, dit-il, un phimosis. Mais avouez que la ressemblance est étonnante !

Ernest n'avoua rien du tout. Il se reculotta, sans laisser paraître son soulagement. Le professeur fit un dernier tour du jeune homme, cherchant visiblement à déceler une quelconque émotion. Mais le garçon était calme. C'est ainsi que le jeune Juif autrichien et résistant, Ernest Appenzeller, reçut des mains du « spécialiste ès-circoncisions » de la Gestapo et des S.S. un certificat de pur Aryen. A partir de cet instant, il était libre.

C'est après cette épreuve qu'il devint réellement un « terroriste ». Auparavant, il s'occupait essentiellement d'acheminer de l'argent, de distribuer des faux papiers, d'organiser des planques au sein de l'A.S. (Armée secrète). Mais il ne se sentit plus fait pour ce type d'actions sociales. Il préféra s'occuper de choses sérieuses. A Drancy, il avait vu le parcage des Juifs et les départs pour Pitchipoï. Il les avait vus, ces hommes, femmes, vieillards, enfants, désemparés. Ces images de tout un peuple humilié lui étaient désormais insupportables. Il décida de changer d'activité en entrant dans le groupe action de l'A.S. Il apprit à manipuler les explosifs, à amollir le plastic avec les doigts, avant d'y ficher les cônes creux servant de gaines aux crayons détonateurs. Ces crayons avaient des couleurs différentes, vert, bleu, rouge, correspondant au temps que mettait l'acide à provoquer l'explosion. Ernest apprit vite. Il était un « terroriste doué ».

Devenu agent d'élite, Ernest participa à de nombreux coups de mains dans la région de Nice, depuis la destruction de voies de chemin de fer ou de transformateurs, jusqu'à l'élimination d'agents de la Gestapo et de collaborateurs. Monté à Paris, à la fin du printemps, il prit la direction du groupe action, pour continuer le même travail, avec un sang-froid hors du commun. Il se déguisa même en parachutiste allemand pour se présenter chez un collaborateur notoire, un Belge du nom d'Averbush, pour lui décharger cinq balles de 11,45 dans la poitrine.

Malheureusement, Ernest était trop organisé. Son arsenal de revolvers était trop bien rangé dans le tiroir de droite de son bureau Louis XV, dans l'appartement d'un notaire, qu'il occupait boulevard de Courcelles. Il avait aussi la manie de classer ses dossiers méticuleusement. Deux dossiers avec des fiches en ordre alphabétique. L'un : « Affaires en cours », l'autre « Affaires terminées ». Aussi, lorsque la Gestapo perquisitionna chez lui, après son arrestation avec les autres chefs du réseau, César, Henri, Amar et Cor, lors du traquenard de la rue Erlanger, eut-il droit à un traitement à part. Personne, même son compère le général, n'avait réussi à lui faire raconter ce qu'il avait subi. Mais le général ne doute pas qu'il a, lui aussi, été sauvé du peloton d'exécution par Brunner.

En revenant à Drancy pour la deuxième fois, Ernest s'était fait le plus discret possible. D'abord parce qu'il ne voulait pas se trouver en face de l'Hauptsturmführer Brunner qui pouvait le reconnaître, et ensuite pour ne pas retomber sous l'expertise de Montandon.

Ernest apprit avec soulagement que l'éminent « professeur » avait été congédié. Il ne reviendrait plus avec sa loupe, son flacon d'alcool, sa règle, et son cadastre du cimetière de Pantin. Sa dernière théorie avait été un fiasco complet. Prétendant que les Juifs présentaient des caractéristiques sanguines particulières, il avait fait effectuer trois prélèvements distincts. Ses conclusions furent jugées infamantes, puisque le « savant » attribua le sang de deux S.S. à deux Juifs, et le sang d'un Juif à un Aryen.

— J'espère qu'on ne va pas rester ici encore une nuit, soupire le général.

— Et pourquoi pas cette nuit, puis une autre et même toute la semaine ? répond Ernest.

Après plus de vingt-quatre heures passées dans ce wagon, il est toujours resté aussi calme qu'aux premières heures.

Le général Jean Frydman monte à la fenêtre. C'est devenu une habitude chez lui, lorsqu'il se sent gagné par la nervosité. La nuit est claire. Les étoiles ont des reflets métalliques. Il n'y a pas une lumière dans la campagne.

Ce sont de bons Français ! pense Frydman amer, en essayant de deviner les maisons du village. Ils observent bien les consignes ! Ils sont bien abrités derrière leurs vitres recouvertes de papier bleu ! Ils attendent que ça se passe, peinards. Dans deux ou trois jours, ils mettront leurs drapeaux aux fenêtres, et sortiront triomphants pour accueillir les libérateurs !

Les bâtiments de la gare sont déserts. Le général s'étonne. Il n'a pas remarqué tout à l'heure des piétinements sur le quai. Pourtant, les soldats de la Luftwaffe et les schupos ont disparu. Il n'y a plus de sentinelles. Jean Frydman hésite quelques instants. Il se demande si l'incroyable n'est pas arrivé, si les Allemands ne sont pas partis. Il se retient pour ne pas crier. Il appelle, avec de l'excitation dans la voix :

— Ernest ?

Le jeune homme se lève et s'approche.

— Qu'est-ce qui se passe ?

— Regarde.

Ernest fouille la nuit.

— Je ne vois rien.

— Justement, il n'y a plus personne. On dirait qu'ils sont tous partis.

— Ce n'est pas possible !

Ernest calme son ami.

— N'oublie pas qu'il y a un énorme matériel d'armes antiaériennes derrière nous. Jamais les Allemands ne laisseraient tomber tout cela entre les mains des Alliés. D'ailleurs, écoute...

Les deux jeunes gens retiennent leur souffle. Un ronflement monte de la locomotive. Ernest et le général ont compris. Une haleine de fumée blanche vient envelopper le wagon. Le général ferme les yeux, déçu, en aspirant cette odeur de charbon mouillé. Le train avance.

Pour les déportés, il est comme la terre qui tremble, un cauchemar qui réveille les corps assoupis. Dans le coin des valises, les femmes en chemises de nuit ont sorti la tête de leurs « cabines de plage ». Puis elles ont disparu, et se sont recouchées. Armand Kohn, en pyjama, s'est appuyé sur les mains et il s'est allongé en silence.

Philippe Kohn ne s'est pas déshabillé ce soir. Ce matin, il a eu honte de son pyjama en se réveillant. Honte du regard des jeunes gens d'en face. Enveloppé dans une couverture, assis, il attend. Georges Schmidt dort à ses pieds, à côté de son épouse.

Ernest et le général reviennent à leur place, près de Marguliès. Ils le questionnent du regard. Le chef de wagon les calme :

— Attendons quelques minutes, que le train prenne une allure régulière.

— Oui, mais on peut commencer tout de suite à déclouer les planches, insiste le général.

— D'accord, allez-y !

Ernest disparaît vers le tas des provisions et revient avec son matériel. Le général est déjà agenouillé au milieu du wagon, dans l'allée laissée libre pour faciliter les déplacements. Il balaie la paille du plat de la main. Ernest a déroulé son paquet, qu'il pose à côté de lui. Il tend une lime à son compère et en prend une autre pour lui. Ils s'arc-boutent en faisant levier chacun à une extrémité de la même latte. La planche cède. Elle se décloue lentement. Ernest finit à la main. Jean Frydman l'imite. Ils la soulèvent.

Avant de sortir le dernier centimètre, ils s'immobilisent et lèvent la tête, à l'écoute des réactions du wagon.

Chez les bourgeois, une seule ombre est debout, celle de Philippe Kohn qui s'est levé et les observe en silence. Le train roule lentement. Pour le général, les saccades régulières sont rassurantes. Les résistants ont tous compris. Ils guettent les deux jeunes gens. Ils sont prêts.

La planche est enlevée. Le vacarme des roues se rue par l'ouverture. Le général et Ernest s'attaquent à une deuxième latte qu'ils arrachent sans difficulté.

— Encore une ! souffle Ernest.

Les autres se sont serrés autour des deux travailleurs. Tzippy, Grilikhes, Cor, Paula, Jacquel, Kapel et Henri. César aussi est venu surveiller l'opération. Il estime la vitesse du train :

— On ne doit pas rouler à plus de trente kilomètres à l'heure. Ça devrait aller sans problème.

La troisième planche est dégagée. Ernest et le général se regardent, puis font le tour des ombres agenouillées près d'eux.

— Ça y est ! dit Frydman, on peut y aller.

Marguliès jette un coup d'œil vers les valises. A part Philippe, personne ne semble rien avoir remarqué. En tout cas, ils ne disent rien. Le général poursuit :

— Il suffit de se glisser un par un et de lâcher au dernier moment en rentrant la tête pour ne pas s'assommer.

— Surtout bien plaquer les bras au-dessus de la tête, explique le chef de wagon. Et attendre sans s'affoler, que le train soit passé.

Les résistants attendent, haletants.

— Il faudra faire très vite pour que chacun ait le temps de passer. Parce que si le train s'arrête, c'est foutu, dit Henri.

— Merde !

Le général s'est redressé.

— Qu'est-ce qu'il y a ? interroge Ernest.

— Regarde, dit Frydman dépité. C'est pas possible. Il y a des câbles métalliques attachés à des chaînes. Elles battent presque la voie. C'est sous le wagon derrière. Aucune chance d'échapper sans se faire écraser la tête.

Ernest plonge à son tour, et se relève, laissant la place à Marguliès.

— Il a raison ! Peut-être une chance sur cent d'en sortir ! Et en tout cas, la certitude de se blesser. Et si ces câbles sont trop rigides, on peut se faire traîner sur des dizaines de mètres et finir en bouillie !

Jacquel se précipite à son tour, puis Henri qui veut voir aussi.

— Non, arrêtez, c'est impossible, il faudra trouver autre chose, commande Marguliès. Allez, refermez ça.

Ernest et le général replacent les planches, à regret, en les tapotant à coups de paumes de la main pour remettre les clous à leur place.

Le train freine brutalement.

— Vous voyez, de toute façon, ce n'était pas la peine, on s'arrête encore.

Les roues hurlent. Les déportés sont déséquilibrés. Ernest et le général se rattrapent l'un à l'autre. Marguliès s'affaisse sur Henri. Et Kapel, revenu à sa cloison, reçoit le corps de Mizrahi qui a roulé sur lui.

Le général et Ernest montent à la lucarne.

— C'est encore un patelin, constate Jean Frydman.

— Oui, j'espère qu'on ne va pas y passer la nuit.

Le général étire le cou pour essayer de lire la pancarte, vers l'arrière du wagon :

— Ormoy, dit-il. On n'a pas roulé plus de dix kilomètres depuis tout à l'heure.

Marguliès entend Brückler s'informer dehors, auprès du mécanicien. Ils parlent en allemand. Mais il ne comprend pas. Ils sont trop loin.

— C'est dommage ! laisse tomber le chef de wagon.

— Dommage quoi ? demande Henri.

— Le mécanicien est allemand. Ça veut dire qu'il fera tout, lui aussi, pour rentrer chez lui. Avec un Français, on aurait eu une petite chance pour qu'il laisse tomber.

— On se débrouillera quand même !

Marguliès pense qu'il a raison. Cette première tentative l'a revigoré. Il est persuadé qu'une autre occasion se présentera. Et surtout, cette évasion manquée lui a appris une chose très importante : les bourgeois n'ont pas bougé. Dormaient-ils ? En tout cas, ils n'ont rien dit, constate le chef de wagon en rejoignant Ernest et le général.

— Alors ? demande-t-il.

— Tiens, regarde, ils mettent deux sentinelles, répond Ernest. A mon avis, on va encore passer la nuit sans bouger.

Les deux jeunes gens lui laissent la place. Marguliès s'accroche à un barreau.

Le chef de wagon ne veut pas s'endormir, même pas fermer l'œil, ne pas faire comme la nuit précédente où il s'est assoupi. Il entend derrière lui les déportés se réinstaller pour la nuit. Ils les sent échauffés par cette première alerte. Il imagine ce qui se serait passé s'il n'y avait pas eu les câbles métalliques sous le wagon derrière. Un ou deux d'entre eux seulement auraient eu le temps de s'évader. Et au premier contrôle de Brückler, c'en était fini des chances des autres.

Il ne se fait pas d'illusion non plus sur le résultat de sa conversation avec le S.S. Celui-ci ne s'est pas manifesté depuis le matin. Mais Marguliès ne veut pas manquer la plus petite chance. Il reste à la lucarne pour le cas improbable où l'Hauptscharführer aurait accepté sa proposition, et l'appellerait.

Le S.S. a dû réfléchir aux difficultés qu'il aurait à toucher dix millions de francs en dollars, après la guerre, se dit-il. Quelle serait alors la valeur de cette reconnaissance de dettes ? Le chef de wagon est de plus en plus persuadé que Brückler ne risquera pas sa vie en laissant s'échapper tous les déportés pour une récompense hypothétique.

Marguliès observe les sentinelles. Elles parlent entre elles. Il écoute.

— On ferait mieux de tout faire sauter, dit l'un des hommes, munitions, canons et Juifs avec, et de foutre le camp.

L'autre semble d'accord.

— *Ya, ya !*

Ils poursuivent leur ronde en haussant les épaules sur la fatalité du pénible devoir de soldat.

Marguliès les regarde s'éloigner l'un de l'autre.

Ses yeux brillent d'envie de meurtre.

CHAPITRE 13

Samedi 19 août, 10 heures.

Marcel Bloch n'a pas lâché la lucarne depuis au moins quatre heures, estime Margulies. Hier soir, comme l'avant-veille, le chef de wagon l'a remarqué debout, très tard, le visage collé aux barreaux, fouillant la nuit, à la recherche d'on ne sait quel secours.

Et ce matin, quand Margulies a ouvert les yeux, Bloch était déjà debout à son poste d'observation, raidi dans son costume étriqué, le béret toujours vissé sur la tête.

Cet homme-là intrigue le chef de wagon. C'est lui, le jour du départ, sur le quai de la gare de Bobigny, qui s'est exclamé d'une voix nasillarde : « Alors ? On nous embarque avec la racaille ! »

Il parle peu. Même pas aux otages. Derrière ses lunettes à monture d'acier, ses yeux minuscules regardent les événements avec dédain. Les deux petits plis qui prolongent les coins de ses lèvres lui donnent l'air d'esquisser un sourire qui n'arrive jamais. Il mange à peine. Ses seuls déplacements consistent à aller boire de temps en temps près du seau d'eau, et à s'écarter calmement lorsque le général, Margulies, Ernest ou un autre résistant s'approchent de sa lucarne.

Il ne se mêle pas de ce qui se passe dans le wagon.

Ainsi, cet homme qui se comporte comme si cette déportation ne le concernait pas, Marcel Bloch, continue-t-il, debout, son étonnante trajectoire de reclus.

Célèbre ingénieur au début de la guerre, il a été interné par le gouvernement de Vichy en 1940, avec d'autres personnalités de l'aviation et de la politique. Parmi elles, Dewoitine, Paul-Louis Weiller, Vincent Auriol, Max Dormoy, Paul Reynaud, Georges Mandel. Ils restèrent quelques semaines à Pellevoisin.

Puis, craignant que les politiques ne fussent incarcérés dans les prisons allemandes, et les ingénieurs contraints à travailler pour le Reich, Vichy décida de les transférer en zone libre, où ils furent assignés à résidence forcée.

Marcel Bloch vécut à Ecully, près de Lyon. Après l'invasion de la zone libre, il tint tête aux Allemands. Il refusa de travailler pour eux, même en échange de sa liberté.

Arrêté en mars 1944, il fut emprisonné au fort de Montluc.

A la mi-juillet, en arrivant à Drancy avec sa femme et l'un de ses fils, Claude, il fut classé « B.B. » (Bergen-Belsen »). Bergen-Belsen représentait, croyait-on, une sorte de « paradis virtuel » comparé aux autres camps, où les S.S. rassemblaient les personnalités importantes, des otages, en vue de les utiliser pour la guerre, ou au plus mal, les échanger après. Les échanger contre quoi ? Contre qui ? Personne à Drancy ni même encore maintenant dans ce wagon ne pourrait répondre.

Plus concrètement, cette classification B.B. signifiait « non déportable », au moins pour le prochain convoi.

Et Marcel Bloch échappa avec sa famille au départ du 31 juillet.

Mais le 17 août, vers 14 heures, un M.S. vint le prévenir qu'il avait été choisi pour le dernier wagon. Son épouse, Madeleine, voulait partir avec lui. Il avait fallu toute la persuasion de leur entourage pour l'en dissuader. Et, au dernier moment, Marcel Bloch avait refusé de descendre de sa chambre. Il avait fallu l'intervention de l'Hauptsturmführer Brunner en personne, revolver au poing, pour le faire obéir. Et il était parti les mains vides, sans argent ni bagages.

⁂

Marguliès fait le tour des déportés. Il est surpris de remarquer qu'après deux nuits, tout le monde semble s'être habitué au wagon. L'espace est exigu, mais chacun y a fait sa place. Des habitudes sont prises. On mange presque aux heures normales : petit déjeuner, déjeuner, dîner. Tous les repas se ressemblent, pain, confiture et chocolat. Il est préférable de manger le chocolat le matin. Dans la journée, avec la chaleur, il devient gluant. Le chef de wagon constate aussi le bon fonctionnement de la tinette, camouflée derrière la couverture.

Les femmes de la famille Kohn ont dormi dans leurs cabines, et se sont maquillées, comme le matin précédent.

Ernest et le général ont instauré pour eux-mêmes un tour de garde pendant la nuit. Ils se sont assoupis chacun leur tour, et paraissent toujours aussi invincibles.

« Encore une nuit perdue ! » soupire le chef de wagon. C'est la deuxième. Seule consolation : le train n'a parcouru qu'une trentaine de kilomètres depuis Paris. Il est persuadé qu'il y aura d'autres nuits, surtout que rien n'indique un départ proche.

La chaleur monte avec le soleil. La journée promet d'être aussi chaude que la veille. Mais aujourd'hui, malgré les demandes pressantes, Brückler refuse d'ouvrir la porte.

Marguliès constate que les déportés se sont habitués à cette chaleur étouffante, même la grand-mère Kohn ne gémit plus. Les passagers du wagon à bestiaux sont exténués, mais ne se plaignent pas. Les va-et-vient près du seau d'eau se sont accélérés.

L'Autrichien se demande quelle heure il peut être. Il se retient de demander à l'un des bourgeois. Il ne veut rien avoir à faire avec eux. Il guette, de loin, le poignet d'Armand Kohn, et croit lire à sa montre : 11 h 30.

Près de lui, le général parle à Ernest. Il raconte comment, au début de l'Occupation, il essayait de trouver une organisation de Résistance. Marguliès l'écoute avec amusement.

— ... Comme je n'y arrivais pas, poursuit Jean Frydman, on a décidé, avec un copain, d'aller à Nice et de prendre un bateau pour Alger. On pensait que ce serait plus facile de passer en Angleterre. Mais on n'a rien trouvé.

Alors on a eu une idée : s'engager dans les « Compagnons de France ». De là, on pouvait se porter volontaires pour l'Algérie. C'est ce qu'on a fait. Tu comprends, une fois à Alger, c'était facile de se tirer. Les « Compagnons de France », tu sais ce que c'est ?

Ernest fait non de la tête.

— ... On chantait *Maréchal nous voilà,* continue le général. On se faisait une belle identité de pétainiste ardent. Dans le camp, chaque matin, on montait les couleurs. On avait un uniforme bleu et des culottes courtes. On faisait le service d'ordre pour les manifestations, et même la quête pour les bonnes œuvres du maréchal. Tu vois ça ?

Ernest et Marguliès sourient.

— ... Ça a duré trois mois. Mais comme on n'entendait plus parler de l'Algérie, on a plaqué le truc et...

— Tais-toi ! Ecoutez !

Ernest s'est dressé sur les coudes.

— ... Ecoutez, répète-t-il à haute voix.

Tous les déportés se taisent. Dans le lointain, monte un ronronnement de moteur. Le ronronnement est régulier, lourd, comme amplifié par les vibrations du sol.

— Mais c'est des chars ! s'exclame le général. Les Américains !

— Les Américains ! reprennent les déportés joyeux.

Tous se sont levés. Les quatre lucarnes sont prises d'assaut. Ernest et le général se sont précipités les premiers. Ils regardent dehors, s'attendant à apercevoir des unités de blindés émerger des buissons qui masquent la route.

— Ce ne sont pas des chars, mais des avions. Des Spitfire, précise calmement Marcel Bloch qui s'est approché.

Le général se tourne vers lui. Pour la première fois, le visage de l'homme au béret manifeste des signes d'impatience. Il plisse les yeux en scrutant le bout de ciel entre les têtes des deux jeunes gens qui masquent la lucarne. Et sa bouche sourit vraiment.

— Là-bas, des avions ! Ils arrivent sur nous, dit Ernest.

— Fais voir, pousse-toi ! ordonne Marguliès qui prend sa place. Ils piquent sur nous. Couchez-vous tous ! commande-t-il en se retournant.

Marguliès regarde dehors les soldats sauter du train et s'éparpiller dans les champs. C'est la débandade.

Le chef de wagon suit des yeux l'un d'entre eux. Il

galope comme un fou vers le bâtiment de la gare. Il le voit se débarrasser de son casque et de son fusil, prendre une bicyclette posée contre le mur, la jeter par-dessus la barrière qui sépare le quai de la place, sauter à son tour, l'enfourcher et disparaître à grands coups de pédales. C'est une désertion.

Marcel Bloch s'est collé à la lucarne, contre Marguliès. Les moteurs des avions hurlent en se ruant sur le train. Le chef de wagon se retourne. Tout le monde est allongé. Il se jette sur Ernest et le général qui le reçoivent en grognant de surprise.

— Mais couchez-vous, hurle-t-il à l'homme au béret.

Marcel Bloch, resté debout, assiste seul à ce ballet grandiose venu du ciel.

Le premier Spitfire a entamé son piqué sur l'arrière du train et remonte en tirant des rafales. Les rugissements des moteurs et les claquements des mitrailleuses font un vacarme de tonnerre :

Ernest murmure d'une voix étouffée :

— Allez-y les gars, balancez-leur tout ce que vous avez !

— J'suis d'accord, répond le général sans bouger, à condition qu'ils touchent pas notre wagon. Ce serait trop con de se faire trouer ici par des copains.

Le premier avion est passé, Marcel Bloch a regardé les impacts des balles soulever des éclats de pierrailles le long de la voie. Le second a déjà commencé à tirer. Il le voit disparaître, en plein piqué, dans l'alignement du train, à l'arrière. Un troisième, puis un quatrième. Bloch ne les quitte pas des yeux. Ils effectuent un large demi-tour pour un nouvel assaut. La vague recommence. Un concert d'abeilles rageuses qui se vengent. Il entend les balles ricocher sur la ferraille. Le wagon a craqué. L'homme debout se retourne. Il y a deux trous. Une balle a crevé le toit et traversé la paroi avant juste au-dessus des cabines des Kohn. Elle a dû se perdre contre la réserve à charbon.

L'essaim bourdonnant s'éloigne vers l'est.

— C'est fini, dit Marcel Bloch.

Il y a de la déception dans sa voix.

Les déportés se relèvent. Tzippy enlève la casserole qu'il s'est mise sur la tête. Cette casserole, il ne sait pas d'où elle vient. Il ne l'avait même pas remarquée avant de s'aplatir sur le plancher. Il sourit de cette protection dérisoire. Non loin de lui, Flamant a eu le même réflexe ; en plongeant, il s'est casqué d'une marmite.

Armand Kohn inspecte sa famille. Sa femme fait un compte rapide de ses enfants. Personne dans le wagon n'a été touché.

Marguliès revient à la lucarne. Dans le champ, les soldats allemands se relèvent et reviennent époussetant leurs uniformes à coups de grandes claques.

La locomotive émet un long sifflement de ballon crevé. Un officier remonte le train.

Ernest et le général rejoignent le chef de wagon.

Dehors le mécanicien crie à l'adresse de l'officier.

— Qu'est-ce qu'il dit ? demande le général.

— La locomotive a été touchée ! jubile Ernest.

— Tu es sûr ? insiste son ami.

— Attends. (Il écoute)... Oui, c'est ça, il dit qu'on ne peut plus repartir comme ça. C'est la chaudière.

Les paroles d'Ernest sont accueillies avec des cris de joie. Rose-Marie et Antoinette sautillent en battant des mains, comme deux petites filles excitées. Leur père les observe, ravi. Il jette un regard de triomphe à son fils Philippe. Ce dernier ne dit rien, il se contente de prendre une profonde respiration.

— Cette fois, je crois que ça y est ! commente Henri. On ne va plus partir. Il suffit d'attendre. Les Allemands n'ont plus qu'une chose à faire, c'est foutre le camp.

— Oui, répond César. Je vois mal comment ils pourraient trouver une autre locomotive par ici et en ce moment !

Dehors, les Allemands sont inquiets. Un officier de la Luftwaffe discute avec Brückler. Leur conversation est animée. Le S.S. est perplexe. Il enlève sa casquette et se passe la main dans les cheveux. Il la remet, tire sur les pans de sa vareuse, rajuste son ceinturon de cuir, et s'éloigne. Il disparaît dans la gare.

— Cette fois, il est possible que les Américains nous rattrapent. Au pire, on est ici pour toute la journée, dit Ernest, et au mieux on ne bouge plus.

Marguliès et Kapel se regardent sans rien dire. Un espoir fou vient de surgir dans le cœur des deux hommes.

— Attendons ! murmure le rabbin prudent.

Le chef de wagon se prend le visage à deux mains, se frotte les joues et les yeux, pour se calmer :

— C'est toujours du temps gagné, conclut-il. Mais à mon avis, tout cela n'est pas terminé. Soyons sur nos gardes.

Sur le quai les soldats s'inquiètent en criant. C'est un début de panique.

Le général se retourne vers Marcel Bloch. Il est intrigué lui aussi par cet homme qu'il a aperçu tout à l'heure debout, le seul, pendant l'attaque aérienne. L'autre le regarde. Il est calme.

— Qu'est-ce que tu fais dans le civil ? demande le garçon, le ton plein de défi.

— Je fais des avions, dit Bloch.

— Des avions !...

Le général réfléchit.

— ... Ah bon. Des avions ! Justement, on a fait sauter des avions. Je me souviens, c'était une usine près de Châteauroux. Les Alliés l'avaient déjà bombardée une première fois. Mais ils n'avaient pas réussi à tout détruire. Alors ils nous ont demandé de finir leur boulot. Et nous, on a tout foutu en l'air.

— Oui, je sais, répond Bloch. C'était mon usine de la Martinerie !

— Excuse-moi. Je suis désolé, dit Frydman, gouailleur.

— Merci, continue Bloch, feignant de ne pas remarquer l'ironie. Mais ce que les Alliés ont détruit sera payé, comme dommages de guerre. Tandis que vous, votre opération est considérée comme terroriste, et ce que vous avez fait sauter, qui le remboursera ?

Le général, pour une fois, reste décontenancé. Il est là, les bras ballants, en face d'un homme d'âge mûr, en route, comme lui vers la déportation, et ne comprend pas. Quelque chose lui échappe. Parce qu'enfin, se dit-il, nous avons une chance sur cent de nous en sortir, et cet homme-là fait preuve d'une confiance insensée, comme s'il était certain de survivre. Il voit déjà ses usines reconstituées.

Marcel Bloch s'explique :

— Je suis persuadé que les Allemands ne vont pas nous supprimer. Et puis la fin de la guerre approche. Ce n'est plus qu'une question de semaines. Et où que nous soyons, dans quelques jours, quelques mois au pire, les Américains arriveront. Alors il faut penser à l'après-guerre, et attendre sagement. Tout risque est donc devenu inutile. Pourquoi même chercher à s'échapper ? Il n'y a qu'une chose à craindre, c'est l'avertissement de Brückler. Souvenez-vous. Il a dit que si quelqu'un s'évade, tout le monde sera fusillé. Alors à quoi bon risquer sa vie, puisque tout va se terminer bientôt ?

Le bouillant général se retourne en souriant, incrédule, prenant les terroristes à témoin. Il vient de passer plusieurs années dans la Résistance, lui. Le calcul de cet homme passe mal. Il regarde Marcel Bloch.

— D'abord quand vous dites que les Allemands ne vont pas nous supprimer, vous parlez peut-être de vous, les otages, les bourgeois. D'ailleurs, rien n'indique que vous ayez raison. Mais nous, les résistants, c'est autre chose. Plusieurs d'entre nous sont des condamnés à mort, comme moi. Et ensuite, la guerre va peut-être se terminer à Paris et en France, mais elle peut durer encore un an en Allemagne !

Marcel Bloch ne répond pas. Le général retourne vers les siens. Il s'accroupit près du seau et boit deux gobelets, à grandes goulées.

— Il faut se méfier de ce type-là ! prévient-il, en claquant la langue de plaisir.

CHAPITRE 14

Samedi 19 août, 16 heures.

Le train s'ébranle.

César Chamay s'y attendait depuis quelques minutes. Debout pendant des heures devant sa lucarne, il n'avait pas cessé d'observer le moindre mouvement à l'extérieur. Les soldats s'étaient éparpillés dans les champs aux abords de la voie, arrachant des carottes qu'ils tapotaient sur leurs bottes pour en secouer la terre.

César avait plaisanté : « L'intendance ne suit pas la valeureuse armée du Reich ! » Les déportés, eux, disposaient d'une abondante quantité de nourriture, alors que leurs convoyeurs devaient chaparder pour améliorer l'ordinaire.

Mais, au fil des heures, César avait commencé à s'inquiéter. Cette attente qui durait signifiait que les Allemands avaient mis en œuvre une solution de rechange. Sinon, ils auraient tout abandonné immédiatement après avoir saboté le matériel d'armement et les munitions.

Marguliès était de son avis. Il lui avait dit :

— La disparition de Brückler ne me dit rien de bon. Il a dû partir à la recherche d'une autre locomotive.

Ni l'un ni l'autre n'en avaient parlé au reste du wagon pour ne pas étouffer l'optimisme qui s'était installé, surtout chez les otages. César avait même remarqué qu'Armand Kohn avait retrouvé un peu d'appétit. Et puis ses craintes viennent de se confirmer. Il a vu une locomotive arriver sur l'autre voie, celle de droite. Brückler, le corps penché à l'extérieur, a fait de grands signes joyeux avant de sauter sur le quai, vainqueur.

César a changé précipitamment de lucarne pour le regarder entrer dans la gare. Le S.S. est ressorti, en grande conversation avec un officier de la Luftwaffe.

La machine a manœuvré. On a enlevé la locomotive endommagée, et l'autre a pris sa place. Tous les soldats sont remontés à leur poste, et le train a démarré.

Dans le wagon, toutes les conversations se sont arrêtées, fauchées par les saccades des rails. Le train prend une vitesse qu'il n'a jamais atteinte depuis le départ. Il roule régulièrement, comme si rien désormais ne devait plus l'arrêter jusqu'à sa destination. César décroche de la lucarne et regagne sa place. Il s'assied, le dos contre la cloison, et se prend la tête entre les mains.

A aucun moment depuis le départ de Bobigny, il n'a été aussi abattu, même à l'instant de l'évasion manquée de la nuit passée. Et si tout à l'heure il a pressenti que les Allemands n'abandonneraient pas aussi facilement leur chargement, jamais, secrètement, il n'avait autant espéré. Il n'a plus la force de repousser l'angoisse qui l'assaille. Il la sent s'infiltrer dans ses membres et le vider de toute résistance.

Pour lui plus que tout autre, ce voyage qui continue est un cauchemar, parce qu'il se répète pour la deuxième fois.

Neuf mois plus tôt, il s'est déjà trouvé dans la même situation. Dans un wagon exactement pareil à celui-ci, mais un wagon à bestiaux parmi une vingtaine d'autres. Un train entier bourré de Juifs, en route vers Auschwitz.

Sans doute son sort était-il encore moins brillant qu'aujourd'hui, et le transport infiniment moins confortable, puisque chaque déporté était debout soudé aux autres, épaule contre épaule, solidaire de quatre-vingts têtes d'un même corps qui se balançaient en cadence. Oui, ils étaient quatre-vingts par wagon.

César avait pourtant connu pire, au fort du Hâ, à Bordeaux, lorsqu'il s'était retrouvé avec quatorze autres prisonniers, dans une cellule prévue pour trois. C'est là qu'il avait réalisé ce que signifiait la « qualité » de Juif. Dans la cellule, les prisonniers dormaient à même le dallage, littéralement les uns sur les autres. Le moindre mouvement déclenchait un réveil en chaîne et de violentes protestations. Et puis ses crises d'asthme avaient repris, mais on lui avait dit : « Ici, on ne soigne pas les Juifs ! »

Il lève la tête. Son regard fait le tour du wagon : les cabines des Kohn, la tinette qui fait une bosse sous la couverture, et les résistants accroupis, ou debout. Certains sont même déjà allongés. A côté de ce qu'il a connu lors de sa première déportation, ce voyage-ci ressemble presque à une aimable croisière. C'est en repensant à cet entassement que jeudi dernier, au moment du départ, César s'est précipité pour monter le premier. Il voulait se placer près d'une lucarne. La première fois, ce réflexe lui avait sauvé la vie. Il avait compris qu'une fois le wagon chargé de déportés, il lui serait impossible de se déplacer. Et il avait eu raison.

Ils étaient quatre à avoir sauté. Un ami, Félix Dratwa, avait arraché les barreaux.

Au départ, il avait été convenu que tout le wagon s'évaderait. Les hommes enfermés avec lui étaient des « durs ». C'étaient ceux-là mêmes qui avaient creusé le tunnel de Drancy. On les avait tous regroupés dans le même wagon. Et puis, au fil des heures, la plupart s'étaient dégonflés.

César se souvient d'un jeune homme surtout, François Lang. Il n'avait pas voulu sauter, parce qu'il avait peur de s'abîmer les mains. Il était pianiste.

— Dans trois mois la guerre est finie, disait-il. Les Russes avancent. Les Américains ont débarqué en Italie... Alors le plus dur est passé.

C'était en décembre 1943.

Une heure plus tôt, du côté de Châlons-sur-Marne, une tentative d'évasion d'un autre wagon avait mal tourné. Le train s'était arrêté brutalement en grinçant. Presque aussitôt les déportés entendirent des rafales de mitraillettes et des hurlements. Un ballet de faisceaux lumineux dansa le long des buissons, aux abords de la voie, puis s'assagit. Il revint, passant sous les yeux des prisonniers pendus aux lucarnes, éclairant un cortège macabre :

Huit S.S. triomphants balançaient, en marchant, deux

cadavres ensanglantés, comme on porte un lourd trophée de chasse.

César et ses trois compagnons avaient sauté quand même. Il avait fallu faire vite. Au moment de s'élancer, leur chef de wagon s'était mis à hurler dans la nuit. Agitant sa lampe-tempête à l'extérieur de la lucarne, il essayait d'alerter les Allemands.

Cet homme, César a souvent repensé à lui depuis. Au moment de sauter, quand il s'était mis à crier, César l'aurait volontiers occis à coups de poing, ou étranglé pour qu'il se tût. Il ne lui en veut pas aujourd'hui. Il sait que ce malheureux était la victime type des méthodes S.S. Il avait été nommé chef de wagon, parce que sa femme et ses enfants faisaient partie du même convoi, dans un autre wagon. On l'avait averti qu'à la première tentative d'évasion d'un de ses codétenus, sa famille paierait avec lui.

Avec un tel chantage, le malheureux chef de wagon avait réagi comme une bête qui cherche à protéger les siens.

Pour la suite, César et ses trois compagnons avaient eu de la chance. Après une course éprouvante dans la nuit, ils avaient rejoint une gare. Le chef de gare, une femme, avait tout compris en voyant débarquer ces quatre voyageurs au crâne rasé. Elle avait soigné la blessure que César s'était faite à la tête en sautant, et leur avait conseillé d'aller d'abord sur Lyon pour ne pas entrer dans Paris par la gare de l'Est trop surveillée. Et c'est ce qu'ils avaient fait.

« Aujourd'hui, tout est à recommencer ! » se dit César.

Il se passe la main sur le crâne, comme s'il voulait se persuader que tout cela est bien réel. Il ne rêve pas. Sa tignasse rousse a repoussé depuis ; cette fois, on ne les a pas rasés avant de partir de Drancy. Mais à part cela, et aussi la relative aisance à se déplacer dans le wagon, le cauchemar est le même. Il se demande si le train va enfin rouler de nuit. C'est la seule chance.

Mais il craint aussi qu'il ne se trouve parmi les otages des cabines quelqu'un qui donnera l'alerte, comme ce chef de wagon qui agitait sa lampe-tempête, en hurlant à la mort.

César est fatigué. Sa crise d'asthme du premier jour s'est calmée. Mais elle l'a épuisé. Il n'avait pas besoin de cela. Comme les autres, depuis le départ, il a très peu dormi. Il fait chaud. Il se lève et s'agrippe aux barreaux de la lucarne pour respirer un peu de cet air tiède qui rentre et lui fait du bien. Il ferme les yeux et se laisse asperger par cette douche de vent qui le délasse un peu. Une pensée l'amuse. Il se dit que le chasseur du Ritz ne reconnaîtrait pas dans ce déporté maigre, aux joues creuses, et aux vêtements douteux, le fringant client de 1940 qui avait élu domicile à l'hôtel pour « cause d'occupation ».

Pour lui, en effet, « l'Occupation » signifia tout de suite autre chose qu'un défilé quotidien de bottes et d'étendards sur les Champs-Elysées. Ce fut une réalité qui le chassa de chez lui, pour que la Kriegsmarine puisse installer ses bureaux dans son propre appartement du boulevard Suchet. Il avait trouvé la solution en emménageant au Ritz. Cette solution confortable offrait bien des avantages : tranquilité, service efficace, personnel stylé. Pour César, la guerre, matériellement, ne se présentait pas sous son plus mauvais jour. Du moins en avait-il pris son parti. Pourtant, ce fut là, dans sa chambre d'hôtel que cette guerre vint le chercher. A huit heures du matin, un jour de 1941...

Le client César Chamay venait juste de prendre son bain, et debout devant la glace, il taillait son épaisse moustache rousse avec application, quand le téléphone sonna. César décrocha et entendit la voix de la standardiste chuchoter :

— Monsieur Chamay ?

— Oui.

— ... On monte vous arrêter.

Assis sur le lit, César se regarda. Il était complètement nu. Il attrapa sa robe de chambre, déboucha dans le couloir et se rua tout droit, comme un sanglier débusqué. Son premier réflexe fut de monter. N'importe où, mais monter pour échapper à la chasse des rabatteurs venant d'en bas.

Arrivé au dernier étage de l'hôtel, il fonça sur un valet de chambre qui officiait tranquillement, un plateau à la main.

— On vient m'arrêter. Par où peut-on sortir ?

L'homme posa son chargement et l'entraîna sous un vasistas. Il tira une table, et mit une chaise par-dessus.

Le digne client César Chamay quitta le Ritz en se faufilant, comme un vulgaire monte-en-l'air. Il avait peur, et pourtant, il lui vint une image cocasse. Jusqu'à cet instant, il doutait que les cavalcades sur les toits qu'il avait vues au cinéma fussent vraisemblables. Mais en s'essoufflant à éviter les cheminées, et à passer d'un toit à l'autre, il constata avec étonnement que tout cela était vrai. Certain d'avoir quitté l'immeuble de l'hôtel, il souleva un vasistas et sauta dans un couloir, enchaînant sa chute avec un roulé-boulé involontaire qui se termina aux pieds d'un homme ébahi.

— Je viens du Ritz, expliqua-t-il. Les Allemands me cherchent pour m'arrêter. Où je suis ?

— Au Crédit Foncier, répond l'employé.

— Il faut que vous m'aidiez à partir.

— Mais vous ne pouvez pas sortir dans cette tenue.

César avait oublié. L'homme l'entraîna vers un bureau vide.

— Si vous pouviez envoyer quelqu'un chez ma mère, dit-il, en reprenant ses esprits, elle me fera parvenir des vêtements. En attendant, je dois rester ici.

***

Après cette première escapade, la guerre n'avait pas cessé de le poursuivre. Passé en zone libre, il s'était fait arrêter quelques semaines plus tard, sous l'inculpation de « Juif dangereux ». Puis, inexplicablement, on l'avait relâché. Il en avait profité pour essayer de passer en Espagne et s'était fait reprendre, le 8 décembre 1942 à Toulouse. Enfermé à la prison Saint-Michel, puis transféré au fort du Hâ à Bordeaux, et ensuite au camp de Mérignac, où il resta jusqu'en décembre 1943, date à laquelle il fut conduit à Drancy pour être déporté.

Après son évasion, il entra dans la Résistance juive. Il était avec les autres chefs de l'O.J.C. Henri, Amar, Cor, Ernest, à ce fameux rendez-vous de la rue Erlanger, quand la Gestapo avait débarqué. Comme les autres, il croyait rencontrer des agents anglais. Pour l'occasion, César avait tenu à honorer ses hôtes. Il portait un costume sombre à fines rayures, une chemise blanche à col dur, et des escarpins. Cela devait faire plus sérieux avec les « British » disait-il. Après tout, cette rencontre de résistants juifs désireux de créer une légion juive revêtait un caractère politique de haut niveau, et il lui était apparu important de se présenter en gentleman.

Maintenant, son costume strict a des airs de guenille. « Quelques faux plis » plaisante-t-il pour lui-même, dus aux « repasseurs » de la Gestapo. Il se revoit galopant à genoux autour de la pièce, sous les coups de cravache, comme un cheval de cirque. A chaque passage devant le « dresseur », celui-ci le frappait du pied, répétant :

— César, tu ne seras pas empereur de Palestine.

Il était sorti tellement épuisé de ces séances, la tête en sang et le corps meurtri, tellement sûr aussi de mourir, que lorsqu'il avait demandé à ses bourreaux « Qu'allez-vous faire de nous », et qu'on lui avait répondu « Vous allez être déportés », il avait dit « Merci ! », comme s'il venait d'être récompensé.

Mais sa revanche, il l'avait eue quelques jours plus tard, à Fresnes. En effet, lors d'une séance d'interrogatoire, il avait remarqué un officier S.S. retirant une rangée d'épingles à têtes noires, et la reculer derrière Avranches. César avait compris. En regagnant sa cellule, il avait crié :

— Les Américains sont à Avranches !

A cette nouvelle, plusieurs centaines de prisonniers répondirent par une formidable ovation. Et la marche de César, dans les couloirs, prit des allures de procession triomphale. Ce fut « César, empereur de Fresnes », pour quelques minutes...

Un grincement lugubre freine soudain le train en pleine vitesse. César ouvre les yeux. Il se tord le cou. Devant, c'est une ligne droite. Le train s'arrête après un long gémissement. Déséquilibré, César s'accroche aux barreaux.

— Ce coup-ci, j'espère que la voie a sauté, dit-il à André Amar.

Ce dernier n'a pas le temps de répondre. Le train repart aussitôt. Il roule lentement, presque au pas de l'homme.

22 heures.

Arrêt, départ, nouvel arrêt. Le convoi a semblé hésiter toute la soirée. La nuit est tombée. César s'impatiente. Il va rejoindre Marguliès et Ernest assis au milieu du wagon.

— Il faut se décider, dit-il.

— Attendons encore un peu, répond Marguliès. Il n'est pas assez tard. La surveillance n'est pas encore relâchée. Mais surtout, il faudrait que le train roule régulièrement au moins une heure.

César s'assied auprès d'eux.

— A force d'attendre, on va finir par se retrouver en Allemagne, bougonne-t-il, nerveux.

Il se reprend.

— ... Tu as raison. Mais je n'en peux plus de patienter.

Le train avance de nouveau. César regarde distraitement le coin des Kohn. Le rite est désormais immuable. Armand Kohn disparaît dans une des cabines et ressort en pyjama. Les femmes s'y engouffrent à leur tour, et se préparent à passer une nouvelle nuit. La grand-mère a recommencé ses gémissements, elle marmonne, mais sans attendre de réponse. Elle psalmodie interminablement des plaintes incompréhensibles. Philippe, accroupi, s'est enroulé dans une couverture. César sent la fraîcheur. Il se couvre le dos. Il regarde le général monté à la lucarne de Bloch. Ce dernier, par-dessus l'épaule du jeune homme, fixe la nuit sans rien dire, comme à son habitude.

L'instant décisif approche. César le devine à ce fourmillement qui part du ventre et se propage à travers tout son corps, jusqu'à l'extrémité des doigts. Le wagon est totalement silencieux.

César égrène les minutes du compte à rebours qu'il s'est fixé. Il s'est parié que si le train roulait ainsi régulièrement pendant un quart d'heure, il faudrait agir.

Le train s'arrête à nouveau. Des hommes sautent sur la voie. Ils remontent aussitôt.

Le train repart et reprend la même vitesse de croisière, prudent.

Il se tourne vers l'ombre massive de Marguliès.

— Ils craignent que la voie ne soit sabotée.

— ... Oui, répond le chef de wagon. Mais cela n'arrange pas nos projets. Ils doivent surveiller les voies.

César reprend son compte à rebours. Cette fois-ci, pour faire bonne mesure, il a fixé la barre à trente minutes. A son avis, il doit être déjà près de 11 heures du soir. Il compte les secondes à la cadence du passage des roues sur les rails. Deux passages pour une seconde, estime-t-il.

Habituellement, c'est un homme plutôt calme. De tout

le groupe des résistants, il est parmi les plus réfléchis, les plus modérateurs aussi. Mais aujourd'hui, l'idée de débarquer sur un quai de gare, quelque part en Allemagne lui est intolérable. Il regarde ses amis. Il les sent tous aux aguets, prêts à tenter leur chance. Il suffirait de donner le signal. Tant pis, se dit-il, les trente minutes ne sont pas écoulées, mais le train semble rouler régulièrement. Il se lève, et, touchant l'épaule de Marguliès, il décide :

— Je crois que c'est le moment, il faut y aller.

Puis il se dirige vers le général, à sa lucarne.

— Allez, on y va, ordonne-t-il calmement.

Marguliès et Ernest se sont levés.

— On y va, reprend Marguliès.

— Non, pas maintenant !

Le général a tranché avec autorité. Derrière lui, Marguliès, César et Ernest se penchent, essayant de deviner le paysage dans la nuit.

Un brouillard épais enveloppe le train. On distingue à peine les abords immédiats de la voie.

Marguliès insiste :

— C'est le moment, au contraire. C'est la nuit, le train roule régulièrement, et il y a même du brouillard en prime.

— Non, pas maintenant répète le général.

— ... Pourquoi ? Mais qu'est-ce que tu veux de plus ? s'énerve César.

Le général a les traits du visage anormalement tendus. Il laisse passer quelques secondes et explique simplement :

— ... Parce que je sens qu'il ne faut pas y aller maintenant.

Immobile, le général est à l'affût d'un indice qu'il est le seul à percevoir. Personne n'ose insister. Et César, Ernest, Marguliès et les autres attendent sans rien dire, les yeux fixés sur ce gamin qu'ils ont surnommé le général. Ils font confiance à son instinct, qui a décelé un danger invisible, avec une acuité surnaturelle. Pour eux, ce jeune homme planté à la lucarne, le visage caressé de brouillard, est l'élu de l'instant, le dépositaire de la prémonition, un homme habité par la grâce. Ballotté depuis trois jours dans ce wagon à bestiaux en route vers un destin inconnu, chaque déporté, inconsciemment, est à la recherche d'un appui, d'un homme fort, d'un conseil, d'une idée, d'une certitude. En cet instant, le rayonnement émane des frêles épaules du général. Tous lui obéissent, puisque tous sentent que c'est lui, en ces minutes, qui détient la vérité. César lui fait confiance aussi, comme les autres. Personne ne parle, personne même ne conteste intérieurement. Chacun, secrètement, plonge derrière lui, dans l'irrationnel et l'approuve.

— ... Pas maintenant, reprend le général doucement, comme s'il voulait tous les rassurer.

Ses gestes sont suspendus. Il est à l'écoute de ses sens en éveil, pareil à l'homme inspiré sous le coup de la révélation.

Le wagon retient son souffle avec lui, sans faire le moindre mouvement, par crainte d'éteindre cette fragile lucidité.

Le train se traîne encore quelques minutes et s'arrête à nouveau. Dehors, des bottes font rouler des pierres sur le ballast. Ce sont les sentinelles qui s'installent.

Le général n'est plus habité. Il le sent. Ses muscles lui font mal. Son cou aussi, tendu depuis trop longtemps. Mais il reste à son poste. Derrière les barreaux, inlassablement, il guette le matin.

A l'aube, quand la brume se soulève lentement, le guetteur s'anime et respire profondément. Il a eu raison.

— Regardez ! dit-il.

César, Ernest et Marguliès se lèvent. Dehors, il y a un grouillement d'uniformes au milieu de barrières, de barbelés, et de panneaux *Achtung Minen* (attention, mines).

— T'as eu raison, reconnaît César. Nous sommes en plein secteur fortifié de Soissons. Une évasion ici, et c'était la catastrophe. Personne n'en réchappait.

CHAPITRE 15

Dimanche 20 août, 11 heures du matin.

— Il faudra que ce soit la nuit prochaine !

René Kapel s'est approché de Marguliès. Il s'assied. Il a les yeux creusés et le visage bouffi de fatigue.

— ... Absolument, la nuit prochaine ! insiste-t-il. Tu comprends, à mesure que nous allons vers l'est, les positions allemandes sont de plus en plus fortes, et la marche du train en est d'autant moins ralentie. Nous risquons même d'arriver à Buchenwald en vingt-quatre heures.

Le rabbin ramasse un brin de paille qu'il s'applique à couper machinalement avec son ongle, dans le sens de la longueur.

— Jusqu'ici, nous avons été retardés grâce au travail de la Résistance et de l'aviation. Mais maintenant, je crains que nous ne roulions plus rapidement.

Marguliès hoche la tête sans répondre. Kapel partage la même inquiétude. La troisième nuit est passée, c'est le quatrième jour de voyage et malgré les conditions exceptionnellement favorables de cette déportation, il ne s'est présenté encore aucune réelle occasion de s'échapper.

— Et Brückler ! Tu as eu des nouvelles ?

— Non, dit Marguliès.

Le rabbin n'insiste pas. Il ne croit plus maintenant que le S.S. acceptera une reconnaissance de dettes pour les laisser partir.

Comme tous les autres déportés, il ne s'est pas lavé depuis deux jours. Pour économiser l'eau. Dans le seau, il reste juste de quoi boire. Il sait que ce n'est pas la peine de demander à Marguliès d'intervenir pour demander à faire leur toilette. Jamais l'Hauptscharführer S.S. Brückler n'acceptera de montrer la moindre clémence au milieu de ce fortin d'Allemands. Kapel est mal à l'aise. Avec la sueur, le col de sa chemise lui entame le cou. Une odeur douceâtre, écœurante, baigne tout le wagon. La tinette n'a pas été vidée depuis trente-six heures.

Le rabbin lève les yeux vers le vieux Mizrahi qu'il a laissé dans son coin, contre la cloison. Celui-ci ne regarde plus son livre de psaumes ouvert dans ses mains, mais fixe Kapel en murmurant ses prières. Il est attentif à chacun de ses gestes. Il attend fébrilement son retour. Même cela, le rabbin a fini par l'accepter. Il s'est habitué à son voisin. Une légère secousse. Le train démarre doucement. Le rabbin sent nettement les traverses de bois plier légèrement sous le poids. Il se demande comment il a pu, l'autre jour, annoncer triomphalement qu'il assisterait vendredi prochain à l'office à la synagogue de la rue de la Victoire. « Comment ai-je pu jouer les prophètes ? » se dit-il. La certitude qu'il a eue à cet instant-là est rognée par chaque mètre parcouru. Malgré les arrêts fréquents, et l'allure lente depuis le début du voyage, la progression du train est inéluctable. Kilomètre par kilomètre, ils approchent de leur destination. Il doute qu'un incident survienne maintenant pour stopper le train définitivement. A côté de lui, le général et Ernest sont allongés sur le dos, yeux clos. Il aimerait faire comme eux, pouvoir dormir quand il le faut, une heure ou quelques minutes même, pour reprendre des forces, tranquillement. Mais depuis le départ, il est trop préoccupé. Il ne parvient pas à faire le vide, à ne penser à rien pour s'endormir. Il aimerait sombrer dans un sommeil profond. Il se lève et va à la lucarne de Bloch.

— Excusez-moi, lui dit-il.

Marcel Bloch s'écarte complaisamment.

— J'ai bien connu votre frère, le général Paul Bloch.

— Ah ! répond l'homme au béret.

— En 39, lorsque j'étais mobilisé comme aumônier du 5ᵉ corps d'armée... je l'ai perdu de vue en 40, lorsque nous avons été repoussés à la frontière belge par la grande offensive allemande.

Marcel Bloch acquiesce de la tête. Mais visiblement, il n'a pas envie de parler. Kapel se tourne vers la lucarne.

Dehors, le paysage a changé. Le ciel est chargé de brumes de chaleur. Le train longe une petite rivière, et s'enroule avec elle autour de collines couvertes de bois. Kapel distingue par endroits des gueules de canons, camouflés parmi les arbres. Ils sont embusqués, pense-t-il, en devinant autour des ouvrages de fortification.

Soudain, c'est le noir complet. L'irruption brutale de l'obscurité panique les déportés qui se taisent.

— Un tunnel, dit Kapel en se retournant.

Le train glisse et s'arrête. La locomotive expire en gémissant. Un chuintement continu sort de la chaudière.

Sur le mur, un peu en arrière du wagon, dansent les ombres des schupos. Ces derniers ont allumé une lampe à pétrole. Elle dégage une fumée épaisse et noire qui entre directement par les lucarnes. Cette odeur âcre serre la gorge. Le rabbin Kapel recule et revient à sa place, contre la cloison, en tâtonnant... Mizrahi l'accueille en le palpant, le reconnaît et se calme.

L'air, chargé d'effluves de pétrole brûlé, ne se renouvelle pas. Kapel s'assied. Il est envahi par une torpeur qui gêne progressivement sa respiration, et l'engourdit. Le rabbin décroche insensiblement de la réalité. Il éprouve l'impuissance d'un corps au fond d'un trou. Une sensation écrasante qui le plonge dans un état de demi-veille et de demi-inconscience. Il a déjà connu cela...

⁂

Derrière son comptoir, le patron essuyait interminablement le même verre. Jusqu'à l'user. Le paysan qui venait d'entrer n'eut pas le temps de commander à boire. Il resta les deux mains à plat sur le zinc, comme si ce simple contact le pétrifiait. Son mégot mort était collé au coin de ses lèvres. Dans le fond de la salle, près de la fenêtre, trois hommes étaient assis sur des tabourets de paille. Ils avaient repoussé leurs tasses à café au milieu de la table et regardaient, en direction du bar, le petit œil vert qui clignotait au-dessus de la rangée de gros boutons du poste de T.S.F. La voix du Maréchal s'éteignit, mouchée par une déchirante *Marseillaise*. Et les trois hommes assis pleuraient. L'un d'eux regarda ses deux compagnons. C'était le rabbin René Kapel. Le plus âgé était le grand rabbin de France. Il appuyait une épaule contre le mur. L'autre, Hirchler, grand rabbin de Strasbourg, coudes sur la table, se tenait le visage dans les mains. Les yeux de Kapel allaient de l'un à l'autre, puis s'évadèrent par la fenêtre.

L'été envahissait les champs derrière un grand chêne immobile, solide comme un siècle.

C'était le lundi 17 juin 1940. Le vainqueur de Verdun s'était efforcé de paraître paternel, digne « comme un soldat qui n'a pas failli à l'honneur ». Il n'en restait pas moins que la situation était désespérée : capitulation.

Jamais Kapel ne s'est senti effondré autant que ce jour-là. Vidé, détruit, anéanti. Le discours de Pétain marquait l'aboutissement d'une trajectoire qui n'avait cessé de faire pressentir la catastrophe. Et celle-ci était arrivée.

De la frontière belge, avec le 5e corps d'armée, l'aumônier s'était replié sur Lille, puis à Malo-les-Bains, pour finir emprisonné dans la poche de Dunkerque. Il avait eu la chance d'embarquer sur un bateau l'*Ile de Man* en compagnie de 850 blessés français transportés en Angleterre. Une fois arrivé à Londres, il s'était pris à espérer. De l'autre côté de la Manche, les imaginations s'enflammaient dans les états-majors, au point même d'envisager une victoire grâce à la contre-attaque massive que devait mener le général Weygand. Elle avait été fixée au 6 juin en Normandie. Réembarqué quelques jours plus tard pour cette grande opération, le rabbin avait compris en touchant le sol de France que les projets flambants de contre-attaque étaient illusoires. Il descendit à Bordeaux où il rencontra le grand rabbin de France et le grand rabbin de Strasbourg. Les trois hommes décidèrent de gagner Toulouse, prévue zone libre. Et c'était là, dans un petit bistrot, sur le bord de la route, qu'ils avaient entendu le discours de capitulation du Maréchal.

Jusqu'à Toulouse, le trajet fut silencieux. Mais l'arrivée

fit l'effet d'un réveil à coups de poing. Le désespoir s'accommodait mal de la situation.

Il y avait urgence ; un besoin immédiat de réagir. La ville avait des airs de gigantesque gare de triage. Ville-refuge, ville-asile, un entonnoir énorme où venaient s'engouffrer des Juifs venus de toute l'Europe, fuyant les nazis. Ils se regroupaient là, dans l'attente d'un passage pour l'Espagne. Ils arrivaient par familles entières, encombrés d'enfants et de valises, démunis de l'essentiel, à la recherche d'un abri pour le soir même, et d'un repas pour la journée.

Kapel et ses deux amis s'étaient mis au travail immédiatement. Cette tâche le conduisit tout naturellement dans la chambre obscure du deuxième étage d'un immeuble à Toulouse, au siège de l'A.J. (Armée juive). Il prêta serment :

— La liberté ou la mort.

Et s'entendit investir :

— Vous êtes nommé aumônier général du maquis.

Désigné avec Jacquel pour plaider la cause des Juifs auprès des autorités britanniques, il avait failli ne pas aller au rendez-vous. Quelque chose le tracassait dans cette opération. Il ne savait quoi exactement : était-ce le prétendu contact anglais, ou cette romantique idée de légion juive ? Le prudent Kapel avait fait alors un étrange pari :

— Faisons un arrangement avec la Providence, avait-il proposé à Jacquel. Tout cela ne me plaît pas. Allons à la gare de Lyon. Il est 8 heures du soir. Si, lorsque nous y arrivons, il y a encore un train pour Toulouse, prenons-le. Ce sera un avertissement, et nous laisserons tomber cette histoire. Il sera toujours temps de la reprendre plus tard, par une autre voie.

Arrivés à la gare, les deux hommes consultèrent les horaires. Il n'y avait rien pour Toulouse avant le lendemain. Pour Kapel, c'était un signe. Il était rassuré, comme s'il avait posé une question au ciel, et que le ciel lui eût répondu. Formellement.

Le lendemain 17 juillet à 18 heures, il se rendit avec Jacquel au café de la Régence, point de départ, croyaient-ils, de leur voyage pour Londres. Et ils tombèrent dans le piège de la Gestapo...

René Kapel glisse doucement vers le néant. Il ressent une lente approche de la mort. Comme si son corps s'arrêtait progressivement de fonctionner. Il lui semble que ses poumons sont vides. L'air ne passe plus à travers sa gorge. Il étouffe...

— Mais, ils sont en train de nous asphyxier !

Le rabbin s'est levé en criant. Dans la pénombre, il aperçoit les déportés qui réagissent mollement. L'odeur lourde de pétrole brûlé les a tous engourdis.

— ... Il faut remuer ! Debout tout le monde ! Bougeons, chantons, dansons, faisons n'importe quoi, mais ne restons pas comme cela à nous endormir.

Il entonne la *Hatikva* que les voix reprennent avec lui, mécaniquement d'abord, puis fermement à mesure que les déportés sortent de leur torpeur. Le rabbin enchaîne aussitôt avec *la Marseillaise.* Après les airs patriotiques, le général risque *Nini peau d' chien.* Les Français le suivent. *La Madelon, le Petit Vin blanc, Chevaliers de la table ronde,* toutes les chansons à boire y passent.

Les chanteurs ignorent qu'ils se trouvent dans le tunnel de Margival-Vauxaillon, exactement en dessous du quartier général des transmissions allemandes. Hitler en personne est venu ici, le 17 juin dernier, parler avec Von Rundstedt, Rommel et Blumentritt, des nouvelles dispositions à prendre face au débarquement des Alliés en Normandie. C'est même ici que la guerre, ce jour-là, faillit se terminer, lorsqu'un V1 vint s'écraser tout près du Fuhrer. Il aurait pu le tuer.

Marguliès qui ne connaît pas le répertoire français est resté muet.

Lorsque les autres se sont tus, de sa belle voix profonde il entraîne à son tour le clan des Hollandais en chantant en allemand *la Loreleï.* C'est l'histoire d'une ondine des bords du Rhin qui, assise sur son rocher — selon la légende —, démêlait ses cheveux blonds avec un peigne d'or et attirait ainsi les bateaux qui se fracassaient à ses pieds.

Cette fois, par la magie des voix graves et profondes résonnant dans le wagon de bois, la sournoise sirène est devenue une bonne fée. Les schupos descendent sur la voie, ouvrent le panneau de la porte et se serrent en face de la chorale des déportés. En entendant chanter dans leur langue, les gardes-chiourme paraissent tout oublier, la guerre, la défaite, et ces Juifs qui ne sont plus que des Allemands comme eux. Marguliès sent qu'il suffirait d'un rien pour qu'ils se mettent à chanter tous ensemble.

Maintenant que la porte est ouverte, le chant a pris de l'ampleur. Il se rue sous la voûte du tunnel qui résonne comme une cathédrale. Kapel et tous les Français, médusés, regardent cette étrange communion faire le va-et-vient entre les bourreaux et les victimes. Dans les yeux des hommes en uniforme, le rabbin lit l'étonnement de trouver en face d'eux des hommes emprisonnés qui leur ressemblent. Lorsque la dernière mesure est tombée, prolongée quelques secondes par l'écho, le silence qui suit semble encore être de la musique. Une minute de grâce. Puis les soldats se réveillent, se ressaisissent, réajustent leurs mitraillettes un instant oubliées, et remontent dans leur wagon. Kapel remarque qu'il y a de la gêne dans leur démarche.

Le général est plus prosaïque. « L'opération sirène » a un effet positif :

— On a au moins gagné de l'air ! dit-il.

Kapel se retourne vers lui en souriant.

— C'est toi qui as raison ! J'ai failli m'y laisser prendre.

— C'est pas une petite musique qui va les décider à nous laisser partir !

Kapel se rassied près de Marguliès. Tous deux écoutent le général et Ernest comploter à voix basse, autour de la lucarne.

— Il faudrait commencer à préparer la lucarne, dit Ernest.

Il prend une couverture qu'il enroule autour d'un barreau, et commence à la torsader.

— Je voudrais décoller les boulons de la cloison, explique-t-il en grimaçant.

Le général l'aide à deux mains, mais la couverture est trop grosse.

— Attends ! On va la déchirer.

Le général la déroule, mesure à l'estime une bande de vingt centimètres, mord le bout du tissu et le déchire d'un coup sec en écartant les bras.

Les deux jeunes gens recommencent l'opération autour du barreau. Philippe s'approche d'eux. Kapel et Marguliès regardent les bourgeois. Ils observent Bloch qui s'est assis presque sous la lucarne où travaillent les jeunes gens. Il ne dit rien. Au fond, dans la pénombre, les bourgeois aussi attendent, silencieux. Le chef de wagon et son adjoint se demandent s'ils ne vont pas donner l'alerte.

— Je crois que ça a bougé, dit le général en reprenant son souffle.

— Ça suffira, répond Ernest.

Il enlève la couverture et inspecte le boulon.

— Il y a du jeu. Maintenant, ça va être facile de l'enlever.

Il va dans le coin des provisions, et revient avec un tournevis. Il gratte le tour du boulon, enlevant la rouille et dégageant les éclats de bois qu'il recueille soigneusement dans le creux de sa main.

— Avec de la salive ou un peu d'eau, on pourra les replacer rapidement en cas d'inspection.

Le rabbin se penche à l'oreille du chef de wagon :

— Il est temps de s'organiser pour l'évasion.

César et André Amar se sont approchés. Tout en regardant Ernest s'occuper du deuxième barreau, Amar interroge :

— Il y a encore une chose à laquelle il faut penser. Pour éviter la précipitation et la panique, nous devons établir un ordre pour sauter.

Kapel intervient :

— Tu as raison. Une bousculade au dernier moment risquerait de retarder l'opération et même de la compromettre.

Marguliès est songeur.

— Oui, dit-il. Et puis ceux qui sauteront les premiers seront avantagés, parce que le train peut s'arrêter n'importe quand, ou même l'un d'entre nous peut être repéré... les derniers auront donc moins de chances de réussir.

— On peut tirer à la courte paille, propose le général revenu dans le groupe au centre du wagon.

Il ramasse une poignée de brindilles, par terre, et commence à les ajuster dans sa main.

Kapel s'interpose :

— Non. A mon avis, il serait préférable d'établir cet ordre selon certaines priorités.

Il réfléchit. Tous les résistants sont tournés vers lui.

— ... Je propose, enchaîne le rabbin, d'établir un classement à partir des critères de responsabilités. D'abord Maurice qui, en tant que chef de wagon, subirait certainement les plus sévères représailles. Je mettrais ensuite ceux qui s'occupent plus précisément de réaliser cette évasion, c'est-à-dire Ernest et le général. Après, nous pourrions désigner ceux qui ont des charges familiales, en commençant par les pères de famille, puis ceux qui sont mariés sans enfant, ceux qui sont fiancés, et enfin les célibataires. Etes-vous d'accord ?

Kapel fait un tour complet sur lui-même, interrogeant les déportés du regard. Ils approuvent d'un signe de tête.

Henri Pohorylès se détache du groupe et s'avance vers Marcel Bloch. Tous les résistants le regardent, inquiets. Bloch a tout entendu des préparatifs. Le rabbin se demande ce qu'Henri veut lui dire.

Henri se tient raide comme un diplomate :

— En tant qu'officier le plus ancien dans le grade le plus élevé, monsieur Bloch, vous avez la priorité sur tous.

Marcel Bloch le regarde. Il cherche ses mots, puis répond calmement :

— Non, je ne partirai pas. Je suivrai le calvaire de la France jusqu'au bout.

Les résistants sont impressionnés.

— Tout ça, c'est des conneries ! commente Ernest. Il a la trouille !

— Oui, répond le général. Et à mon avis il a tort, parce qu'il vaudra mieux, de toute façon, être dehors que dans le wagon, après notre évasion.

Marguliès procède à la distribution des « tickets pour la liberté ».

— Puisque vous le décidez, je saute le premier, toi le général le deuxième, Ernest, et ensuite ?

— C'est Amar, dit Henri, puis Kapel, César.

César se tourne vers Kapel :

— Ça ne t'ennuie pas de me laisser ta place. Je voudrais sauter derrière Amar.

Le rabbin accepte sans hésiter.

Marguliès reprend :

— ... Amar, César, René, Kessler.

Kessler est un Autrichien. Sa femme a été déportée depuis plusieurs mois, mais sa fille est restée à Drancy.

Au nom de Kessler, Marguliès s'interrompt.

— Ecoutez, dit-il, je propose une modification. Parmi nous, il y a un certain nombre d'étrangers qui ne parlent pas français. Imaginez la réaction des habitants que nous pourrons rencontrer lorsqu'ils entendront parler en allemand. Il serait préférable qu'une fois dehors, chaque Français soit accompagné par un étranger, pour faire le trajet avec lui. Il faut donc faire sauter un Français immédiatement derrière un étranger, pour le cas où, ensuite, nous nous perdrions.

— Pour se retrouver, ajoute César, il suffira de ramasser deux cailloux sur le ballast, et de les frapper l'un contre l'autre, dans la nuit. On se reconnaîtra.

— D'accord, répond Marguliès qui traduit aux « Hollandais ».

Il continue :

— ... Kessler le sept, Jacquel le huit...

César est lancé dans des explications techniques. Il connaît la question puisqu'il a déjà sauté d'un train.

— Une fois suspendu à la lucarne, dit-il, il faut prendre appui sur le flanc du wagon et se projeter le plus loin possible pour ne pas risquer de passer sous les roues, et finir par un roulé-boulé.

On fait place autour de lui. Il s'accroupit, arrondit l'épaule sur le plancher et se laisse rouler. Le général l'imite.

De son coin, Philippe Kohn regarde cette agitation avec inquiétude. Il est étonné d'abord parce qu'il juge imprudent de se livrer à ces préparatifs, alors que le train est toujours arrêté sous le tunnel. Il suffirait, pense-t-il, qu'un schupo descende de son wagon pour apercevoir Ernest affairé autour de sa lucarne. Mais il est surtout meurtri par le mépris des résistants à son égard. Mis à part l'intermède d'Henri avec Bloch, ils agissent comme si les otages n'existaient pas. Pourtant, songe-t-il, ils manigancent leur opération sans se cacher. Philippe comprend que s'il lui est impossible de participer aux préparatifs, il devra tenter sa chance tout seul pour s'enfuir le moment venu avec eux, après eux plutôt.

Il parle à voix basse à Antoinette et Rose-Marie.

— Il faudra en profiter pour s'évader, nous aussi.

— D'accord, répondent ensemble les deux jeunes filles.

Leur père a tout compris. Il s'adresse à ses enfants. Son ton est menaçant.

— Philippe, je t'interdis de partir et d'entraîner tes sœurs avec toi. Pense que si tu t'en vas, tu auras sur la conscience la mort de toute la famille.

Ça y est, pense le garçon, le refrain qui reprend. Il regarde son père sans répondre. Il observe son visage aux traits durcis par la lumière vacillante reflétée sur la paroi du tunnel. Le regard surtout. Ces yeux trahissent le plus grand désarroi. Philippe sait que cet homme, son père, qui a réussi, jusque-là, à traverser la guerre sans dommage pour lui-même et les siens, a tort aujourd'hui. Mais comment le lui expliquer et surtout le lui faire admettre dans ce wagon à bestiaux.

— Comment peux-tu être certain qu'il ne nous arrivera rien si nous restons ensemble ?

— Je te répète qu'il ne nous arrivera rien.

Philippe comprend que son père est en train de faire un pari dangereux. Il espère, et c'est tout. « Ce n'est pas suffisant pour engager la vie de toute sa famille ! » se désole le garçon. Il fait un signe de tête à Rose-Marie pour lui signifier qu'il n'a pas changé d'avis. Sa sœur lui répond d'un battement de cils.

Au milieu du wagon, Marguliès poursuit son numérotage en désignant à chaque fois l'intéressé, et en répétant le chiffre en allemand :

— Paula, le dix. Le dix. Cor, le onze...

Henri Pohorylès a le dix-sept, Tzippy le vingt-trois, Flamant le vingt-quatre, Fischer le vingt-six.

Le chef de wagon termine sa distribution au trente-six : Grilikhes. Philippe regarde la courte silhouette du trente-six. Il est décidé à sauter après lui.

— Retenez bien votre chiffre, et la personne derrière laquelle vous passerez, ajoute Marguliès. C'est très important.

Puis il appelle Kapel.

— ... Pour être prêts, nous devrions répartir la nourriture.

— Tu as raison, dit Kapel.

Le général et Ernest font un rapide inventaire.

— Avec du sucre, du chocolat et un peu de pain, je crois que ce sera suffisant, estime le rabbin, il est inutile de se charger.

Les deux jeunes gens passent dans le wagon. Chaque résistant reçoit huit morceaux de sucre, deux bâtons de chocolat et un morceau de pain.

— Ceux qui ont de l'argent devraient le distribuer pour que tout le monde puisse se débrouiller.

Le rabbin Kapel sort un billet de cinq cents francs et deux billets de cent francs. Il distribue les deux derniers. André Amar répartit ceux qu'il a sur lui, ainsi que César et Cor. Le général retourne ses poches. Elles sont vides. Ernest lui tend un billet.

— Merci ! dit Frydman en riant. Je ne pensais pas faire d'affaires ici.

Kapel s'adresse à tous.

— Est-ce que chacun a reçu son numéro, ses vivres, et un peu d'argent ?

Tous les résistants s'interrogent et acquiescent en silence. Le rabbin regagne sa place, près de ses deux voisins, le pieux Mizrahi et le vieux Namias. Il regarde les deux hommes. Ces derniers sont prostrés et paraissent ne rien avoir remarqué. On ne peut pas les embarquer dans une telle aventure, se dit le rabbin. On ne peut même pas leur en parler. Dieu sait comment ils réagiraient ! Ils sont incapables de prendre la moindre initiative, ni même de bouger. Ils n'auraient aucune chance de réussir.

Kapel se torture à l'idée qu'il est en train de décider du sort des deux vieillards. Il cherche à discerner chez eux le moindre indice de force, de détermination. Mais il n'aperçoit que deux silhouettes tassées, immobiles, muettes et au regard absent.

Philippe s'est approché des résistants. Il s'adresse au chef de wagon.

— Et nous ? dit-il.

— Débrouillez-vous, vous ferez ce que vous voudrez, après nous.

— Et la grand-mère ? demande Rose-Marie, de loin, comment fera-t-elle ?

— Peut-être qu'on pourrait l'enrouler dans une couverture et la glisser dehors ! propose Antoinette.

Les terroristes ne répondent pas. Ils regardent du côté de la vieille dame. Elle est allongée. Ses pieds seuls dépassent de sa cabine.

Philippe retourne dans son coin et revient avec sa mallette verte qu'il donne à Ernest.

— Prenez ça, dit-il. Ce sera plus facile !

Ernest enfouit les outils sous les couvertures.

— Eh bien, il ne reste plus qu'à s'évader, dit-il.

— Simple formalité ! répond le général.

CHAPITRE 16

Dimanche 20 août, 18 heures.

Le train est sorti du tunnel, Cor s'est levé. Marguliès lui a fait une place devant la lucarne. Avec l'air revenu, en même temps que la lumière du soir, Cor s'est senti revivre. Il est épuisé. Depuis le départ, il n'a pas réussi à dormir vraiment. A peine une heure ou deux par nuit. Les taches bleues de ses yeux accentuent la pâleur de son visage. Il essuie les verres de ses lunettes sur sa poitrine avec un pan de sa chemise, et les remet. Sa calvitie précoce et ses cheveux ras sur les tempes le vieillissent. Il paraît trente-cinq ans. Il n'en a que vingt-quatre. Il est calme. Inconsciemment, ses jambes accentuent les balancements du wagon, comme s'il se laissait porter sans résistance.

Cor est fatigué. Ce quatrième jour de voyage a réveillé les douleurs des tortures. Il réalise qu'il n'a pas complètement récupéré ses forces après les terribles séances rue de la Pompe, au siège de la Gestapo.

Lui aussi a été victime, avec César, Amar, Henri et Ernest du faux rendez-vous de la rue Erlanger. Pendant les heures qui suivirent, Cor a cru mourir dix fois. Au début, ce furent des coups distribués dans le désordre. Coups de pied, coups de poing assenés par des brutes qui ahanaient sous l'effort. Et puis la méthode changea. Les bourreaux avaient chaud, et décidèrent de passer à l'exercice de la baignoire. L'épreuve consistait à plonger la victime tout habillée dans l'eau, pendant que quatre poignes tenaient sa tête immergée jusqu'au remplissage des poumons, ou presque. Au moment de succomber, Cor se sentait repêché par le col de sa chemise. Il essayait d'avaler de l'air, tout en crachant. Il n'avait pas le temps d'attraper son souffle que déjà il était replongé. La joue collée contre le fond de la baignoire, il ne parvenait pas à bouger la tête d'un centimètre. Sa lutte pour se relever ne servait à rien d'autre qu'à révéler une douleur à la nuque sur laquelle appuyaient les « baigneurs ». Ses mains liées derrière le dos ne lui étaient d'aucun secours. A chaque seconde, il était certain que sa poitrine allait éclater. Les muscles de son cou se raidissaient en spasmes incontrôlables. Mourir... il se sentait mourir. Sa tête bourdonnait d'éblouissements. Il se préparait à avaler un grand coup, à respirer une dernière fois pour en finir. Il souhaitait au moins s'évanouir. A cet instant, ses tortionnaires le relâchaient et sa tête remontait comme un bouchon. Il vomissait de l'eau et de la nourriture, par la bouche et par le nez. Ses jambes se dérobaient.

Ruisselant, on le traîna enfin dans le salon, pendant qu'il cherchait son souffle. Et c'est à peine s'il reconnut Henri qu'on emmenait à son tour vers la salle de bains.

Et puis il y avait eu une séance épouvantable. La victime fut Maurice Cachoud, le responsable national des faux papiers qui était venu aussi au rendez-vous avec les chefs de l'O.J.C. alors qu'il n'avait rien à y faire. Par curiosité, « pour voir la tête des British », disait-il. Il avait emmené avec lui des échantillons de son travail. Et après la première fouille, la Gestapo s'était acharnée sur lui.

Berger, le chef de la Gestapo à Paris, avait trouvé une idée qui fit l'unanimité parmi ses hommes. Il s'agissait d'un jeu de Guillaume Tell amélioré. Faute de pomme, une bougie fit l'affaire. Maurice Cachoud était à genoux, mains derrière le dos. Berger lui versa de la cire brûlante sur la tête et y planta la bougie, comme sur un chandelier. Tous les torturés étaient alignés contre le mur. En face d'eux, les joueurs, revolver à la main, se rangèrent en peloton d'exécution. Règle du jeu : éteindre la bougie sans la renverser.

Ils firent feu chacun leur tour. Cor regardait le mur éclater en petites particules. Les impacts faisaient une auréole autour de la tête de Cachoud.

Le soir, après les séances, les chefs de l'O.J.C. étaient en piteux état, mais Cachoud était mourant. Son visage avait pris une teinte marron. Transféré avec les autres rue des Saussaies, les Allemands ne voulurent pas de « celui-là » qui apparemment ne pouvait plus servir à rien. Même pas à parler.

— Bon ! Alors on s'en charge, avait dit Berger.

— Pas la peine de s'emmerder avec ce poids mort ! avait suggéré son complice.

Les deux hommes le soulevèrent et le basculèrent par-dessus la rampe, dans le vide de la cage d'escalier.

Cinq étages plus bas, Maurice Cachoud se brisa en un bruit mat.

Lui qui n'avait rien à faire au rendez-vous, pense Cor, y est venu simplement pour mourir...

Cor regarde par la lucarne. Le train file maintenant à toute vitesse à travers un décor dévasté, troué d'obus. L'air s'engouffre en sifflant dans le wagon ballotté. Cor ne pense plus qu'au moment où il va pouvoir sauter avec les autres.

— Il faudra que cette nuit, le train roule régulièrement pendant au moins trois quarts d'heure, dit-il à Margulies.

Le chef de wagon s'écarte de la lucarne et le regarde.

— Pourquoi trois quarts d'heure ?

— C'est simple. En comptant large, il faudra environ une minute et demie à chacun pour grimper à la lucarne et sauter.

— Moins que ça, corrige Marguliès. Si tu mets une minute, c'est largement suffisant. Celui qui passera après aidera l'autre à grimper.

— Une minute, si tu veux, concède Cor. Mais avec trente-six hommes, cela fait quand même plus d'une demi-heure.

Cor attend la confirmation de Marguliès. Visiblement ce dernier n'a pas pensé à cela.

— Oui, répond-il après un long silence. Cela diminue

les chances des derniers numéros. Pourvu que la nuit soit bien noire.

« Plus que quelques heures à attendre », pense Cor en regardant dehors le jour qui décline. Quelques heures pour quitter ce wagon qui le rapproche de Pitchipoï et l'éloigne de Metta, sa femme ! Enfin, sa fiancée ! Mais pour tous, et même pour les papiers officiels, faux, bien sûr, ils sont mariés. Cor ne sait pas ce qu'elle est devenue, ni même si elle n'a pas été arrêtée après lui. Elle est peut-être à Fresnes, se dit-il, mais alors elle aurait été transférée à Drancy avec lui et les autres ! Or, il ne l'a pas vue dans le camp. Il suppose donc qu'elle est libre. Il sait que dès qu'il aura sauté du train, il se mettra en route vers Paris, pour la retrouver. Et puis, quand tout cela sera fini, la guerre, la Résistance, ils iront en Palestine, comme il le lui a promis. Ni l'un ni l'autre n'ont envie de retourner dans cette Autriche qu'ils ont fuie tous les deux en 1938. Elle avait quatorze ans, à l'époque, et lui dix-huit. Ils ne se connaissaient pas. Il l'a rencontrée pour la première fois en Hollande où elle s'initiait aux travaux des champs. Il s'agissait de stages organisés depuis plusieurs années par le mouvement juif « He Chalouts », qui préparaient les jeunes au métier de paysan, avant leur départ pour la Palestine.

La première fois, Cor n'avait pas fait attention à cette très jeune fille au milieu de tout un groupe d'adolescents, mais elle avait remarqué ce garçon à la force tranquille, près de qui la vie semblait simple et paisible.

Et puis, au début de 1944, lorsque les dirigeants du mouvement décidèrent d'évacuer les jeunes gens vers la Belgique, pour passer en France et de là en Suisse ou en Espagne, Metta, suivant la filière, se retrouva dans un hôtel à Bruxelles, à attendre le contact. Ce fut Cor qui arriva. Cor le passeur. Quand elle le revit, elle se jeta dans ses bras et l'embrassa comme si elle l'avait quitté la veille. Cor ne se rappelait pas d'elle. Metta avait tellement changé depuis leur première rencontre. Six ans avaient passé. Elle était devenue une belle et longue jeune femme rousse. Et Cor remarqua qu'elle avait d'immenses yeux verts.

Cor sourit. Il se souvient d'avoir plaisanté ce jour-là à propos de l'hôtel. Il avait dit que les chemins de la clandestinité et de l'amour empruntaient des détours cocasses puisque le premier étage de l'hôtel était un bordel. La tenancière, outre son activité professionnelle, était restée fidèle à la mémoire de son homme fusillé pour fait de résistance, et continuait à héberger des réfugiés avant de les faire passer en France.

Arrivés à Paris, ils étaient restés deux semaines ensemble, puis il l'avait persuadée de partir se cacher en Normandie. Il était allé la conduire dans une ferme où elle s'occupait à traire les vaches, faire la vaisselle, préparer les repas et ranger la maison. Il était revenu la voir à plusieurs reprises. Il avait dû se faire violence à chaque fois pour la quitter et rentrer seul sur Paris. Il serait bien resté là-bas, auprès d'elle à attendre la paix. Mais ce n'était pas possible. De passeur, il était devenu chef du groupe des « Hollandais » affiliés à l'O.J.C. (Organisation juive de combat). Et chaque jour, il naviguait d'un rendez-vous clandestin à l'autre avec, sous le bras, enveloppé dans du papier journal, son damier truqué dans lequel il transportait des faux papiers pour alimenter les circuits de la résistance juive.

Il voyageait avec une fausse identité d'agent de la Gestapo. Cela lui valut l'une des plus grosses frayeurs de sa vie. Après la Normandie, il avait caché Metta et une amie dans une autre ferme au Pays Basque. Les jeunes filles dénoncées avaient dû s'enfuir. Cor était allé les chercher. Ils prirent le train pour revenir à Paris. Ils étaient montés dans un wagon spécial réservé aux Allemands et à ceux qui travaillaient pour eux. Ils se retrouvèrent en face de deux vrais policiers de la Gestapo.

Pendant tout le voyage, les sbires firent les « jolis cœurs » et s'émerveillèrent : « Ça fait plaisir de voir deux vraies aryennes aussi belles », disaient-ils ! Au début, Cor n'avait pas bronché. Mais pour ralentir leurs assauts de galanterie, il avait dû s'en mêler, en se lançant dans de longues conversations, où il développait de subtiles théories sur l'antisémitisme et ses problèmes. Il replongeait ensuite dans la lecture de son journal, apparemment détaché.

Le trajet dura un jour et une nuit !

Le sourire de Metta, après que les Allemands les eurent quittés sur le quai ! Une bouffée de chaleur l'envahit, comme un malaise. Cor ne se résigne pas à perdre tout cela. « Plus que quelques heures ! » pense-t-il.

22 heures.

Le train arrive à Laon. Cor regarde au loin l'obscurité qui danse. La nuit est trouée de reflets fauves.

— On dirait un incendie, dit-il à Marguliès.

— On va droit dessus, s'écrie le chef de wagon.

Les freins bloquent les roues en pleine course. Le train pousse un hurlement interminable. Tous les déportés sont jetés les uns sur les autres. Les premiers relevés s'accrochent aux lucarnes. Il est trop tard, le convoi fonce dans le brasier et s'arrête après un grincement désespéré. Le train est immobile au milieu d'une haie de flammes.

— Ils sont fous, dit le général. On va brûler ici. Et avec ces munitions derrière, on va tous sauter.

Les ombres des déportés dansent une sarabande terrifiante sur les parois du wagon. Il fait une chaleur de forge. Autour d'eux, des bâtiments explosent et les flammes soufflent au ciel des milliers de tisons rouges. Les hangars s'affaissent dans un tonnerre de ferraille.

— Il y a eu un bombardement, explique Cor. Regarde devant, à une centaine de mètres, on allait percuter ces éboulis.

Marguliès se penche. La voie est coupée par une tour effondrée qui achève de se consumer.

— C'est la gare qu'ils ont visée. Et ils ont réussi ! En tout cas, je ne vois pas comment on pourrait passer maintenant.

Cor ne répond pas. Il regarde la silhouette massive de Brückler se détacher sur fond d'incendie. Poings sur les hanches, le S.S. hésite. L'officier de la Luftwaffe vient le rejoindre. Les deux hommes font de grands gestes en désignant la voie coupée. Cor les voit s'éloigner tous les deux et disparaître sur la droite.

— Cette fois, dit-il à Marguliès, je crois que le voyage est terminé. On ne peut plus avancer.

Il tend l'oreille. Deux soldats allemands reviennent d'un bâtiment intact près de la gare. Il les entend annoncer au mécanicien :

— C'est foutu, la ligne Marle-Vervins-Hirson est coupée en plusieurs endroits. On ne peut plus passer.

Brückler et l'officier sont revenus. Le S.S. monte dans la locomotive.

— Ça y est, annonce Cor, ils décrochent la locomotive. C'est fini ! On ne va pas plus loin.

Il essaie d'engager sa tête à travers les barreaux. La motrice avance prudemment, seule ; le wagon ne bouge pas. Avec cette ferraille toussotante qui s'éloigne, pour Cor, c'est la vie qui revient. Il voudrait qu'elle prenne de la vitesse, qu'elle s'éloigne et se fonde dans les flammes. Il respire au rythme des soupapes, et pousse un rugissement à chaque souffle de vapeur, comme pour aider la lourde machine à prendre son élan.

— Elle s'en va ! Elle s'en va ! exulte-t-il.

Ses poumons se vident. La machine s'est arrêtée au premier aiguillage, hésite, puis revient, passe sur la voie à côté d'eux et disparaît vers l'arrière. Trois minutes plus tard, Cor sent une légère secousse. Il a compris. Le train repart en sens inverse.

— Merde ! dit le général.

Cor s'assied sous la lucarne. Cet espoir déçu l'a vidé. Il est épuisé.

CHAPITRE 17

Dimanche 20 août, 23 heures.

— Le dernier wagon ! Nous sommes le dernier wagon !

Le rabbin René Kapel exprime sa joie en joignant les mains dans un geste de recueillement.

— ... Il n'y a plus personne derrière nous, continue-t-il. Jamais nous ne retrouverons une occasion pareille. C'est ce soir ou jamais !

Les flammes des incendies le transfigurent. Tandis que le train recule, les éclairs de feu rapetissent et meurent dans ses yeux. Son cri a galvanisé les résistants. Marguliès se retourne pour chercher Ernest et Jean Frydman. Les deux jeunes gens n'ont pas attendu le signal. Ils ont ramassé leurs outils et s'avancent vers le fond du wagon, à gauche des cabines. A deux mains, ils dégagent les valises, les provisions et les couvertures qu'ils projettent entre leurs jambes, comme un chien gratte la terre.

— Poussez-vous, ordonne le général.

Les otages se sont écartés. Terrorisés, ils regardent en silence le travail des déménageurs.

Marguliès, César, Amar, Kapel, Cor, Henri et tous les résistants se sont approchés et forment un demi-cercle autour d'eux.

— Tu comprends, explique Ernest, comme s'il s'adressait à chacun en particulier, il suffit de découper un panneau ici, à l'arrière du wagon, et tout le monde saute.

— Impossible de nous voir, renchérit le général, puisque le train nous cachera. Tu te rends compte ! On fait le vide en quelques secondes.

Marguliès approuve de la tête. Pourtant, il est vaguement inquiet que l'opération se fasse au milieu des bourgeois. Et s'ils ne veulent pas sauter ? se demande-t-il. Il chasse cette objection en jugeant que, de toute façon, il est trop tard pour hésiter. Kapel a raison, se dit-il, une telle occasion ne se représentera plus jamais.

— Il faut ouvrir ici.

Dans l'obscurité, Ernest dessine avec le doigt un large carré qui descend jusqu'au plancher.

— En enlevant quatre planches, ça doit largement suffire.

Jean Frydman a sorti une grosse lime de fer sans manche dont il enfonce la pointe entre deux lattes disjointes. Il les fait jouer doucement pour que Ernest puisse y passer la lame de sa scie et commencer à travailler. La planche se soulève facilement.

— Vas-y.

Ernest glisse la scie lorsqu'un battement de tambour fait résonner le wagon. Ernest et le général sont paralysés. Les coups continuent avec violence. Le frappeur est derrière le groupe de résistants, de l'autre côté. Frydman a vu des ombres de poings s'agiter contre la cloison. Les résistants se sont tous retournés. Des voix leur parviennent depuis le wagon des schupos. Une cascade de hurlements, comme des ordres qui se répercutent et s'éloignent vers la tête du train.

Le train est bloqué en quelques mètres !

— Ils ont tiré le signal d'alarme, dit Marguliès.

Il regarde par une lucarne. Les schupos sautent sur le quai et entourent le wagon. Brückler fait de grands gestes en disparaissant derrière. Deux hommes s'enfoncent dans la nuit et reviennent avec de larges traverses de bois.

Des coups de marteau cognent contre la cloison arrière, exactement à l'emplacement qu'Ernest s'apprêtait à découper. Le général les ressent comme si on lui enfonçait des clous dans le corps. Les mains serrées sur sa lime, il cherche à deviner, entre les têtes, l'ombre qui a donné l'alerte.

Les schupos ont fini. Le général les entend remonter.

Ils rient. Un ordre est lancé dehors, et le train démarre. C'est l'instant qu'il attendait. Il serre les dents en murmurant :

— Celui-là, je vais le tuer, le crever, ce mouchard !

Il s'élance comme un fauve à travers la barrière des résistants, la pointe de sa lime en avant. César le saisit à bras-le-corps et le ceinture.

Henri arrive à la rescousse.

— Calme-toi, dit César. Calme-toi. C'est pas le moment de faire des conneries, ni de nous entretuer. Tout n'est pas perdu. Il y a encore une chance. Et si ça marche pas, eh bien plus tard, tu auras toujours le temps de te venger si tu veux.

Le garçon paraît se calmer. César profite de cet avantage pour le convaincre tout à fait.

— Si tu fais ça, c'est foutu. Jamais on ne pourra s'échapper. Ni toi ni personne. Attends un peu.

En parlant, il l'entraîne au milieu du wagon et le fait asseoir.

Chacun regagne sa place en silence. Les otages se réinstallent dans leur coin. La frontière qui les sépare des résistants est maintenant plus large.

— On a encore toute la nuit.

Le ton de Marguliès est sec. Il a senti le découragement flotter parmi les résistants.

Il continue, plus doucement :

— ... Tant que nous sommes le dernier wagon, nous avons toutes nos chances intactes.

Chacun tait ses objections, ses réticences, comme pour mieux se convaincre des paroles rassurantes de Marguliès.

Ce dernier sait qu'à cet instant, tous pensent la même chose. Ce qui vient de se produire tout à l'heure risque de se répéter à chaque tentative. Depuis le début du voyage, Marguliès n'a cessé de penser à cet instant qui devait arriver. Jamais il n'a eu confiance dans les bourgeois. Pourtant, il a espéré que les choses se passeraient bien, qu'ils ne diraient rien. Mais de là à donner l'alerte !

Il n'écarte pas l'idée de les neutraliser, au moins certains d'entre eux. Il ne sait pas encore comment. Il redoute d'être contraint à en arriver là.

— Il faudra attendre qu'ils dorment ! dit-il, persuadé de ne convaincre personne.

Avec un ensemble parfait, ils regardent vers les bourgeois. A l'agitation derrière les couvertures des cabines, ils supposent que les Kohn enfilent pyjamas et chemises de nuit.

Ce noir presque absolu est notre seule chance, pense Marguliès. La nuit est épaisse. Il fait une chaleur lourde d'orage.

Après l'excitation de cette deuxième évasion manquée, Cor s'est apaisé. Comme tous les autres résistants, il attend le déclenchement de l'opération. Il sait que celle-ci n'est pas imminente, parce qu'il faut laisser aux bourgeois le temps de s'endormir. Les balancements réguliers du wagon lui font l'effet d'une berceuse. Il ferme les yeux, s'assoupit quelques minutes, et se réveille en sursaut. Il regarde autour de lui. Tout est calme. Il s'accorde encore un peu de repos, le dernier, se promet-il, avant de se ressaisir, pour être prêt tout à l'heure et partir à la rencontre de Metta. Il baisse les paupières pour quelques instants encore...

Près de lui, Paula aussi s'est étendue. La seule femme de tous les résistants du wagon veut prendre des forces pour la grande fuite qu'elle imagine une fois dehors. Elle répète son numéro de saut : le dix... le dix... A côté de la tinette, Tzippy attend, confiant. Il n'a pas participé directement aux préparatifs de l'évasion, mais il se dit qu'on l'avertira le moment venu. Son regard se perd vers le plafond.

Henri Pohorylès vient de remarquer, après l'empoignade avec le général, que sa poitrine émet un léger sifflement à chaque inspiration. Il pense que ce sont des séquelles de son passage entre les mains de la Gestapo. Quelque chose d'anormal au poumon. Il s'allonge quelques minutes pour se préparer lui aussi à l'effort de tout à l'heure.

— Si seulement il pouvait pleuvoir.

Kapel s'est approché de Marguliès. L'air est moite. Le chef de wagon est oppressé.

— Il y a un orage qui se prépare, répond-il.

— Ce serait le moment idéal. Mais de toute façon, ajoute le rabbin, il faudrait se décider vite.

Ernest et le général s'impatientent.

— Bourgeois ou pas, promet ce dernier, ils ne m'empêcheront pas de sauter.

Ernest ne dit rien. S'il le faut, il est prêt lui aussi à les faire taire. A sa manière.

CHAPITRE 18

Lundi 21 août, 1 heure du matin.

L'orage a éclaté loin vers l'est. Les coups de tonnerre ressemblent à une canonnade. D'une lucarne, Marguliès contemple les éclairs crocheter les nuages. La nuit a une couleur ardoise.

Le train roule à petite vitesse, mais régulièrement. La pluie le rattrape. Elle arrive dans un bruissement de feuilles. Des gouttes épaisses, pesantes comme des grêlons, s'écrasent sur le toit dans un tapage de tambourin. En quelques secondes, des trombes d'eau se déversent sur la campagne, faisant fumer la terre.

— Je crois que c'est le moment, chuchote René Kapel.

Marguliès regarde autour de lui. Personne ne bouge. Il aperçoit Ernest et le général qui parlent à voix basse. De la main, il leur fait signe de se lever :

— Allez-y !

Les deux jeunes gens s'avancent vers la lucarne arrière gauche. Une ombre recule en silence et s'assied, c'est la princesse Galitzine. Philippe Kohn s'est levé. Il se tient près du chef de wagon qui surveille les opérations.

— On prend celle-là ? demande Ernest, en montrant la lucarne.

Marguliès approuve de la tête.

— Oui, elle donne sur le bas-côté de la voie. On ne risquera pas de se blesser en tombant sur les rails. Il suffira de sauter et de rouler dans le fossé.

Ernest choisit un burin qu'il glisse sous le barreau transversal du bas, près de son attache. L'écrou qui le retient est rouillé, et autour, le bois de la paroi est vermoulu. Des deux mains, il pousse sur le levier. La cloison émet un léger craquement.

— Doucement ! ordonne Marguliès, tu vas tout faire éclater.

Il donne des petits coups vers le haut. La vis joue franchement. Ernest la force à nouveau avec le burin, puis la tortille énergiquement. Il tire. Le général saisit le boulon qui lui reste dans la main.

— Ça y est, dit-il en le tendant au chef de wagon.

Ernest pèse sur le barreau libéré et le laisse pendre à la verticale, dégageant l'ouverture.

— Et si on essayait d'ouvrir la porte, de l'extérieur, en se glissant par la lucarne ?

Ernest, Marguliès et Jean Frydman se sont retournés. Quelqu'un s'est approché.

— Je suis le plus mince, ajoute l'homme. Je dois passer comme ça. Si vous me tenez, je pourrai peut-être atteindre la barre de fermeture et la soulever. Tout le monde alors pourra sauter d'un coup.

Maurice Marguliès reconnaît le jeune homme maigre qui traînait une énorme valise sur le trajet de Drancy à la gare. Il hésite quelques instants et décide :

— D'accord. Mais dépêche-toi. Ernest et moi on te tiendra. Attends une seconde, hésite-t-il. Passe-moi une couverture. On va la jeter dehors, pour voir si nos gardiens réagissent.

Une couverture lancée du milieu du wagon lui atterrit sur le visage.

Il la met en boule et la passe par la lucarne. Il attend... pas de réaction.

— Bon, tu peux y aller.

David Fischer se sent soulevé par la taille. Immédiatement, une douleur violente lui cingle les reins. Lui aussi a mal récupéré des séances de torture. Pendant des semaines il n'a pas pu dormir convenablement. Il a mal, même allongé. En une seconde, il revoit le bourreau qui l'a « préparé ». Ce dernier avait pris soin de serrer le bas de son pantalon avec une ficelle. Il opérait ainsi, parce que son expérience lui avait appris que les torturés, à bout de forces, pissaient dans leur pantalon. Et ça dégringolait sur le plancher !... Un bourreau méticuleux.

Le jeune homme mince saisit le barreau supérieur et baisse la tête pour s'y engager. Des piqûres de pluie lui martèlent le visage. Il passe le buste entier à l'extérieur et se redresse pour agripper une ferrure de la porte du wagon. Il se hisse jusqu'à elle, en rampant le long de la paroi. Il est retenu à la lucarne par la pliure des genoux. Des poignes fermes lui serrent les jambes comme des étaus. En levant la tête, il aperçoit une braise de cigarette sous un casque, dans le wagon devant ; heureusement la porte est fermée, le garde s'est mis à l'abri.

Il manque trente bons centimètres au bout de ses doigts pour attraper l'extrémité de la barre de fermeture. Il essaie de la soulever. Il lui faudrait les deux mains, mais sa main gauche, plaquée contre la cloison, lui sert d'appui pour l'empêcher de basculer, tête en bas. Avec la droite, il peut à peine faire bouger la tringle de fer. Et cette douleur dans les reins lui est insupportable. Une dernière fois, il tire vers le haut de toutes ses forces. Le crochet tremble à peine dans son anneau. Il abandonne. Il se replie en s'appuyant de ses deux mains, et se sent happé par la lucarne. Essoufflé, il s'assied sur le plancher. Il est transpercé de pluie.

— J' peux pas ! dit-il, essoufflé, les muscles tremblants. C'est pas possible ! J'ai pas pu atteindre le crochet.

— Tant pis ! dit Marguliès en l'aidant à se relever et à regagner sa place, on passera par la lucarne.

Le chef de wagon revient près du général et d'Ernest :

— Il faut faire sauter un deuxième barreau.

— Ecoutez, on ralentit !

Le général s'est raidi. Les saccades sur les rails se font plus espacées.

— Attention, on s'arrête ! ajoute-t-il.

Le train stoppe sans un coup de frein.

Jean Frydman relève l'extrémité du barreau descellé et le porte à la hauteur de son attache. Il le maintient en place, du bout des doigts.

— Merde, ils descendent ! avertit Ernest.

Dehors, un homme a sauté à terre.

La main levée à hauteur de la lucarne, le dos collé à la cloison, le général retient son souffle, pendant qu'un faisceau de lampe électrique traverse les étincelles de pluie, et balaie le wagon. Il avance lentement le long de la paroi, pour s'arrêter sur la lucarne. La lumière s'éteint. Le général a le bras ankylosé. Il va relâcher quand la lampe se rallume, exactement sur la lucarne. Elle s'éteint à nouveau. Le garçon est décidé à tenir jusqu'au départ du train. Il entend les schupos se parler tranquillement. Lorsque le train se balance, le général lâche le barreau et se passe la main sur le visage en poussant un soupir. Il se ressaisit. Il écoute l'allure.

— Ça va, ça a l'air de rouler, dit-il, et en plus ça va pas vite.

Il prend le burin et, sans précaution, d'un coup, fait sauter le boulon du deuxième barreau qu'il fait pivoter vers le haut.

— Ça y est, il faut y aller tout de suite.

Maurice Marguliès le regarde, puis fait un dernier tour d'inspection du wagon. Il y a un remue-ménage près de lui, à côté des cabines.

— Vas-y, insiste le général.

Le chef de wagon se hisse sans effort, engage ses jambes. Il est dehors jusqu'à la ceinture. L'une après l'autre, ses mains agrippent le rebord inférieur de la lucarne. Il disparaît dans un coup de reins.

Le général Jean Frydman s'est déjà pendu au dernier barreau, il marche sur la cloison, engage une jambe, puis la seconde, se retourne et se repousse dans le vide.

Ernest Appenzeller s'est soulevé à la seule force de ses bras, et passe ses deux jambes en même temps. Un retournement rapide. Il est avalé par la nuit. Dans le wagon, des ombres se sont levées. Elles ne parlent pas. Elles se précipitent lentement, raides, hypnotisées par ce trou de la liberté.

Une main au passage effleure l'épaule d'Henri Pohorylès qui ouvre les yeux et comprend aussitôt. Il se lève.

César Chamay croise les mains à la hauteur de son ventre. Un homme y pose le pied, enjambe la lucarne, s'engage tout entier et tombe : André Amar est parti.

Henri s'est mis à quatre pattes.

— Vas-y, grimpe sur mon dos.

César monte sur lui comme sur un marchepied. Henri se redresse légèrement. César se faufile et se projette loin du train.

— A toi René, presse Henri qui s'est relevé.

Il préfère la courte échelle. D'une main, le rabbin René Kapel s'accroche au cou d'Henri, et de l'autre au barreau supérieur. Il entre dans la lucarne sur le dos, et n'a pas le temps de se retourner. Il glisse le long du wagon.

Jacquel est réveillé en sursaut. Quelqu'un lui a marché dessus. Il se lève d'un bond et s'approche du petit groupe autour de la lucarne. A son tour, il se soulève, passe facilement et s'éjecte.

— Mais qu'est-ce que tu fous, rouspète Henri à voix feutrée.

Un jeune homme, Flamant, a mal coordonné ses mouvements. Il a engagé d'abord la tête, puis un genou et se retrouve coincé, cassé en deux dans l'ouverture. Il lui est impossible de se déhancher pour passer l'autre jambe. La liberté est là, sous ses yeux, et il ne peut pas bouger.

Flamant baisse la tête et la rentre à l'intérieur du wagon, baisse sa jambe et passe l'autre.

Le jeune homme reste quelques secondes suspendu par les mains. Il a l'impression que ses pieds touchent les pierres du ballast, comme si le sol venait à sa rencontre. Il lâche.

Henri entre dans la lucarne sur le dos. Il se retrouve le corps pendu face au vide. A l'instant où il s'allonge, prêt à prendre son élan, il sent quelque chose qui le retient. Un clou, ou une vis, pense-t-il, l'accroche par le col de sa veste. Il gigote en donnant de grands coups de reins. Il est toujours immobilisé, épinglé comme un papillon sur le flanc d'un wagon de bois. En tournant la tête à droite, il aperçoit la silhouette d'un garde au casque rougi par les reflets de sa cigarette. Henri ne parvient pas à se soulever pour faire un rétablissement. Avec ses pieds, il pousse désespérément sur la paroi, arrondissant le dos le plus qu'il peut, et tirant sur son cou. Le col cède enfin. Henri Pohorylès tombe debout.

Pendant que les passages se succèdent, le remue-ménage des cabines s'est amplifié. Entre Philippe Kohn et son père, c'est l'ultime affrontement. Celui-ci, debout, en pyjama, répète, sentencieux :

— Pour la dernière fois, Philippe, je t'interdis de partir.

Le garçon tient Rose-Marie par la main et Antoinette par le bras.

— Non, dit Rose-Marie. Antoinette a décidé de ne pas venir. Elle veut rester auprès de maman et de grand-mère pour les aider, là-bas.

Philippe lâche sa sœur aînée à regret et s'avance vers sa grand-mère qui a sorti la tête de sa cabine.

La vieille dame a tout compris.

— Tu as raison dit-elle. Pars. Mais attends, j'ai quelque chose pour toi.

Elle fouille dans son sac et lui remet un objet.

— Tiens, c'est ma montre. Garde-la toujours avec toi.

Il l'enfouit dans sa poche. Sa grand-mère l'embrasse avec Rose-Marie. Leur père les suit et menace toujours :

— Philippe, pense que tu auras sur la conscience la mort de toute ta famille. Pour la dernière fois, je t'ordonne de rester.

C'est Rose-Marie maintenant qui tire son frère.

— Viens, laisse-le, partons dit-elle, en regardant vers la lucarne où s'engouffrent des silhouettes.

Le garçon embrasse Antoinette. La jeune fille lui murmure :

— Je viendrais bien, mais il faut que quelqu'un reste avec elles. Tu comprends ?

Elle fait un geste du menton pour désigner sa mère et sa grand-mère.

Au passage, Philippe implore Simone Schmidt :

— Venez.

Son mari intervient.

— Ah non, tu ne vas pas partir. Tu restes ici ! ordonne-t-il.

Philippe n'insiste pas. Il s'approche de sa mère, et l'embrasse tendrement. Il sait qu'il ne peut même pas lui demander de partir.

— Je t'en prie, demande-t-il, donne-moi Georges-André. Nous sauterons ensemble.

L'enfant essaie de se dégager de sa mère.

— Emmène-moi, Philippe, implore-t-il.

La mère serre son garçon contre elle. Philippe engage

une mêlée de quelques secondes pour le lui arracher. L'enfant est écartelé. Sa mère sent qu'elle va lâcher Georges-André. Elle supplie :

— Philippe, je t'en prie, laisse-le-nous. Et d'abord il va se casser une jambe en tombant.

Il sait que sa mère a tort, que son père a tort, et Antoinette aussi. Mais les mots ne viennent pas pour le leur expliquer. Il lui faudrait du temps pour les convaincre. Et maintenant il faut faire vite. Il doit laisser son frère. Il l'embrasse une dernière fois.

— Viens.

Rose-Marie l'entraîne. A côté d'eux les hommes s'égrènent à travers la lucarne noire. La princesse Galitzine attend son tour. Michel Grilikhes lui fait une marche avec ses deux mains, et la pousse dehors. Elle disparaît.

— Vite, vite, s'impatiente Rose-Marie.

Michel Grilikhes s'enfuit.

— Ecoute, explique Philippe à sa sœur. Tu appuies les pieds contre le wagon et tu te repousses à l'extérieur en sautant. N'oublie pas. Tu te repousses.

Il prend la jeune fille dans ses bras. Elle saisit le haut de la lucarne, et engage ses jambes, il l'aide à se retourner.

— Laisse pendre tes jambes... là, vas-y, repousse-toi.

Philippe la voit se lancer jambes et bras écartés. Une poupée qui se désarticule. Philippe regarde une dernière fois ces silhouettes claires à deux mètres de lui, et qui se tiennent debout, serrées les unes contre les autres.

Ses lèvres dessinent dans le vide un baiser muet.

Il se hisse, et s'enfonce dans la lucarne, les jambes d'abord. Il opère un demi-tour sur le flanc, et saute.

A genoux sur le remblai, Philippe lève la tête vers un fanal rouge qui s'éloigne.

Il emmène avec lui une robe à fleurs, un enfant de douze ans, une vieille dame fatiguée dans « sa cabine de plage », un homme impénétrable en pyjama, et une femme belle et douce en chemise de nuit, sa mère. Toute sa famille.

La pluie s'est adoucie. Elle tombe en un fin crachin tiède qui lui donne le frisson.

CHAPITRE 19

Ce fut comme si Drancy avait envahi tout Paris.

Metta, la longue jeune fille rousse aux yeux verts, a rencontré des Juifs libérés. Ils lui ont tout raconté. La libération du camp. Le grand soulagement. La joie, ce torrent qui emporte en un instant toutes les angoisses. Des pleurs, des chants, des prières. Le terrible règlement de Brunner bravé timidement d'abord, puis rageusement. L'étoile jaune qu'on arrache.

Et le coup de théâtre aussi, cette voiture qui revient une heure plus tard : c'est Brunner, Brunner en personne qui réapparaît. Un conte de fées à l'envers. Drancy qui se pétrifie à nouveau sans comprendre en regardant le S.S. impassible sur le siège arrière. Le chauffeur qui descend, disparaît au garage et ressort quelques minutes plus tard, avec des pneus neufs. Ce diable qui repart vers l'Allemagne, en voiture, pour de bon cette fois. Une baguette magique qui redonne vie à des marionnettes. Drancy qui s'enhardit à nouveau et insulte ce petit nuage de poussière qui flotte quelques secondes, après le passage de la Citroën. L'exubérance, la joie profonde de la liberté, une large respiration.

Mais Metta a appris aussi l'affreuse nouvelle, le nom de Cor, Max Windmuller, qui clôt la liste des 66 261 déportés de Drancy. Cor qui a été emmené, avec les cinquante autres. Ombre gigantesque à cette euphorie générale.

Pourquoi la liberté des 1 500 Juifs rescapés de Drancy passait-elle par le prix de 51 d'entre eux ?

Metta pleurait.

Pourquoi cet acharnement des nazis, alors que la guerre ne leur est plus favorable ? Qu'ils sont en train de la perdre ?

Metta n'admettait pas. Elle voulait poursuivre ce train. Mais impossible de trouver de l'aide, et surtout une voiture avec de l'essence, dans ce Paris qui se déguisait en barricades.

Des jours à attendre. Elle ne savait même plus exactement depuis combien de jours Cor était parti.

On tirait dans les rues, les Allemands capitulaient. Paris reprenait ses couleurs, bleu-blanc-rouge aux fenêtres. Des blindés de Leclerc. Paris était libéré.

Au milieu de la liesse générale, Metta refit, une fois encore, le tour de ses amis. Ceux-ci la cherchaient depuis hier.

— Ils se sont évadés...

Metta incrédule.

— Oui, ils se sont sauvés. Ils ont sauté du train.

Metta délivrée.

— Tous ?

— Oui, tous, je crois. J'ai vu Henri. Il m'a dit que tous avaient reçu un numéro d'ordre pour sauter chacun leur tour.

Metta s'était précipitée chez Henri Pohorylès. Elle vibrait maintenant à cette libération de Paris qui était aussi la sienne. Revoir Cor ! Cor va revenir !

Henri avait confirmé :

— Oui, je crois que tout le monde a sauté. Les résistants au moins !

— Et Cor ?

— Je ne l'ai pas vu, mais il a dû sauter aussi avec les autres.

— Où sont-ils ?

— Je ne sais pas. Nous nous sommes éparpillés aussitôt. Certains sont restés sur place... Ne t'inquiète pas, il va arriver.

Metta avait attendu. Elle était revenue à l'appartement

du boulevard de Courcelles. C'était là qu'il devait rentrer pour la trouver. Pour passer les heures, elle avait mis de l'ordre. Tout devait être prêt pour le recevoir. Elle n'osait plus descendre de chez elle. Pour faire ses courses, elle laissait un billet sur la porte, pour le prévenir, au cas où elle le manquerait. Le soir elle s'endormait, certaine qu'il allait la réveiller. Elle avait guetté les bruits de l'escalier. Cent fois elle s'était précipitée pour ouvrir...

Déjà trois jours qu'Henri était revenu...

Et Cor qui n'était toujours pas là.

Sa joie avait basculé. Elle n'y tenait plus. Henri avait fini par se laisser convaincre :

— Je ne peux plus attendre sans savoir. Je veux partir le chercher.

Henri avait mis deux jours à trouver la voiture, l'essence et les autorisations de circuler délivrées par les F.F.I.

— Il faut essayer de savoir la direction qu'ils ont prise.

C'est ainsi que Metta, Henri et une amie recommencèrent par le début, le voyage du dernier train pour Pitchipoï.

A la gare de Bobigny, on se souvenait bien du train. Un train de D.C.A. avec un wagon de déportés. Les derniers déportés. L'employé de la gare consulta ses papiers :

— Transport n° 1697 FAHRT (voyage) n° 1 519 545 avec un wagon Gestapo n° 347 546, un wagon de la Grüne Polizei n° 203 462 et un wagon de déportés n° 82 020. Parti de Bobigny le 17 août à 16 heures. Direction : Allemagne.

L'homme referma son livre.

— On ne peut pas savoir si ce train est allé jusqu'en Allemagne ?... S'il a été arrêté en route ? questionna Metta.

— Non. Ici, on ne sait rien. Vous comprenez, en ce moment... peut-être qu'en suivant le trajet, dans les gares, des collègues auront appris quelque chose.

L'homme referma son livre.

***

Au passage à niveau de Freinville, Metta descendit de voiture et s'avança vers la petite maison sur le bord de la voie. Le gardien, Henri Pourrat, se retourna. La jeune femme demanda :

— Vous souvenez-vous d'un train de déportés qui est passé ici le 17 août, dans l'après-midi ? Savez-vous ce qu'il est devenu ?

L'homme se gratta la tête et accrocha ses yeux au sol, fouillant sa mémoire. Il répéta :

— Le 17 août... le 17 août.

Il s'anima en regardant Metta :

— Oui, bien sûr que je m'en souviens. D'abord je n'ai pas remarqué. Un train de munitions, je crois, ou de matériel plutôt. Mais après, j'ai trouvé une poignée de lettres sur la voie.

— Des lettres ?

— Oui, enfin des lettres, des papiers écrits. Certains avaient même un timbre dessus, un au moins.

— Vous les avez ?

— Non, je les ai toutes envoyées aussitôt. Vous savez ici, depuis deux ans, on avait l'habitude. Tous les cheminots sur la voie vers l'Allemagne ont fait la même chose que moi. Mais je m'en souviens bien, c'était le 17, en fin d'après-midi. Après ce dernier convoi, ça a été fini, y'a plus rien eu. Plus jamais d'autres messages sur la voie... Mais je ne sais pas ce que le train est devenu.

Metta se tourna vers Henri :

— S'il avait écrit, j'aurais dû recevoir la lettre !

***

A Mitry-Claye, Metta sortit de la gare et revint à la voiture. Elle inscrivit seulement sur un petit carnet : « arrivée train 17 h 08 — départ 18 h 08 ».

***

Quinze kilomètres plus loin, elle sortit à nouveau son carnet : « Dammartin-Juilly. 17 au soir, 18 et 19 août. »

— Ils sont restés presque deux nuits, affirma le cheminot. La deuxième nuit du côté d'Ormoy. Forcément, ils pouvaient plus avancer. On a fait sauter les voies partout. Ils savaient plus par où passer.

— Mais après, demanda Metta, vous ne savez pas jusqu'où le train est allé ?

— Non. Ici on n'a rien su.

CHAPITRE 20

Lundi 21 août, 1 h 30 du matin.

Maurice Marguliès tomba debout. C'est à peine si la faible vitesse du train l'entraîna quelques pas. Il se laissa transpercer, immobile, par cette pluie tiède qui le lavait de toute l'angoisse de ces dernières heures. Enfin il était libre, là, dehors, sur cette voie ferrée. La tête levée au ciel, à petits coups de langue, il lappait sa liberté. L'eau lui dégoulinait dans le cou. Il avait envie de hurler sa joie.

Il s'ébroua, et se mit en marche, à la rencontre des autres évadés.

Le rabbin Kapel resta quelques secondes aplati sur le sol, le temps d'un long baiser involontaire à la terre molle et tiède de Champagne. Elle lui parut confortable comme un lit. Il n'en revenait pas que la liberté ait été si facile à prendre. Quelques secondes plus tôt, c'était la promesse de l'enfer entre les planches d'un wagon à bestiaux, et maintenant... libre, tandis que le grincement du train mourait sur les rails, poussé par un fanal rouge qui s'éteignait doucement.

Il se mit à genoux et saisit deux pierres sur le ballast, pour le signal convenu, puis se releva en boitant. Sa cheville gauche lui faisait encore mal. Une douleur qu'il croyait disparue depuis quelques jours. Sa chute du premier étage d'un appartement à Toulouse remontait déjà à plusieurs mois. Il avait dû sauter par une fenêtre pour échapper à la milice qui cernait le bâtiment où il réunissait de jeunes Juifs résistants.

L'aumônier général des maquis voyait en cet orage l'intervention divine. Plus qu'un hasard, une véritable providence. Une demi-heure plus tôt, juste avant la pluie, les schupos montaient la garde sur le marchepied de leur wagon.

Boitillant, il se mit à trotter à travers champs, battant ses cailloux l'un contre l'autre comme on applaudit. Soudain il sentit ses pieds emprisonnés dans un piège, vissés au sol. Son corps décrivit un arc-de-cercle parfait tandis que le ciel noir bascula devant ses yeux. Il s'aplatit le visage contre terre pour la seconde fois en quelques minutes. En dégageant ses jambes des barbelés d'une barrière mal fermée, il découvrit une longue déchirure à son pantalon.

Reprenant sa marche précipitée, le soigneux Kapel se désolait de cette nouvelle mortification à sa présentation. Une déchirure jusqu'aux genoux, des vêtements souillés, une chemise suspecte, une barbe de plusieurs jours.

— Comment circuler dans cet état sur les routes de France, se lamentait-il. Je dois avoir l'air d'un bagnard.

Machinalement, il recommença à frapper ses pierres l'une contre l'autre. Un coassement de grenouilles lui répondit.

Ils étaient là. Une quinzaine d'ombres essoufflées, chuchotantes, traversant la campagne sous la pluie avec des précautions de commandos. Dans l'obscurité, Kapel reconnut les silhouettes de Marguliès, Chamay, Amar, Jacquel. Le grand Marguliès portait un homme sur son dos, Isidore Kessler, qui avait fait une mauvaise chute...

Au bout d'un chemin de terre, une ferme crevait la brume. Marguliès regarda sa troupe. Il désigna sa poitrine.

D'un même geste, les évadés, silencieux, l'imitèrent et arrachèrent leur étoile.

Une femme poussait ses volets de l'intérieur. Elle s'immobilisa, les bras en croix, surprise par ce groupe de fantômes, surgis de l'aube, et disparut.

Un homme sortit. Avant qu'il n'ait prononcé un mot, André Amar prit l'initiative. Tant pis s'il se trompait. De toute façon, se dit-il, avant que l'homme, au cas où il aurait été de connivence avec les Allemands, ait pu tenter quelque chose, les fugitifs auraient le temps de réagir.

— Nous sommes des résistants français.

L'homme ne parlait toujours pas.

— ... Nous venons de nous évader d'un train de déportés. Je suis moi-même officier. Nous ne sommes pas des voyous ni des maraudeurs. Permettez-nous de nous sécher et de manger quelque chose.

— Entrez ! dit le paysan sans hésiter.

En laissant ses compagnons suivre l'homme à l'intérieur, Amar, le doigt sur la bouche, fit signe à chacun des étrangers qui ne parlait pas parfaitement le français de se taire.

Le fermier souffla pour attiser le feu qu'il venait d'allumer, et y posa deux grosses bûches. Instinctivement les évadés s'en approchèrent et tendirent leurs mains aux flammes.

La fermière s'affairait en ouvrant ses placards.

Fischer eut l'impression que la table s'était garnie par magie. Pain, beurre, fromage, café au lait fumant, omelettes moelleuses.

Les évadés du dernier wagon dévoraient en silence. Leurs hôtes les regardaient, des questions plein les yeux. Mais il n'était pas besoin de parler, la reconnaissance de ces étrangers voyageurs se lisait à leur appétit.

L'homme, assis, coupait le pain et distribuait les tartines. La chaleur envahissait le ventre des évadés. Avec un plaisir animal, ils se rassasiaient.

Kapel montra sa jambe de pantalon. Deux pans s'ouvraient autour de son mollet. L'un de ses compagnons, un petit homme, s'accroupit près de lui, mesurant le désastre. Son visage rayonnait.

— T'inquiète pas, je suis tailleur, je vais t'arranger ça.

Il se tourna vers l'hôtesse.

— Auriez-vous une aiguille et du fil, madame ?

Elle ouvrit une armoire et sortit une grosse boîte à gâteaux en fer.

— Tenez, il y a tout ce qu'il faut là-dedans.

Dans l'instant, l'évadé du dernier train de déportés retrouvait les gestes professionnels du temps de paix. La même dextérité, la même précision. Assis par terre, jambes croisées, il répara le malheur qui tourmentait Kapel.

— Ça y est, dit le tailleur en donnant un coup de dent sur le fil.

Kapel se leva, fit quelques pas en se regardant, satisfait. Quelques coups d'aiguille lui avaient rendu sa dignité.

La fermière brossa énergiquement la terre des vêtements, les uns après les autres. Le mari proposa aux évadés de se raser.

Tous ces Juifs, autour d'une cheminée de ferme, se réconciliaient sinon avec la France, du moins avec les Français. Poursuivis, humiliés, marqués comme des bêtes, traqués, ils se réveillaient peu à peu d'un cauchemar qu'envahissait jusqu'alors leur désespoir en l'homme.

Les paysans n'acceptèrent pas d'argent. Amar remercia au nom de tous. Jamais poignée de main ne lui parut plus chargée de sens.

— Evitez Saint-Quentin, les Allemands gardent la ville ! conseilla l'homme.

Dehors, le jour était maintenant complètement levé. L'orage était passé avec le train. L'humidité soulevée des champs finissait de se déchirer dans les branches des arbres avant de disparaître.

Encore une belle journée d'août.

***

Philippe Kohn courut le long de la voie.

En se relevant, il était certain d'avoir vu la lampe rouge de l'arrière du train s'immobiliser, loin au fond de la nuit. Il fallait faire vite. Dans sa hâte, il faillit dépasser la tâche claire qui gémissait sur le ballast.

— Rose-Marie ?

— Oui Philippe... aide-moi. J'ai mal partout.

— Viens, dépêchons-nous. Je crois que le train s'est arrêté. Il faut partir.

Rose-Marie était couverte de sang. Ses genoux, ses mains et son visage. Au lieu de sauter, elle s'était laissée choir, s'abattant sur les cailloux.

Philippe la releva et la soutint. Elle ne pouvait plus faire un pas. Il la chargea sur son dos et s'enfonça dans les champs. A chaque foulée, il devait décoller ses pieds de la terre molle. De l'eau partout. D'abord par flaques, puis à mesure qu'il avançait, de véritables mares autour de lui. Philippe s'épuisait.

— Est-ce que tu peux te tenir debout ?

— Je vais essayer, pose-moi, dit-elle.

L'eau montait jusqu'aux chevilles. Philippe remarqua dans l'obscurité un buisson touffu.

— Allons nous cacher là-bas, nous attendrons un peu. Nous sommes assez loin maintenant.

La main sur l'épaule de son frère, Rose-Marie se laissa entraîner.

— Je ne sais pas où nous sommes. Nous verrons au jour ce que nous pouvons faire. Surtout, il faut éviter de tomber sur les battues allemandes.

Un chien aboya au loin.

— Ecoute, des chiens policiers ! paniqua-t-il.

— Mais non, c'est sans doute un chien de ferme.

— Le mieux c'est encore de ne pas bouger d'ici pour l'instant.

La pluie avait cessé. Philippe prit sa sœur dans ses bras et lui frotta le dos. Elle était glacée.

— Tu entends ?

— Oui. Quelqu'un arrive.

On pateaugeait dans le marais.

— Ils approchent.

Deux silhouettes hésitaient, égarées. L'une d'elles frappa dans ses mains. Philippe reconnut le signal, deux cailloux l'un contre l'autre. Il chuchota :

— Ici, par ici.

Les deux ombres se tournèrent brusquement vers le buisson, attentives au danger.

— Nous sommes ici, Philippe Kohn et ma sœur.

Michel Grilikhes et Klein élargirent la niche, et s'installèrent.

— Vous avez vu, le train s'est arrêté, commenta Philippe.

Quatre paires d'yeux fouillaient la nuit à la recherche d'un fanal rouge.

⁂

Ce matin-là, comme d'habitude, Lucien Lebeau, instituteur à Morcourt, quitta la mairie où il assurait tous les jours son service de secrétaire, de 11 h 30 à 12 h 30, et rentra chez lui. Deux hommes mal rasés et aux vêtements défraîchis l'attendaient dans son bureau.

L'instituteur n'y croyait pas. Les étrangers racontaient une histoire assez peu plausible. Une évasion d'un convoi allemand, cette nuit. Celui qui parlait avait un accent qui lui rappelait trop de choses. Il disait s'appeler Henri Pohorylès, Alsacien d'origine, licencié d'allemand.

— Pourtant, si ces gens-là mentent, pensait-il, ils le font avec beaucoup de naturel, et leur mise en scène est soignée, trop peut-être.

Lucien Lebeau écoutait Henri en scrutant son visage creusé de fatigue. Si c'était un piège, il lui serait facile de le vérifier. Il était ami avec le chef de la Résistance locale, un nommé Corette. Lui saurait s'il y avait eu évasion dans la nuit. Dans le cas contraire, il ne pouvait s'agir que d'une ruse de la Gestapo pour tenter, une fois de plus, de démanteler le réseau.

— Où êtes-vous abrités ? demanda-t-il.

— Nulle part encore. Nous nous sommes dispersés. Et tous les deux nous avons demandé à voir l'instituteur pour entrer en contact avec la Résistance locale.

Lucien Lebeau réfléchit.

— Venez avec moi, je vais voir ce que je peux faire. De toute façon, je vous contacterai plus tard moi-même.

Henri Pohorylès et son compagnon Rosenhaaf le suivirent jusqu'à une ferme à l'écart du village. Le fermier, M. Riquet, ne posa pas de question. Il les cacha dans sa grange, derrière des ballots, sur la paille.

A peine allongés, les deux hommes s'endormirent. Ils avaient déclenché l'opération sauvetage des évadés.

***

En voyant débarquer les quatre marcheurs, le maire de Lesdins n'était pas tranquille. Il ne les laissa même pas continuer leur histoire.

— Oui, oui, je sais, coupa-t-il. Il y a eu d'autres évadés d'un train, cette nuit, mais partez, je ne peux pas vous recueillir. C'est pas possible. Il y a des Allemands partout ici.

Philippe Kohn insista :

— Regardez dans quel état est ma sœur. Laissez-moi au moins entrer quelques minutes et la soigner.

— Attendez, céda l'homme, en les laissant sur le pas de la porte.

Il revint avec un flacon d'alcool et du coton.

— Tenez, prenez ça, mais dépêchez-vous. Vous ne pouver pas rester ici. Partez sur Saint-Quentin.

Philippe lava les plaies de Rose-Marie. Bien que douloureuses, une fois propres, celles-ci apparurent sans gravité.

Le frère et la sœur quittèrent le village. Grilikhes et Klein partirent de leur côté.

Philippe et Rose-Marie prirent un pas de promeneurs.

Philippe se reprochait de n'avoir pas insisté davantage cette nuit pour emmener son frère. L'évasion avait été plutôt facile. Et le garçon serait libre maintenant, au lieu de rouler avec tous les siens dans un wagon à bestiaux, vers un destin que son père seul s'entêtait à croire sans danger.

Philippe et Rose-Marie s'arrêtèrent brusquement à l'entrée d'un pont. A quelques dizaines de mètres d'eux, deux sentinelles allemandes faisaient les cent pas.

Trop tard pour un demi-tour. Les hommes les avaient aperçus. Impossible aussi de descendre dans les champs avant le pont et de longer la rivière... Les jeunes gens ne pouvaient qu'avancer.

Philippe se pencha dans le cou de sa sœur.

— Continuons de marcher normalement, et jouons les amoureux.

Les gardes, bonasses, laissèrent passer les deux silhouettes mêlées l'une à l'autre, liées par un long baiser sur la bouche.

CHAPITRE 21

La voiture entra dans Saint-Quentin libérée. Depuis le départ de Paris, Metta ne rencontrait que de la joie. Une fête continuelle. Dans tous les villages et toutes les villes, les habitants sortis de chez eux s'initiaient à la liberté retrouvée. Un apprentissage joyeux et maladroit après une longue maladie.

— Allons à la gare, conseilla Henri. Peut-être auront-ils des nouvelles.

Metta était incapable de s'associer à cette délivrance. Elle était encore « occupée », une retardataire de la Libération, une oubliée de la liesse générale. Son cauchemar avait du retard. Il ne la quittait pas.

Le chef de gare, M. Boulin, était formel :

— Vingt-sept évadés du dernier wagon de déportés.

— Vingt-sept ! reprit Metta étonnée. Mais alors, ils ne sont pas tous évadés ?

Henri fit signe de la tête qu'il ne pouvait pas répondre. Il ne savait pas.

— Oui, vingt-sept, continua le chef de gare. C'est le chiffre qu'ont donné les Allemands eux-mêmes. Ils ont fait des recherches partout dans la région, des contrôles.

Metta savait que sa question était inutile, mais le sang

lui battait trop violemment les tempes pour qu'elle songeât à la retenir :

— Vous ne connaissez pas leurs noms ?

— Je n'ai pas la liste, vous pensez ! L'essentiel est qu'ils soient libres. Mais vous devriez aller voir le docteur Hébert. Il en a recueilli beaucoup chez lui et à sa clinique. Sûrement qu'il pourra vous donner davantage de renseignements précis.

Le docteur Hébert accueillit chaleureusement les voyageurs. Il parla de Jean Frydman-le-général, d'Ernest, de Philippe Kohn et de sa sœur Rose-Marie, de la princesse Galitzine aussi.

A mesure qu'il citait les noms des évadés, Metta sombrait un peu plus.

— On l'appelle Cor, mais son vrai nom est Max Windmuller, essayait-elle...

Le docteur restait muet devant la douleur de cette femme qui expliquait :

— ... Il est grand... les yeux très bleus... il n'a plus beaucoup de cheveux... Vingt-quatre ans... Un homme calme, réservé... et doux.

Le docteur faisait des efforts désespérés pour essayer de se rappeler ce nom ou une phrase de ses amis se rapportant à lui, ou une silhouette encore, un renseignement de quelqu'un parmi les habitants de Saint-Quentin.

— Non, madame, vraiment, je ne me souviens pas. Mais, vous savez, ils ne sont pas tous passés par ici. Je sais même que certains ont essayé de regagner Paris directement.

— Mais s'il était parti vers Paris, il m'aurait retrouvée !

Metta avait répondu comme on crie. Un faible espoir la traversa :

— Ou alors, peut-être qu'il a été retardé en route, ou blessé quelque part ?... Et puis je ne comprends pas pourquoi parmi les évadés il n'y a personne que je connaisse du groupe des Hollandais... Donc ils doivent se trouver tous ensemble...

— Essayez de vous renseigner en allant à Morcourt, je sais qu'un certain nombre d'entre eux se sont cachés là-bas quelque temps.

La ferme du père Riquet, à Morcourt, Henri la connaissait bien. C'était là que le matin du 21 il s'était affalé dans la grange, sur le foin, et qu'il s'était endormi jusqu'au soir.

— Je ne sais pas, dit le fermier, Cor, Windmuller, ça ne me dit rien. Mais allez donc chez Fievet.

Le père Fievet se souvenait d'un jeune gars nommé Flamant.

— Mais c'est surtout Lucien Lebeau, l'instituteur, qui a regroupé le plus de monde, expliqua-t-il.

Metta allait de l'un à l'autre, l'espoir accroché au bout de chaque piste. Mais l'instituteur ne reconnut pas l'un des évadés dans la description que lui donnait la jeune femme.

Metta se battait contre l'évidence. Si Cor s'était échappé, quelqu'un se souviendrait de lui, donnerait des nouvelles. Pourtant ce qui la rassurait, c'était que les résistants avaient sauté... Et Cor n'avait pas pu ne pas sauter. Elle connaissait son sang-froid, son esprit de décision et son courage. Pour elle, il était impensable qu'il ait refusé de s'enfuir... mais alors ?

Ils dépassèrent Morcourt, Lesdins, et parcoururent six kilomètres, jusqu'à Essigny.

CHAPITRE 22

Lundi 21 août, 4 heures du matin.

L'orage a cessé. Dans le dernier wagon, la lucarne reste vide. Un rectangle assez large pour laisser passer un homme, dix hommes, les uns derrière les autres. Tout vider. Une dernière invitation à la vie. Lourdes minutes de calme. Une chance qui ne se répétera pas. Il suffirait d'ouvrir les yeux pour comprendre et se précipiter. Cor, derrière le rempart des paupières, est allongé du côté de la mort. Il dort. Et Tzippy aussi, et Paula, Hirsch, Asher, Nanoo, Benjamin Zyman et les autres. Terrassés de fatigue, ils ont attendu, éveillés jusqu'à cette nuit, quelques minutes avant le départ. Et ils n'ont rien vu.

Le train s'arrête. Cor remue doucement et se réveille. Tout de suite il voit l'absence autour de lui. Le convoi qui s'est vidé de moitié. Et la lucarne ouverte. Il se précipite. Une cavalcade dehors, les schupos entourent le wagon.

Georges Schmidt conseille :

— Faisons semblant de dormir. Nous répondrons que nous n'avons rien vu.

Le train repart aussitôt. Les soldats remontent. Cor engage la tête dans la lucarne. Sur le marchepied un gardien lève sa mitraillette vers lui. Trop tard...

— Que s'est-il passé ?

Il interroge Marcel Bloch.

— Ils sont partis.

— Ils sont partis ! répète Cor, assommé. Mais c'est pas possible. On devait tous partir aussi. Et tous ceux-là qui sont restés, et vous ?

Les otages ne répondent pas.

Le train a pris de la vitesse.

Cor regarde Tzippy, Paula et Nanoo qui dorment toujours. Ils ne savent pas encore. Ce n'est plus la peine de les réveiller. Cor est debout près de la lucarne, mains accrochées au dernier barreau.

Le jour se lève. Des nuages roses s'écartent du soleil. Une aube de rage et de désespérance.

Les freins hurlent. Le convoi s'arrête. Tzippy ouvre les yeux, Paula aussi, Nanoo, tout le monde se réveille. Georges Schmidt propose à nouveau :

— Je crois que maintenant, il est de bonne politique de leur signaler l'évasion.

Les schupos se précipitent en hurlant. Dès que la porte s'ouvre, Schmidt annonce :

— Certains se sont évadés.

— Je sais, gueule Brückler, on a vu la lucarne. *Raus, Raus...*

Tout le monde est extirpé du wagon et poussé dehors, en ligne le long du train. Brückler ne se maîtrise plus :

— Je vous avais prévenus, vous allez être fusillés.

Il braille des ordres en allemand. Les schupos se rangent en peloton d'exécution, d'autres prennent des pelles et des pioches, et commencent un travail que tous les déportés comprennent.

Brückler, grognant, fait le va-et-vient entre la fosse et les déportés. Vingt fois il passe en revue l'alignement hétéroclite de ceux qu'il vient de condamner à mort. Il s'arrête devant la famille Kohn serrée autour du père. Il réfléchit, semble compter mentalement, puis d'une bourrade dans le dos sort Armand Kohn du rang et le projette vers les soldats qui creusent, en hurlant un ordre. L'un des hommes se redresse et laisse son manche de pioche entre les mains tremblantes du déporté.

Brückler lui fait signe de creuser. Celui-ci ne bouge pas. L'Hauptscharführer vocifère. Sans succès. L'homme silencieux refuse. Vaincu, Brückler se rue sur lui et l'expédie d'un coup de pied vers sa famille.

Cor regarde ces hommes s'enfoncer peu à peu derrière le tas de terre qui se soulève comme une taupinière. C'est sa tombe qu'on creuse, la sienne et celle de tous... Adieu Metta...

Le soleil grimpe sur les cultivateurs de la mort.

***

A Essigny, Metta écouta le cheminot lui expliquer, il parlait avec excitation. Par-dessus ce flot de paroles difficiles à saisir, elle avait peur de comprendre. Il était question « d'une matinée entière », de « Boches rangés en peloton d'exécution... » de « tombe longue comme une tranchée... ».

En suivant l'homme le long de la voie, à une centaine de mètres de la gare, Metta pressentait l'irréparable.

— Vous voyez cette tranchée...

Metta se pencha.

— ... J'ai bien cru qu'ils allaient tous les fusiller.

La tranchée était vide.

***

21 août, 6 heures du matin.

Les soldats de la Luftwaffe n'en croient pas leurs yeux. Par petits groupes ils se sont rapprochés de la fosse commune, s'alertant d'un wagon à l'autre. Un officier arrive, le pas nerveux. Tzippy et Cor suivent la conversation. Un procès bref où Brückler fait figure d'accusé :

— Tant que je commanderai ici, on ne fusillera personne, tonne-t-il. Si quelqu'un doit être puni, c'est celui qui n'a pas surveillé convenablement ses prisonniers.

Brückler se rengorge et s'incline. Il laisse les prisonniers debout.

Une heure plus tard, il revient triomphant :

— Je viens d'avoir la Kommandantur. Tous les évadés ont été repris et fusillés immédiatement !

Mme Kohn pousse un petit cri étouffé et s'effondre. Son époux la soutient :

— Tu sais, il dit peut-être n'importe quoi.

Les S.S. fouillent les déportés, et prennent bijoux, montres, bagues. Ils ouvrent les valises dont ils éparpillent le contenu dans le wagon.

16 h 50. Le train repart. Cor est hébété. Pourquoi n'ont-ils pas été avertis ? « Tout avait été organisé. Nous avions tous reçu un numéro d'ordre. Chaque numéro devait avertir le suivant. »

Rien ne s'était passé comme à l'exercice. Avec la fuite des évadés, l'espoir a quitté le wagon. Et là-bas, dans le coin, ce bout de ciel avec son barreau arraché ! Et l'autre tordu autour de son boulon ! Derrière, la liberté ! Mais maintenant avec ce soldat à la mitraillette sur son marchepied, la liberté est celle du lapin guetté par le chasseur à la sortie de son trou.

CHAPITRE 23

René Kapel était mal à l'aise. Il regardait ses deux compagnons, un peu contrarié. Par affinité personnelle, il aurait préféré faire le trajet avec César Chamay et André Amar. Mais Marguliès en avait décidé autrement.

Après avoir quitté la ferme, la petite troupe avait croisé un paysan. En face de ces hommes barbus et à l'accoutrement bizarre, il avait tout de suite compris :

— Mais vous êtes fous de circuler comme ça !

Les évadés s'étaient regardés.

— ... Vous allez vous faire repérer. Vous ne savez pas que l'armée allemande est en déroute. Ils tirent sur tout ce qu'ils rencontrent.

Puis, il s'était éloigné en hochant la tête.

Amar s'était avisé :

— Il a raison. Séparons-nous. Formons des petits groupes de trois personnes, avec dans chacun un étranger qui ne parle pas français. Ainsi, nous aurons davantage de chances de passer inaperçus.

Marguliès s'était tout de suite proposé.

— D'accord, moi je pars avec Kapel.

Puis, s'adressant au rabbin.

— René, nous avons été solidaires jusqu'à ce jour. Je propose que nous le restions jusqu'au bout.

Le calme Kapel n'avait pas osé refuser. L'impétueux Margulies avait décidé pour lui.

Et ce dernier, maintenant, marchait à grands pas. Kapel avait du mal à suivre, surtout avec sa cheville qui commençait à enfler. Il trouvait aussi que le troisième compère avait un air terrible. Isidore Kessler, un jeune Autrichien, membre actif de la Freies Orterreich (Autriche libre) était mal fagoté. Le béret noir qu'il portait sur la tête le rendait plus effrayant encore. Il ne parlait pas un mot de français. Arrêté à Lyon par la Gestapo et incarcéré au fort de Montluc, les Allemands lui avaient tout pris et, de surcroît, tondu complètement le crâne.

Quant à Marguliès qui parlait français avec un fort accent, Kapel savait que ses activités communistes étaient connues de la police et des services de sécurité allemands.

Il essayait de faire taire en lui la certitude que n'importe quel contrôle sérieux leur vaudrait au mieux d'être arrêtés de nouveau tous les trois, et au pire de passer au peloton d'exécution immédiatement. Les Allemands, à ce jour, ne devaient pas être d'humeur à s'embarrasser de formalités.

Kapel aurait préféré boitiller sur les routes de France, sans ces deux bâtons de dynamite qui galopaient devant lui. Marguliès, devant, en longues enjambées, avait désigné l'objectif : Paris, où il comptait retrouver Ida, sa femme. Kessler, qui avait récupéré de sa chute de train, le suivait comme il pouvait. Et derrière, le rabbin Kapel ne sentait plus sa jambe. Il avait l'impression, à chaque pas, de poser le pied sur un épais tapis de gazon.

Le stratège décida :

— René, nous allons continuer de filer à travers champs. Nous ne prendrons que les petits chemins, en évitant les grands axes.

— D'accord, acquiesça Kapel. Si la Wehrmacht est en déroute, il ne s'agit pas de tomber sur un contrôle.

La marche continua. Kapel jugeait Marguliès impitoyable. Il lui aurait bien proposé de faire des haltes régulières, toutes les deux heures, par exemple. Mais le petit déjeuner du matin semblait décupler les forces et l'énergie de ce grand diable qui allait devant, le regard perdu au loin, sur un Paris encore imaginaire, un mirage posé sur un horizon d'arbres.

Kessler ne parlait pas. Pas un muscle ne bougeait sur son visage anormalement blanc. Les traits tirés, il concentrait toute son attention à ses efforts pour avancer.

Kapel songeait que malgré ce qu'on aurait pu dire, rien ne semblait moins automatique que les mouvements de la marche. A chaque pas, il devait penser à soulever ses jambes. Il avait l'impression qu'elles devenaient de plus en plus lourdes. Il se fixait des buts précis, un arbre au loin, un tournant, un poteau. Il essayait même d'évaluer le nombre de pas qui le séparait de ces points de repère, et comptait, mentalement d'abord, puis tout haut.

Fourbu. Il se sentait fourbu, comme un cheval qui baisse le col et les oreilles. Il marchait voûté, l'échine en sueur, scandant chaque appui sur son pied gauche d'une brève grimace qui lui faisait mal aux muscles de la joue. Il se risqua à la contestation.

— Ecoute, Maurice, si tu continues à marcher ainsi, tu vas nous perdre tous les deux. Je ne peux te suivre comme cela jusqu'à Paris. Et puis d'ailleurs, dans nos efforts à prendre ton rythme, nous sommes à la queue leu leu à nous démener. Notre allure précipitée nous rend plus suspects encore.

Maurice Margulès s'arrêta et se mit à rire en regardant la petite mine de ses compagnons. Un rire immense, un rire de bonne santé, de liberté retrouvée, la première fois depuis des mois.

— Tu as raison. Prenons des airs de promeneurs au milieu de la débâcle, cela paraîtra plus naturel, plaisanta-t-il.

Il se laissa glisser à sa hauteur. Kessler marchait derrière. Pendant quelques minutes, Margulès s'appliqua à mesurer ses pas sur ceux de son ami. A son propre rythme, Kapel eut l'impression de revivre. Il lui semblait même que son pied lui faisait moins mal.

Mais, insensiblement, l'autre accéléra l'allure.

L'image du corps meurtri de sa femme, Ida, obsédait Margulès. Et ce départ pathétique de Drancy ! Cet appel désespéré. Ce « Mais où vas-tu ? » qui lui martelait la tête comme si elle lui reprochait de partir, de la laisser seule après ces épouvantables épreuves. Maurice Margulès sentait qu'elle était allée au bout de ce qu'on pouvait supporter. Il la sentait brisée. Il lui tardait de revoir son fils Jean, aussi. Il avait dû beaucoup changer ! Il avait quitté un bébé ou presque et allait retrouver un garçon de quatre ans !

Maurice reprit de l'avance, rageusement. Arriver à Paris sans plus écouter personne, le plus vite possible !

Kapel ne protesta même pas. Il reprit sa grimace saccadée derrière Kessler qui avait accéléré lui aussi et l'avait dépassé. En regardant ce dernier marcher devant lui, Kapel constata qu'il ne suffisait pas de porter un béret pour avoir l'air d'un Français. Ce béret-là, sur cette nuque rasée, ressemblait à un mauvais déguisement.

Les chemins étaient peu encombrés. Des paysans dans leurs champs levaient à peine le nez sur ces marcheurs insolites.

« Si cela pouvait durer ! » pensait Kapel.

L'indifférence lui parut alors la plus noble qualité qui fût. Oui, l'indifférence, avoir l'air de n'importe qui, n'importe quoi, et marcher sur les routes, sans que personne s'étonne ni demande quoi que ce soit. Il lui vint à l'esprit qu'en temps de paix, sans cette douleur au pied, il aurait trouvé la promenade agréable sur les flancs de ces côteaux de Champagne, à condition de n'avoir pas à suivre un athlète.

Kapel se traînait depuis des heures sur les chemins de la liberté.

Après ce qu'avait dit le paysan, le matin, Marguliès s'attendait à assister à une véritable débandade des troupes allemandes. Il avait imaginé des grappes d'hommes aux uniformes en lambeaux, accrochés à tout ce qui roule, emportés vers l'est dans un vacarme ininterrompu d'ordres hurlés et de ferraille.

Au lieu de cela, embusqués derrière un buisson, les fugitifs regardaient passer des petits bouts d'armée en ordre, des convois de quelques véhicules. Ils n'eurent pas de mal à traverser les routes, entre deux passages, courant comme du gibier, se dépêchant de disparaître le plus loin possible dans les champs, hors de portée de fusil.

Au coucher du soleil, Marguliès n'aurait su dire les kilomètres parcourus. Quarante ? Cinquante ? A son avis, ils avaient dû quitter la zone dangereuse. En supposant que leur évasion ait été découverte quelques minutes après leur saut dans la nuit, les S.S. de Brückler avaient dû sonner la chasse. Mais le train reparti, la Kommandantur de Saint-Quentin avait certainement pris la relève.

— Tu sais, René, dit-il en l'attendant, je crois que nous avons eu raison de marcher vite. Maintenant, on ne nous trouvera pas.

— Oui, reconnut Kapel.

Ils était trop fatigué pour discuter.

Il avait si mal à son pied qu'il ne le sentait plus. L'anesthésie parfaite : la douleur contre la douleur.

En arrivant devant une ferme, ils n'eurent pas le temps d'hésiter. Le chien qui aboyait derrière leurs jambes les poussait vers son maître. Celui-ci, deux seaux dans les mains, vint à leur rencontre au milieu de la cour.

Marguliès s'arrêta pour laisser Kapel s'avancer.

— Nous nous sommes évadés ce matin d'un train de déportés, dit-il, et nous avons marché toute la journée...

Le fermier ne le laissa pas continuer. Il jeta un bref coup d'œil alentour et les invita avec empressement :

— Venez, entrez, vite.

Il posa ses deux seaux devant la porte.

La femme ne les avait pas vus. Elle arrangeait un fagot de fournilles dans la cheminée. Lorsqu'elle se retourna, elle mit ses mains à sa poitrine en poussant un petit cri de surprise.

— Ce sont des évadés. On va les garder ici pour ce soir, rassura son mari.

Deux jeunes enfants apparurent. Ils ouvrirent grands les yeux devant ces étrangers. Surtout quand Kessler ôta son béret de son crâne rasé. Ils pouffèrent en se chuchotant leur découverte.

Kapel parla pour trois. Ses compagnons acquiesçaient de la tête à tout ce qu'il disait.

Du vin, un repas. Kapel prétexta leur extrême fatigue pour se coucher tôt.

Au matin, Kapel eut une bonne surprise. Sa cheville s'était dégonflée et il parvint à mettre sa chaussure sans trop de mal. A leur départ, les paysans indiquèrent un itinéraire de petites routes pour Paris.

Jusqu'à présent, l'escapade se déroulait sans problème. Les Allemands semblaient bien trop préoccupés par leur propre défaite pour se soucier de trois Juifs en cavale.

A l'instant où le gendarme français les interpella dans

le petit village, Kapel s'en voulut de sa trop grande confiance. Marguliès fit semblant de ne pas entendre. Mais l'autre insista :

— Vos papiers !

Kapel vint à sa hauteur, écartant discrètement ses compagnons. Heureusement ses papiers, on les lui avait laissés lors de son arrestation, et il les avait toujours gardés sur lui. C'étaient des faux papiers, bien sûr, enfin des faux vrais avec des tampons réglementaires.

Le gendarme les examina attentivement. Puis, dévisageant Marguliès et Kessler qui piétinaient à quelques mètres, il hocha la tête d'un air entendu. Son terrible accent du terroir sonna l'ordre le plus agréable que le rabbin ait jamais reçu :

— Allez, filez !

***

Le curé de Quillebois en faisait beaucoup. Michel Grilikhes et Klein avaient fini par s'adresser à lui. A cause de la soutane. Elle rassurait. Durant cette journée de marche, ils avaient traversé des endroits inhospitaliers pour atteindre Roye. On leur avait dit que les Anglais s'y trouvaient déjà. Quand ils y arrivèrent, la ville était en état de siège, des patrouilles, des blindés partout, mais allemands. Ils s'échappèrent par-derrière un bistrot, à travers les jardins, pour filer sur Compiègne. Plusieurs fois sur les chemins, ils s'étaient fait chasser à coups de fourches comme des vauriens. Les habitants se méfiaient. Dans la région, les Allemands envoyaient de faux parachutistes, de faux aviateurs, de faux évadés. Au début les gens les abritaient dans les fermes. Puis les faux Alliés demandaient à entrer en contact avec le groupement de résistance local. Remontant la filière, les Allemands infiltrèrent ainsi plusieurs réseaux et firent arrêter des résistants.

Le curé les accueillit, comme s'il les attendait.

— Monsieur le curé, nous sommes des prisonniers évadés. Est-ce que vous pouvez nous garder pour cette nuit ?

— Entrez, entrez ! dit l'hôte, ravi comme s'il venait de repêcher deux brebis égarées.

L'hospitalité faite homme.

Il leur fit préparer un dîner copieux qu'il servit lui-même, attentif à ce que ses invités ne manquent de rien. Une chambre avec un lit chacun. Un confort que les deux évadés avaient oublié depuis des mois.

Le lendemain matin, après le petit déjeuner, une musette chargée de victuailles sur le dos, ils saluèrent le curé qui parut soudain embarrassé :

— Voilà, expliqua-t-il... je souhaiterais que vous m'écriviez maintenant un témoignage dans lequel vous préciseriez que je vous ai abrités, vous, des prisonniers évadés.

— Mais volontiers, s'empressa Grilikhes. Donnez-moi du papier et un crayon.

Le garçon s'installa à la table et rendit ce petit service au curé. Lorsqu'il eut fini, il interrogea, par simple courtoisie :

— Mais, monsieur le curé, que voulez-vous en faire ?

Le curé s'empêtra dans une quinte de toux subite. Puis, d'un mouvement de main, il chassa par avance les mots qu'il allait prononcer.

— ... Parce que... la résistance locale à deux reprises, m'a fait parvenir un petit cercueil... Elle m'a condamné à mort.

***

Jacquel laissa filer ses deux compagnons de route, David Fischer et « le Marseillais », un Juif d'origine allemande vivant à Marseille. Depuis la répartition par petits groupes, après le petit déjeuner de la ferme, ils avaient fait tous trois une marche forcée toute la journée. Et le lendemain, Jacquel se sentit incapable de continuer à cette allure.

Ses deux compagnons étaient partis depuis plus de deux heures. Assis à la table d'un bistrot, Jacquel essayait de se persuader qu'il ne pouvait attendre ici la fin de la guerre. Il devait partir aussi. Mentalement, il passa en revue tous les gestes qu'il devait faire pour se lever. Reculer la chaise d'un coup de reins, s'appuyer sur la table, déplier ses genoux et se mettre debout. Il fit un essai.

Mais une fois debout, son corps resta bloqué. Il se laissa retomber sur son siège et commanda un autre café. Il lui restait encore un peu d'argent de la distribution avant l'évasion. Il s'accorda un nouveau répit.

Le liquide brûlant sembla tout refaire fonctionner, du

moins pour quelques minutes. Il se leva et s'éloigna sur la route de Compiègne, décidé à arrêter la première voiture.

Au bout de deux kilomètres, il entendit derrière lui un bruit de moteur. Machinalement, avant même de se retourner, il leva le bras. Quand il vit la voiture militaire allemande, il était trop tard.

Affectant le ton le plus détaché, il demanda :

— Je vais vers Paris. Pouvez-vous m'emmener ?

Il pratiquait l'humour sans le savoir. Depuis quelques heures, Paris commençait sa libération.

— *Ya, ya.*

Il n'osait plus reculer. D'ailleurs, il n'en avait plus la force. Il monta derrière. Des soldats de la Luftwaffe. Il se persuada que des aviateurs devaient être moins tatillons.

Jacquel prononça seulement quelques mots. Il expliqua qu'il allait retrouver de la famille. D'ailleurs, les Allemands n'en demandaient pas plus. Ils paraissaient avoir leurs propres soucis. Jacquel les « comprenait » et s'en réjouissait.

A la première attaque aérienne, il crut sa mort arrivée. Les aviateurs avaient l'habitude. Un coup de volant sur le côté, et tout le monde plongeait dans le fossé. Jacquel sauta avec beaucoup de retard.

La deuxième fois, il fut presque aussi rapide que les soldats à se retrouver le nez par terre, entre deux uniformes allemands qui se protégeaient. Ensuite, le jeune homme piquait comme à l'exercice, un pincement au cœur à cause du hasard malheureux, toujours possible : mourir comme cela, le nez dans le ruisseau, de la même mort que ses ennemis à côté de lui, mais d'une balle amie... et libre !

Lorsqu'ils arrivèrent à Compiègne, Jacquel avait parcouru, sans fatigue, près de cinquante kilomètres...

— Vous allez où ? demanda-t-il.

— A la Kommandantur, répondit le chauffeur.

Heureusement qu'il occupait le siège arrière. Au seul nom de « Kommandantur », Jacquel sursauta. Il avala sa salive.

— Moi, je suis arrivé. J'ai de la famille ici. Laissez-moi là à la première rue à droite.

La voiture s'arrêta, obéissante comme un taxi.

Jacquel descendit, gratifia le chauffeur d'un petit signe de tête :

— *Danke schön...*

Et il s'éloigna rapidement.

⁂

Vendredi 25 août, Noisy-le-Sec.

Marguliès, Kapel et Kessler en étaient à leur cinquième jour de marche. Devant le zinc d'un petit bistrot, ils buvaient un café noir matinal. Plus ils approchaient de Paris, et plus leurs silhouettes se confondaient avec la foule des grandes villes. Et puis, Paris était là, devant, à quelques kilomètres. En marchant vite, ils y seraient en début d'après-midi.

Marguliès avait envie de chanter. Neuf jours plus tôt, il embarquait dans ce wagon à bestiaux pour Pitchipoï, et aujourd'hui il était libre, comme n'importe quel client du matin en train de boire un jus, le petit coup de fouet final avant le dernier parcours. Une marche triomphale.

Kapel se disait qu'aujourd'hui vendredi, il allait gagner son pari lancé à César, l'autre jour dans le wagon :

— Vendredi, je serai à six heures, à l'office rue de la Victoire. Et toi, César, où iras-tu ?

César avait joué aussi :

— Je serai au temple Séphardi, rue Buffault.

Kapel songeait qu'il avait lancé ce pari comme un défi. Le rabbin jubilait à l'idée que tout cela allait se réaliser. Il jugea que ce n'était pas un défi, mais une prémonition, une inspiration divine, une grâce.

— J'espère que César pourra aussi tenir parole, dit-il à Marguliès, comme s'il se parlait à lui-même.

Maurice était impatient. La tasse aux lèvres, posté devant la fenêtre, il contemplait les convois allemands qui remontaient vers le nord. Il se repaissait en silence du spectacle grandiose qui se traînait sous ses yeux : la déroute d'une armée. Un lent et pénible cheminement d'hommes fourbus, hâves, suant sous la charge. Les uns à pied, une bicyclette à la main, poussant une cantine. Certains seuls et abandonnés. D'autres rassemblés par armes ou groupés selon les hasards de la rencontre. Des chaleureux, des songeurs. Des fiers encore, auxquels restait la force de se héler mutuellement, de s'encourager à rire pour sauver la face de leurs compagnons muets, battus, se supportant lamentablement en une marche sans sommeil, sans étape, droit devant soi, vers le nord.

C'était la défaite d'un pays, d'une idéologie.

Un vieux soldat quitta le rang, mit bas son chargement le long du trottoir, et s'assit, jambes repliées, se laissant dépasser par des loques d'hommes vaincus comme lui, exténués, hagards. Il n'en pouvait plus. La raillerie d'un gaillard l'excita pourtant. Il se releva, remit son sac au dos, et reprit la route, se retournant un instant sur la débandade à perte de vue de soldats sans conscience, masse grossissant sans fin. Et il suivit.

Les trois hommes reprirent la route.

A la sortie de la ville, Marguliès se mit à gesticuler en désignant un camion qui s'apprêtait à partir.

— Formidable, dit-il, ce camion va sûrement à Paris. Demandons au chauffeur de nous emmener, les vingt derniers kilomètres, on ne les fera pas à pied.

Kapel courut derrière lui.

— Tu es fou. A pied nous pouvons toujours nous mettre à l'abri, tandis qu'en camion, n'importe quel contrôle nous arrêtera, et nous aurons les pires ennuis. Pourquoi risquer de se faire prendre si près du but ?

Marguliès n'écoutait pas. Le camion s'arrêta. Le chauffeur fit signe de monter derrière. Il y avait déjà trois femmes installées sur des sacs. Kapel obéit à contrecœur. Le camion obliqua et prit la direction de Paris.

Au début, le rabbin frémissait à chaque passage de groupes d'Allemands. Mais après quelques minutes, il finit par avoir confiance. Toute cette route qui défilait sans effort, se refermant derrière le camion, ce petit air frais qui lui frictionnait les cheveux et le visage, c'était Paris qui approchait, Paris imminent, Paris dans un quart d'heure, la fin du voyage.

Maurice Marguliès avait eu raison, comme toujours, d'arrêter le camion. Kapel lui pardonnait sa fougue.

Ils arrivaient aux portes de Paris, quand droit devant eux, à une cinquantaine de mètres, une automitrailleuse allemande barra la route.

Le chauffeur freina brutalement, projetant ses passagers contre la cabine. Des soldats se précipitèrent, les entourant. Ils avaient l'air d'en vouloir seulement au camion. Un soldat grimpa sur la plate-forme et tira les sacs. Il les fouilla, sortant des pommes de terre, des carottes, des poireaux, puis tout à coup l'air triomphant, agita un revolver à bout de bras.

Kapel, Kessler et Margulliès se regardèrent anéantis. Un autre soldat rejoignit le premier et l'aida à vider complètement les sacs, révélant d'autres armes et des munitions.

On fit descendre tous les passagers. Jusqu'ici tout s'était bien passé. Paris était là, devant leurs yeux, et pour une imprudence, une connerie, ils allaient mourir. Kapel enrageait contre Margulliès.

Mourir. Margulliès en était persuadé. Il regarda autour de lui, ce coin de terre où s'arrêtait sa route, sa guerre, et sa vie. Avoir traversé tant d'épreuves pour finir là...

Courir. Un instant l'idée l'effleura. Mais il ne ferait pas dix mètres avant d'être abattu.

Les Allemands s'agitaient. Ils séparèrent les voyageurs, hommes à gauche, femmes à droite.

Mains sur la tête, le dos tourné sur un vaste terrain vague entouré d'une clôture de fils barbelés, les hommes attendaient. Devant eux, les soldats l'arme au pied, comme si, instinctivement, avant même qu'on leur en ait donné l'ordre, ils s'étaient formés en peloton d'exécution.

En voyant ces préparatifs, les trois femmes se mirent à pleurer. Le rabbin Kapel, par réflexe professionnel, se surprit à les consoler, à les encourager contre toute évidence :

— Mais non, ne pleurez pas, vous n'avez rien à craindre. Vous verrez que tout se terminera pour le mieux.

En cet instant il était terriblement persuadé du contraire. Margulliès et Kessler avaient l'air de renoncer. Ils prirent une posture raide, la dignité leur paraissant l'ultime forme de lutte au moment de mourir.

L'attente dura de longues minutes. Margulliès trouvait cela idiot, mais il réalisa qu'il avait des crampes aux bras à tenir ses mains sur la tête. Imperceptiblement, il tenta d'approcher ses doigts pour les croiser et les laisser glisser un peu plus bas vers la nuque.

Les fusilleurs semblaient n'attendre qu'un ordre pour les mettre en joue. Un officier se présenta enfin. Les prisonniers essayaient de deviner ce qu'il allait décider. Ils savaient leur vie suspendue à l'humeur de cet homme. Très calme, l'officier s'informa de la situation, et ordonna une fouille.

Marguliès comprit que si on ne trouvait pas d'armes sur eux, on les laisserait partir.

Les soldats ne trouvèrent rien. Ils baissèrent le canon de leurs armes. Les trois voyageurs étaient libres.

A grands pas péniblement retenus, Marguliès, Kapel et Kessler commencèrent à s'éloigner, la mort dans le dos, n'osant pas se retourner. Dix mètres, quinze, trente, l'impatience dans les jambes. Un coup de sifflet les faucha en pleine liberté. Les soldats se précipitèrent à nouveau sur eux et les ramenèrent.

L'officier expliqua en français :

— Ces hommes, dit-il désignant le chauffeur du camion et son compagnon, prétendent que c'est vous qui avez dissimulé à leur insu des armes et des munitions dans les sacs de pommes de terre.

Sous l'accusation, le doux Kapel devint farouche. Il s'emporta violemment dans un bref sermon improvisé.

— Chacun dans cette guerre a sa part de malheur, prêcha-t-il. La dignité de l'homme passe aussi par le sens de ses responsabilités. Il appartient à chacun d'assumer chacun de ses actes. Vous savez bien que nous ne sommes pour rien dans cette affaire. Ayez le courage, sinon de revendiquer vos actions, au moins de ne pas vous en décharger sur les autres...

Le chauffeur et son compagnon se taisaient. Kapel avait jeté toute sa persuasion avec son indignation. Il les regarda droit dans les yeux. Les deux hommes baissèrent la tête.

L'officier-juge fixait cet étrange procès d'assises. Après un bref silence, il s'était fait une intime conviction.

— Messieurs, vous pouvez partir.

Puis aux deux hommes :

— Vous deux restez.

Ils appuyèrent le pas, prêt à sauter dans le fossé à la première détonation. Marguliès imaginait que ce pouvait bien être dans la manière des nazis, fusiller dans le dos. Au premier carrefour, ils bifurquèrent à gauche. Ils écoutèrent quelques minutes la possible exécution des résistants... rien.

— J'espère qu'ils s'en tireront, pria Kapel.

La route passa devant le fort de Romainville, et les conduisit directement porte des Lilas. Il était midi.

Le quartier était en liesse. Marguliès eut l'étrange

impression qu'après des années grises et noires, la vie aujourd'hui se regardait en couleurs. Outre les fenêtres pavoisées de drapeaux français, tout avait l'air bleu, blanc, rouge. Bleu le ciel d'août, blanches les rues de Paris, rouge la joie qu'il respirait. Cette joie s'accordait bien avec ce merveilleux désordre de foule enthousiaste qui dansait, buvait, s'enlaçait, s'embrassait. Elle donnait un seul visage à tous. Le bonheur d'un instant.

René Kapel, Maurice Margulies et Isidore Kessler se laissèrent porter par cette multitude d'inconnus où chacun avait l'air d'escorter l'autre au triomphe. Ils pleuraient, telles des midinettes émues, sans se cacher, parce que la vie avait enfin le droit de demander cela à leur corps.

La guerre mourait avec ces barricades partout dans les rues. Des petits bouts de guerre qui ne servaient plus à rien, songeait Marguliès. Place de la République, les Parisiens, badauds, regardaient les soubresauts de la terrible armée allemande, comme un grand final d'opérette.

— Au revoir Isidore.

— Au revoir Maurice.

— Au revoir René.

Les trois compagnons s'embrassèrent. Ils avaient réussi. Isidore Kessler partit sur Drancy à la recherche de sa fille.

Kapel, la paix au cœur, arriva à la synagogue au 44 rue de la Victoire.

Les fidèles se retiraient. Ils étaient une trentaine, rayonnants. Parmi eux, l'officiant, Isaac. En apercevant Kapel, ce dernier, de sa voix lourde à l'accent alsacien, lui lança comme on retrouve un ami quitté la veille après un bon dîner :

— Tiens, que faites-vous par ici ?

— Quelle heure est-il ? demanda Kapel.

— Sept heures moins le quart. Pourquoi ?

René Kapel avait raté son rendez-vous de trois quarts d'heure.

Au même moment, Maurice Marguliès frappait à la porte de l'appartement de deux amis. Il avait encore de la chance.

C'est Ida qui vint ouvrir.

— Tu vois, lui dit-il, me voilà ! Ce n'était pas la peine que tu viennes avec moi.

Ida se jeta dans ses bras.

*
**

Le même soir, une heure plus tard, trois autres marcheurs épuisés arrivaient à Fontenay-sous-Bois. Leur terrible marathon allait aussi prendre fin. Pour quelques heures de courage en moins, ils manqueraient la première journée de la libération de Paris. Ils n'avaient pas, il est vrai, à suivre les traces d'un lièvre athlétique nommé Marguliès.

César Chamay, André Amar et Avramescot, un Juif roumain, ancien de la guerre d'Espagne et membre des F.T.P., décidèrent de repousser au lendemain leur entrée dans une capitale qu'ils ne savaient pas encore libérée.

Chaque soir, depuis quatre jours, le même scénario avait recommencé. Les trois hommes choisissaient, avant la tombée de la nuit, une ferme isolée, rajustaient leur mise, et Amar se présentait :

— Nous ne sommes pas des voyous, nous venons de nous évader d'un train de prisonniers. Pouvez-vous nous accorder de quoi dormir et quelque chose à manger ?

Ils avaient presque toujours reçu une hospitalité bienveillante. Un soir pourtant, on les accueillit presque du bout du pied. La ferme était splendide. Pour les trois fugitifs tiraillés par la faim, le choix de cette somptueuse bâtisse avec ses longues dépendances parut chargé des promesses d'un bon gîte et d'un bon couvert. Amar avait répété sa petite explication :

— ... Est-ce que vous pouvez nous donner quelque chose à manger ?

Impassible sur le seuil de la porte, le maître de maison avait répondu :

— Non. Je n'ai rien.

Décontenancé, Amar poursuivit :

— ... peut-être alors pouvez-vous quand même nous loger pour la nuit ?

— Allez dans l'étable.

Ils n'insistèrent pas, se contentant de faire taire leurs estomacs geignards sur une litière de paille, enveloppés de la tiédeur forte des vaches secouant leurs chaînes.

Le lendemain matin, ils se présentèrent à nouveau devant le fermier et le remercièrent laconiquement.

— Merci pour votre hospitalité. Si par hasard, vous

aviez pour nous un morceau de pain, nous vous en serions très reconnaissants.

L'homme consentit au bout de pain sec, puis se mit à les questionner. S'adressant à Amar, il demanda :

— Quel était votre métier avant la guerre ?

— Professeur.

— Et vous ? en se tournant vers Avramescot.

— Architecte.

— Moi, je suis banquier, fit César.

Ce fut alors comme s'il venait de prononcer une formule magique. Subitement apparurent beurre, confiture, lait, café, fromage, jambon. Du seul mot de « banquier », César venait d'enrichir le « pauvre » fermier. Celui-ci, dédaignant les autres, ne s'intéressa plus qu'à lui. Amar et Avramescot assistèrent, amusés, à la naissance d'une « amitié » révélée en quelques secondes. L'homme se fit empressé et courtois, obséquieux et... lamentable.

Quand le banquier César voulut payer, le maître refusa avec autorité :

— Il n'en est pas question.

Mais il n'oublia pas de demander son nom et son adresse.

Pendant qu'ils s'éloignaient, César affirma à André Amar :

— Tu peux être certain que ce type-là va m'écrire dans les prochaines semaines, pour me demander de l'argent...

Mais la guerre leur avait réservé une ultime grande frayeur. Depuis le début de la marche, en effet, en costume chic et escarpins de cérémonie, tenue dans laquelle il comptait honorer ses hôtes anglais de la rue Erlanger, l'élégant César boitait bas. Ses petits souliers se révélaient tout à fait impropres à une marche forcée. De plus, l'une de ses fines socquettes avait dû faire un mauvais pli, puisque dès le premier soir il découvrit sous son pied une ampoule comme jamais il n'aurait osé l'imaginer.

Depuis le premier jour, César Chamay traînait donc à quelques dizaines de mètres en arrière d'André Amar et d'Avramescot. Ils étaient tous trois habitués à ne plus sursauter au passage des convois allemands jusqu'à ce que, le quatrième jour, une automitrailleuse se soit arrêtée au niveau des deux premiers.

— *Nageln ?* fit un des Allemands.

Ils étaient menaçants. Amar ne comprenait pas. Le soldat

répéta en descendant près d'eux tandis qu'un autre les tenait sous sa mitraillette.

— *Nageln ? Nageln ?*

Avramescot traduisit.

— Ils demandent si on a des clous.

Amar fit non de la tête.

Avramescot s'expliqua en allemand et traduisit encore :

— Ils cherchent tous ceux qui ont des clous. Les résistants jettent des clous sur la route pour crever leurs pneus et les retarder.

— *Nein Nageln !* fit Avramescot.

Les soldats hésitèrent, fouillèrent rapidement les deux hommes, puis remontèrent. L'automitrailleuse démarra.

Juste à cet instant, César arriva à la hauteur de ses deux compagnons en boitillant :

— Qu'est-ce qu'ils voulaient ?

— Des clous ! Ils cherchent des clous.

César enfonça la main dans sa poche et, triomphant, sortit une poignée de clous en criant :

— Des clous, en voilà !

Amar et Avramescot se retournèrent, livides. A quelques dizaines de mètres, l'automitrailleuse prenait de la vitesse.

— Tu vas nous faire fusiller, se reprit Amar. Et d'où tiens-tu ça ?

— Un S.S. me les a donnés en montant dans le wagon à Bobigny, en partant. Pour accrocher les vêtements pendant le voyage, qu'ils ont dit.

Il les jeta sur la route en riant.

— Au moins qu'ils servent à quelque chose.

De tous les coups de dés qu'il avait eu à subir, André Amar pensa que celui-là était de loin le plus tragique...

Devant le bistrot de Fontenay-sous-Bois, le patron allait fermer ses portes.

— Entrez vite, et allez-vous installer là-haut, leur dit-il.

A quelques rues plus loin, les combats continuaient, mais André Amar, César Chamay et Avramescot savaient que cette fois, la guerre était finie pour eux. Il était sept heures du soir.

Le lendemain, à leur réveil, le patron avait pavoisé sa fenêtre de drapeaux français.

Les trois hommes refirent le trajet de Drancy à Bobigny.

Une marche pleine de ces visages de condamnés à mort dans une prison de schupos, comme ils l'avaient faite dix jours plus tôt.

André Amar téléphona à sa femme. Puis à son arrivée son premier geste fut de grimper sur le toit de la banque de son père, la banque Amar, au coin de la rue de la Chaussée d'Antin et du boulevard Haussmann, et d'y planter le drapeau français.

Avramescot partit rejoindre ses amis F.T.P.

Quant à César, il s'attarda un peu. Il trouvait Paris merveilleux. Il faisait beau. Toutes les femmes étaient belles. Elles portaient des jupes tyroliennes avec des bretelles croisées dans le dos, et faisaient du vélo. Il se précipita dans le seul endroit d'où il pouvait téléphoner sans payer, un endroit dont il était un peu l'enfant chéri. C'était le *Ritz* où le fils prodigue revenait.

Pour César, la boucle se refermait. Il laissait la guerre exactement là où elle l'avait pris, trois ans plus tôt.

***

A Lesdins et Morcourt, tout le monde parlait de l'événement de la nuit à voix basse. La zone d'évasion s'étirait sur plus de deux kilomètres. Les sentinelles allemandes qui gardaient le pont du canal révélèrent qu'au moins vingt-deux personnes s'étaient échappées du train.

Flamant se leva de table. Il avait fait un de ces repas qui agitaient depuis longtemps ses rêves de détenu. Il se dirigea vers le fauteuil, s'y laissa tomber, allongea ses jambes, et lentement tira une bouffée de cigarette, puis une autre, l'esprit bientôt assoupi.

Le soir même, une voiture vint le chercher. Il fallait quitter Morcourt. Le village en savait trop. On le conduisit à Saint-Quentin chez une vieille dame. Une chambre toute prête, un lavabo, un lit. Il retrouvait des gestes simples, des gestes d'homme libre, se déshabilla, enfila un pyjama, se glissa entre deux draps frais, propres et blancs, se laissa balancer sur les ressorts, éteignit la lumière...

Le lendemain, un billet plié en quatre l'attendait sur le buffet :

« Salut, compagnon ! Tout a bien marché, courage et bonne chance. Henri. »

Henri Pohorylès arriva bientôt, les deux hommes s'embrassèrent, les larmes aux yeux. Ils riaient sans raison, avant même de se parler. Le miracle, c'était d'être là, à manger, dormir, être vêtus, soignés. Henri avait le teint terreux. Transporté lui aussi à Saint-Quentin la veille, il était sorti de sa cachette pour aller consulter un médecin. Ce dernier lui apprit une bonne nouvelle : malgré son état de fatigue extrême, il y avait eu cicatrisation d'une plaie pulmonaire contractée au cours du supplice de la baignoire.

Pendant presque une semaine, les évadés de Saint-Quentin tournèrent dans la ville. Toujours prévenus à temps, ils changeaient d'appartement. Lorsque la Gestapo arrivait dans leurs refuges précédents, ils étaient déjà partis.

La nouvelle, cette fois, était officielle. Paris libéré.

Dans la clinique du Dr Hébert, Philippe et Rose-Marie Kohn. Dans un autre appartement voisin, la princesse Galitzine. Ailleurs Henri Pohorylès. Et Flamant chez Fernand. Tous, derrière les fenêtres, regardaient sur la route une marée verdâtre déferler sur la ville. Les rues étaient habillées d'uniformes, de toutes les teintes et de toutes les coupes. Désordre de régiments, d'armées et de grades déjectant vers l'est un vomissement continu d'hommes verts, gris, kaki, mettant la ville sens dessus dessous, et semant la panique sur leur passage. Soldats rageurs que le départ échauffait, et qui se jetaient sur les vélos, les voitures, les carrioles, les chevaux, forçant les portes des maisons, essayant les clefs des granges, fouillant, pillant, hurlant, ricanant, volant n'importe quoi, postes de T.S.F. et machines à coudre...

Hommes lourds, rogues, sauvages. « Bientôt nous ici », lançaient quelques-uns en guise d'adieu.

Encore la déroute d'une armée.

Samedi 2 septembre.

Le calme sur la route. Plus un soldat. Plus un convoi. Parfois des motocyclettes dans les deux sens. Soudain un roulement de ferraille fit distinctement trembler la terre. Les chars américains arrivaient.

Emergeant d'un nuage de vacarme, juchés sur le char de tête, cavaliers superbes chevauchant un monstre de fer, deux civils menaient la colonne. Ernest Appenzeller et le général Jean Frydman. Ce dernier avait coupé les jambes de ses pantalons pour franchir les lignes allemandes, affectant l'air d'un gamin qui rentre chez lui.

Les deux jeunes gens qui, séparément, avaient traversé la zone des combats pour rejoindre les Américains sur la route de Laon, faisaient leur entrée de libérateurs dans Saint-Quentin.

Philippe Kohn sauta sur le second char et s'accola à la tourelle. Il serrait un pistolet dans son poing.

CHAPITRE 24

Metta s'acharnait.

— Je veux savoir. Peut-être qu'il s'est passé quelque chose ensuite. Que Cor a réussi !

Elle nota chaque étape du parcours, avec une frénésie désespérée.

« Busigny, départ 18 h 10. Jeumont 21 h 08, départ 23 heures. En Belgique, le train devint le 96 163. Erquelin. Départ 23 h 52. Un sabotage à la Buissière immobilise le train quatre heures. Charleroi 22 août. Arrivée 5 h 14. Départ 5 h 38. Jemmapes-sur-Sambre, Gembloux, Namur 10 h 10. Le numéro change à nouveau : 99 891, départ 13 h 40. Flumade, Heurte, Liège, Guillemier. Arrivée 21 h 36. Départ 23 h 05. Dernier numéro : 84 973. »

Henri Pohorylès la suppliait d'arrêter cette course folle, de s'accrocher à ce rêve insensé. Il fallait se rendre à l'évidence. Cor n'avait pas sauté.

— Attendons encore un peu, les Américains vont le libérer.

A Heberstal, gare frontière, Metta resta immobile sur le bord de la voie. Elle regarda longuement ces deux rails parallèles qui au loin semblaient se rejoindre, là-bas, de l'autre côté de la frontière, en Allemagne. Cor était passé là. Elle ne pouvait plus rien pour lui. Des hoquets secouèrent ses épaules et ses bras. Elle abandonnait. Metta la douce, Metta l'obstinée, vaincue, pleurait sur le quai de la gare. Elle n'avait même pas pu voir partir son gentil voyageur.

Brunner venait de gagner son dernier effroyable pari.

***

Le 25 août, à l'instant où le rabbin Kapel, Marguliès et Kessler pleuraient de joie en débouchant place de la République, la locomotive du convoi 84 973 soupirait en gare de Weimar, crachant péniblement son dernier souffle comme un dragon épuisé.

La porte du dernier wagon s'ouvrit sur Brückler, un papier à la main. Il procéda à un appel des déportés, puis refit une liste neuve, escamotant ainsi l'évasion qui avait vidé la moitié de son chargement.

En descendant sur le quai, Armand Kohn comprit enfin qu'il avait toujours fait un mauvais calcul. Des S.S. rangeaient d'un côté les hommes, de l'autre les femmes, avec son plus jeune fils Georges-André. Il fit les quelques pas qui le séparaient des siens, et les embrassa longuement, en leur prodiguant des encouragements inintelligibles. Puis il suivit la colonne, le dernier, portant sa valise et une serviette de cuir. Il se retourna plusieurs fois sur le petit groupe, cherchant à fixer dans sa mémoire une dernière image de ces visages aimés. Il réalisa qu'il avait tout perdu.

Après tant de mois d'un entêtement qui parut lui réussir jusqu'au dernier instant, la guerre, en quatre jours, lui enlevait tous les membres de sa famille, les uns après les autres. Il se rappelait cette phrase sentencieuse qui avait constitué jusqu'à cet instant la base de son raisonnement :

— Tant que nous resterons ensemble, il ne pourra rien nous arriver !

Aujourd'hui, il se retrouvait seul.

Avec les hommes, il monta dans un autre train, un autre wagon à bestiaux, occupé déjà par d'autres prisonniers.

Les hommes du dernier wagon arrivaient au terme de leur voyage. Ce « Pitchipoï »-là s'appelait Buchenwald.

En passant la grille de fer, Cor lut cette inscription : *Recht Oder Unrecht Mein Vaterland* (A bon droit ou à tort, ma patrie).

Ils s'étaient partagé le matériel pour le trajet à pied, du wagon aux baraquements : couvertures, vivres et valises. Ils débarquaient comme des voyageurs, les bras chargés, la marche indécise, découvrant un nouvel univers.

Les êtres qui l'habitaient paraissaient d'une espèce différente. Crânes rasés et corps maigres perdus dans de drôles d'uniformes blanc et bleu, rayés tels des pyjamas. Ils ne parlaient pas et glissaient comme des spectres, le regard agrandi, fixé sur leur monde intérieur.

Ils traversèrent l'*Appelplatz*. Il y avait un arbre, un seul. « L'Arbre de Goethe. » Une légende courait à son sujet. Elle disait : « Lorsque cet arbre tombera, l'empire allemand s'écroulera. » Les S.S. l'avaient gardé, par superstition. Il était le seul arbre de tout le camp.

Ils entrèrent dans une baraque et furent abandonnés quelques heures.

Comme s'il ne se passait rien de nouveau, le pieux Mizrahi continuait ses prières et le vieux Namias lui répondait.

Jusqu'à présent, la déportation ne s'était refermée sur eux qu'avec cette grille à l'entrée, et ils se sentaient toujours des « étrangers ». Buchenwald et son règlement ne les atteignait pas encore. Mais en entrant dans la baraque des inscriptions, Cor, Kohn, Tzippy, Nanoo, Bloch, Schmidt, Zyman, Mandelbaum, Hirsh, Asher comprirent que la déportation commençait. Le camp venait d'être bombardé quelques heures plus tôt. Cor, Tzippy et quelques autres profitèrent de l'inquiétude qui suivit pour se déclarer Hollandais et non pas Juifs. Chacun dut déposer tous ses bagages.

En découvrant la collection impressionnante de stylos que laissait Armand Kohn, Tzippy ne put s'empêcher de lui demander :

— Mais à quoi ils vous servent tous ?

Patiemment, Armand Kohn lui expliqua que chacun d'entre eux avait un usage précis. L'un pour la secrétaire, un autre pour les factures, un troisième pour signer, un quatrième pour écrire...

Les kapos lui enlevèrent tout.

Ils furent ensuite conduits à la douche. Ils se déshabillèrent. Lorsqu'ils ressortirent, toujours nus, ils furent rasés complètement sur tout le corps puis aspergés d'un produit blanc désinfectant. A leur retour, ils trouvèrent à la place de leurs vêtements les costumes rayés semblables à ceux des ombres qui traversaient les allées. Ils hésitèrent puis se résignèrent. Ils se regardèrent, cherchant chacun sur le visage des autres l'étonnement de sa propre allure. Cor semblait seul ne pas avoir changé, de tête au moins. Déjà presque chauve, la tondeuse n'avait pu transformer sa physionomie. Ils mirent leurs pieds dans des sabots de bois et touchèrent leurs numéros matricules. Cor devint le prisonnier politique 54 576.

***

Sur le quai de la gare de Weimar, la vieille dame portait plainte.

Elle avait accumulé assez d'agressivité pour se livrer à ce qu'elle croyait une démarche naturelle. Se plaindre. Elle s'indignait des conditions intolérables dans lesquelles s'était effectué son voyage :

— D'habitude, monsieur, quand je voyage, c'est toujours en première classe.

L'officier auquel elle s'adressait, manifestement, ne comprenait pas ce que lui voulait cette Juive. Il ordonna le départ. Paula suivit le groupe, la grand-mère Kohn entourée de sa belle-fille, sa petite-fille Antoinette, son petit-fils Georges-André, et Simone Schmidt.

L'organisation d'accueil sembla hésiter. Les femmes et l'enfant finirent par être conduits au siège de la police de Weimar qui les garda en prison pendant dix jours. Durant le trajet, Paula avait arraché son étoile, et réussi à se faire inscrire comme politique.

Les cinq femmes reprirent un nouveau train pour Birkenau. En descendant, Paula fut entraînée le long de la voie par un fleuve silencieux de femmes et d'enfants. Elle se rapprochait de ces uniformes qui, à l'autre bout du quai, canalisaient cette foule en marche. Une file à droite, une file à gauche. Elle se demandait ce qui était préférable, et ne voulait pas être désignée d'un côté ou de l'autre sans savoir ce que cela signifiait.

Comme elle passait à son tour devant un homme en civil, souriant, élégant, désinvolte, qui semblait commander le tout, elle demanda en allemand :

— A quoi ça sert ces deux rangées ?

L'homme, calmement, mais avec autorité, lui fit signe de continuer du même côté, à gauche. Paula obéit.

Elle devait apprendre plus tard que l'homme près duquel elle se proposait de s'enquérir sur sa destinée était le Dr Mengele.

Elle regarda les gens de droite. Des femmes passaient dans leurs rangs avec des paniers, distribuant du chocolat pour les enfants, et du rouge à lèvres pour les mères. Elle jugea à ces attentions qu'elle était tombée du mauvais côté. Elle ignorait que dans le quart d'heure qui suivait, tous entreraient dans la chambre à gaz. Le chocolat et le rouge à lèvres n'étant que l'ultime étape de « l'induction en erreur » mise au point par les organisateurs machiavéliques de la solution finale.

Georges-André Kohn fut arraché de sa mère. Ce que son frère Philippe n'avait pas réussi à faire durant le trajet, juste avant de sauter, un S.S. l'accomplit, sans ménagement. Le garçon tenait sa mère par la main. Le S.S. trancha cette chaîne d'amour d'un coup de poignet. L'enfant regarda sa mère en l'appelant, la mère regarda l'enfant en pleurant. Il fut emmené, seul, petit homme de douze ans, dans le camp des hommes.

Lorsqu'il entra à l'Arbeitslager (camp D), son arrivée fit l'effet d'une apparition. Chemise blanche, pantalon de flanelle grise, blazer bleu marine, avec sa valise à la main, il paraissait apporter un peu de cette liberté récente qui lui collait encore aux vêtements. Les détenus s'ingénièrent à lui faire oublier l'endroit où il se trouvait, et à lui cacher le plus longtemps possible ce qui s'y passait.

Son chagrin pourtant était inconsolable. Il était séparé de sa mère, restée au Fraulager (camp des femmes), juste en face, de l'autre côté de la voie de chemin de fer. Il put profiter de l'organisation clandestine du camp et faire passer des lettres, et en recevoir aussi. La correspondance dura six semaines. Puis un jour, il ne reçut plus de réponse. Autour de lui, les prisonniers essayèrent de le rassurer, tout en sachant ce que signifiait ce silence.

⁂

Lorsqu'elles arrivaient, les lettres de Georges-André apportaient un grand réconfort à sa mère. Il ne se plaignait pas et paraissait en bonne santé. Mais, entre ces lignes qui se voulaient rassurantes, elle devinait l'immense désarroi de son garçon. Elle savait au moins où il vivait, là-bas, juste en face.

Avec sa fille Antoinette, elles regardaient souvent pardessus les barbelés, de l'autre côté, ces baraques où battait un morceau de leur cœur. Il était si près, et pourtant si loin... un monde infranchissable, que ce carré de ciel sombre traversé par les oiseaux...

Vers la mi-octobre, le camp organisa une sélection de trois mille femmes désignées pour partir travailler.

La grand-mère Kohn, trop âgée, ne fut pas retenue. Ainsi s'arrêta le voyage de la vieille dame. Mme Marie-Jeanne Kohn, soixante-douze ans, ne fit que quelques centaines de pas, juste ce qu'il fallait pour se rendre à la chambre à gaz.

Simone Schmidt resta à Birkenau, employée à l'infirmerie. Affectée à Dresde, dans une usine de Junkers, Paula participa à la fabrication de pièces de moteurs. Mme Armand Kohn et sa fille Antoinette prirent le convoi de Bergen-Belsen. Dès les premiers jours, Antoinette se fit voler sa couverture. Elle n'osa pas la reprendre. Elle n'osa pas non plus, par charité, disputer chaque jour sa propre ration de maigre nourriture. Elle s'affaiblit rapidement, et la fille des « otages-bourgeois » mourut de faim. Sa mère ne survécut pas à son agonie et la suivit deux semaines plus tard.

⁂

Au camp des hommes aussi eut lieu une sélection. Elle visait les enfants. Georges-André, bien qu'en bonne santé, paraissait faible et courait donc le risque d'être choisi. Des médecins français de l'infirmerie maquillèrent le garçon pour qu'il parût avoir une mine éclatante. Il passa au travers. L'hiver arriva. Avec lui, le froid, la neige et le vent. Georges-André était l'objet de sollicitudes toutes spéciales de la part de ses compagnons qui le considéraient tous comme leur jeune frère. Ils lui trouvèrent des vêtements chauds et même, ce qui était rarissime, une solide paire de chaussures pour protéger ses pieds de l'humidité.

Il travaillait au Rollwagen. Attelé à une petite carriole, il charriait les ordures et le bois de chauffage, quelquefois du charbon. Le kapo, un Allemand, était un braillard, mais ne frappait pas.

Le gamin tirait sa charrette dans le vent glacé, indéfiniment.

***

Dès leur arrivée, le vieux Namias et le pieux Mizrahi refusèrent la maigre nourriture du camp. Ils ne la jugeaient pas conforme aux prescriptions de la Loi sainte. Ils se laissèrent mourir en priant. Ils ne furent désignés pour aucun commando, et personne ne les revit jamais.

Tzippy fut expédié au travail dans une usine d'avions.

Nanoo (Kurt Reillinger) fut envoyé d'un autre côté. Hirsh et Asher disparurent. Benjamin Zyman rejoignit à Dora un autre compagnon de voyage, Charles Mendelbaum.

Le dernier wagon pour Pitchipoï avait éclaté. Les déportés de la dernière heure se fondirent avec les dizaines de milliers d'autres malheureux. Lorsqu'ils quittèrent Paris, la liberté avançait. Elle était toute proche. Ils l'avaient entendue arriver à coups de canons. Mais le convoi de Brunner avait roulé plus vite et ils lui avaient échappé. Là, la neige, le vent, le froid donnaient à tous les camps nazis l'aspect d'une éternité glacée.

***

Le kapo n'était pas content. Le détenu 54 576 ne se montrait pas à la hauteur de la tâche qu'il lui avait confiée. Pourtant, cela lui paraissait facile, comme tout le reste au camp, d'ailleurs. Il n'y avait rien qu'on ne pouvait obtenir d'un déporté avec des coups de gueule, des coups de bottes et de nerfs de bœuf. Sa philosophie personnelle s'arrêtait à ces considérations de base. Tous obéissaient, pourvu qu'on sût se faire obéir. De même qu'il estimait suffisantes les deux rations de trois quarts de litre de soupe claire, et le morceau de pain de deux cents grammes qu'il faisait distribuer pour la journée. C'était bien assez pour ces prisonniers. Lui-même pouvait toujours s'arranger pour manger son contenu. Mais c'était cela le problème. Il aurait tout ce qu'il voudrait à condition que son bloc marchât convenablement ; mais le détenu 54 576 ne manifestait aucun zèle, à tel point que la chambrée se foutait pas mal de la discipline.

Au premier abord, le kapo avait cru pourtant discerner en lui une autorité qui l'aurait bien secondé. Il paraissait sérieux, efficace. Le kapo l'avait nommé chef de chambre. Il s'était trompé.

Un matin, alors qu'il partait comme d'habitude, depuis des semaines, travailler à l'usine de Bochum, le détenu 54 576, Cor, fut avisé qu'il était démis de ses fonctions, pour manque de sévérité.

***

Son ouvrage avait un air « d'à peu près ».

— J'espère que cela tiendra quelque temps, dit Armand Kohn.

D'un coup de dents, il cassa le fil et tendit les deux chaussettes grossièrement reprisées à son compagnon en pyjama rayé, assis sur sa couchette.

— Tenez !

— Merci.

Marcel Bloch prit les chaussettes et les enfila. Armand Kohn le regarda faire quelques pas, pour les essayer, soudain saisi d'une sorte de commisération pour ce personnage étonnant, génial constructeur d'avions, mais qui ne savait rien faire de ses dix doigts. Il paraissait plus vulnérable que les autres, totalement démuni, visiblement dépassé par les problèmes que posait la vie quotidienne au camp, et incapable de les affronter avec réalisme.

Des hommes du dernier wagon, ils restaient tous deux les seuls à n'avoir pas d'affectation précise. Ils n'appartenaient à aucun commando, et ne travaillaient pas. Après un bref séjour de quelques semaines en compagnie de Georges Schmidt à Witten, entre Essen et Dortmund, dans la Ruhr où il fabriquait des pièces de moteurs, Armand Kohn avait été ramené à Buchenwald. Ils étaient des otages, victimes désignées en premier pour des représailles.

***

Mars 1945.

Un prisonnier comme les autres traversait l'*Appelplatz* du camp de Buchenwald, avec sur le côté gauche de sa veste rayée, juste au-dessus du cœur, un triangle rouge avec la pointe renversée, frappé d'une lettre noire « F ». Le déporté politique français Marcel Bloch se rendait à sa convocation pour mourir.

Avec trente-neuf autres otages comme lui, il avait été désigné pour un rendez-vous dont personne ne doutait de l'issue : la potence.

Les épaules affaissées, considérablement amaigri, malade, il tenait encore debout grâce aux doses massives de sulfamides que des camarades de l'infirmerie lui avaient administrées. Il réalisait qu'à quelques jours près, cette fois encore, les Alliés arriveraient trop tard pour lui. Après la libération de Paris, il raterait aussi celle de Buchenwald. Mais cette fois, de la façon la plus définitive.

Pourtant, il crut bien de longues semaines échapper à tous les dangers de la vie du camp. Il y eut d'abord sa planque à l'infirmerie, chez les dysentériques. Un infirmier, Roger Bellon, le fit porter malade, sachant qu'il ne l'était pas, lui permettant ainsi de rester à l'abri. Une pause de quelques jours. Finalement, le médecin français qui dirigeait le bloc fut remplacé par un Tchécoslovaque qui découvrit la supercherie et le renvoya, lui et les autres resquilleurs.

Plus tard, un médecin S.S., qui le reconnut grâce à sa fiche signalétique prévint le commandant du camp, et lui fit l'honneur de plaider la cause de ce « junker » français. On lui offrit même le statut d'Aryen honoraire avec exemption de toutes les brimades réservées aux déportés, s'il acceptait de travailler pour le Reich. Il refusa, et fut enfermé avec deux cents prisonniers mécaniciens, à attendre l'ordre de départ vers une usine d'avions Focke-Wulf à Hanovre. Marcel Bloch réussit à y échapper en se faisant de nouveau admettre à l'infirmerie. Lorsqu'il en ressortit, il avait attrapé la diphtérie.

L'homme qui, dans le dernier wagon, choisit de « suivre le calvaire de la France jusqu'au bout » arrivait au terme de son propre cauchemar.

Devant le bureau des S.S., il s'étonna, il était seul. Il entra. Un S.S. lui demanda :

— Où sont les autres ?

Marcel Bloch secoua la tête.

Deux hommes s'amusèrent à le rouer de coups. Au même instant, la sirène hurla. Une alerte. Le prisonnier fut renvoyé dehors à coups de bottes.

De tous les otages désignés pour mourir ce jour-là, il était venu le seul au rendez-vous. Les autres étaient restés cachés dans les baraquements. Il était le seul à ignorer l'existence d'un plan destiné à échapper au gibet.

Mais une attaque aérienne venait de lui sauver la vie.

***

Le destin de Georges-André Kohn s'acharnait à en faire un « choisi ». Un jour le kapo lui commanda de laisser là sa carriole et il ne rentra pas au baraquement. On lui fit traverser l'Allemagne, jusqu'à Neuengamme, près de Hambourg. A peine arrivé dans son nouveau camp, il crut être malade puisqu'il fut conduit dans un bâtiment annexe de l'infirmerie où il retrouva dix-neuf autres enfants de cinq à douze ans. Il y avait une petite Française du même âge que lui, elle s'appelait Morgenstern. Elle était de Paris aussi, en compagnie de deux médecins français, prisonniers, le professeur Quenouille de Paris et le docteur Florence de Lyon. Les deux hommes adoucissaient la discipline du S.S. Heissmayer. Le changement d'avec Birkenau fut radical, il était bien nourri, ne travaillait plus, et semblait l'objet d'attentions toutes particulières comme tous ses petits amis. Les seuls moments pénibles consistaient en ces séances de piqûres qu'il devait subir régulièrement, avec les examens qui s'ensuivaient.

Il ignorait qu'il offrait ainsi son corps et sa vie aux

expériences du médecin S.S. Trzebinski. Un cobaye dans un laboratoire. Ce dernier avait tiré des camps quelques « spécimens » pour expérimenter une « trouvaille » qu'il avait faite. Il pratiquait sur les enfants des injections sous-cutanées de germes tuberculeux. Ce traitement, pensait-il, devait permettre de guérir la tuberculose du poumon qu'il leur avait au préalable inoculée.

Le 20 avril, aux premiers coups de canons, le Dr Trzebinski évacua ses cobayes dans la Bullen Husser-Damme, une école de Hambourg, où il attendit toute la journée.

Les Alliés entraient dans la ville.

A minuit, le « docteur » réunit son « laboratoire » ; et Georges-André Kohn subit une dernière piqûre. A l'aube, quand les soldats de l'armée britannique entrent dans l'école, ils découvrent dans la cave vingt-deux cadavres pendus. Deux hommes : le professeur Quenouille et le docteur Florence et vingt enfants. Georges-André Kohn est parmi eux.

***

21 avril 1945.

Cor n'était plus qu'une silhouette. Son corps, autrefois souple et nerveux, flottait dans son uniforme rayé, évoquant une plante séchée, aplatie au sortir des pages d'un herbier. Il marchait depuis quinze jours au milieu d'un troupeau misérable de dix mille hommes. C'était du moins le chiffre au départ lorsqu'ils quittèrent Buchenwald. Mais depuis, beaucoup s'étaient affaissés sur la route, incapables de puiser, après des mois d'internement et de travail forcé, la plus infime énergie pour se relever. Quand les S.S. leur tiraient une balle dans la nuque, ils ne tuaient plus que des morts.

Cor faisait un effort pour enjamber les cadavres et avancer. Il fallait tenir, encore un jour ou deux seulement, peut-être quelques heures suffiraient-elles et puis ce serait la fin, la délivrance à moins que les bourreaux, dans un dernier geste fou, ne mitraillent tous ces fantômes qu'ils forçaient à les suivre.

Le canon qu'il avait entendu pour la dernière fois au

cours du trajet entre Drancy et la gare de Bobigny le rejoignait à nouveau. Quelque part derrière lui, il tonnait une charge qui poussait ses bourreaux affolés. Il avait mis presque un an à le rejoindre, neuf mois exactement. Cette fois, les nazis ne pourraient plus les évacuer longtemps.

A l'est, les Russes arrivaient sur l'Elbe, et à l'ouest, les Alliés. Visiblement les gardiens de la colonne ne savaient plus où aller, tournant sur une mince bande de terre rognée à chaque minute par les armées de libération. Depuis vingt jours, l'horreur se précipitait, comme si jusqu'à présent, tout le reste n'en avait été que le préambule. Evacué d'abord en train depuis Therensienstadt, Cor avait fait le voyage en wagon découvert. A l'arrivée à Buchenwald, il eut grand mal à se dégager des morts en quelques heures raidis de froid, les vêtements collés les uns aux autres par le gel. Quoique déjà malade du typhus, il se sentit pourtant assez de force encore pour s'évader. Il réalisa que s'il ne le tentait pas à ce moment, il n'aurait plus assez d'énergie pour le faire plus tard. Sa vie s'éloignait avec sa fièvre. Une réaction d'homme libre, plutôt qu'un véritable calcul. D'ailleurs il avait été rattrapé au bout de quelques minutes, étonné de ne pas être abattu sur place.

A pied de Weimar jusqu'à Flossenbürg. L'absurde s'en était mêlé. L'aviation alliée, croyant survoler une armée d'ennemis en fuite, bombarda la colonne. Quatre cents morts et trois cents blessés. Quatre cents morts qui ne signifiaient plus rien. Mais pour les déportés mitraillés par leurs libérateurs, depuis longtemps la mort n'avait plus de raison. Victimes permanentes, elle faisait partie de leur vie quotidienne. Cor se releva, indemne. A Flossenbürg, il crut pouvoir se reposer. Mais il ne put même pas manger. Son estomac ne gardait plus rien. Deux jours plus tard, ils repartirent, au hasard, droit devant eux.

Cor rêvait de rouler dans le fossé et de se laisser dépasser par la colonne. Mais les S.S. ne menaçaient même plus, ils tiraient. Le typhus apparaissait sur sa peau en petites taches brunâtres. La fièvre lui brouillait les yeux. Ses genoux gonflés ne fonctionnaient plus. Il marchait sans détacher les pieds du sol, les bras collés à la couverture qu'il portait sur l'épaule. Il glissait droit et raide, sans paraître avancer. Ses membres n'obéissaient plus à une volonté de continuer, ils bougeaient mus par un réflexe mécanique. Suivre... Cor ne pensait plus. Son esprit faisait le vide, comme pour se débarrasser du poids de sa souffrance. Son corps fit de même, sa fatigue s'en alla, plus rien n'existait, ni ses jambes ni ses bras. Il n'eut plus mal nulle part, il ne sentait plus rien. Une carcasse raide qu'aucune âme n'habitait plus. Encore quelques pas, par habitude, et l'automate s'arrêta sur la route. Ses genoux fléchirent, les arbres se renversèrent et grimpèrent au ciel. Il tomba sur le ventre...

Derrière lui, un S.S. sortit son pistolet, et sans s'arrêter lui tira une balle dans la nuque.

Le lendemain samedi 22 avril, la colonne de Cor, de son vrai nom Max Windmuller, était libérée par les Américains.

Onze jours plus tôt, à Buchenwald, des bûcherons de la liberté abattaient l'Arbre de Goethe. La légende avait raison : l'empire allemand s'écroulait.

ANNEXES

CE QU'ILS SONT DEVENUS

AMAR André. — Marié. Un enfant et deux petits-enfants. Directeur de banque. En qualité de Normalien, il assure un cours de philosophie générale à l'Institut d'études politiques de Paris, à Paris et à Grenoble. De 1972 à 1976, il préside le Comité exécutif de l'Appel juif unifié.

APPENZELLER Ernest. — Il quitte la France après la Libération pour s'installer en Israël, à Jaffa, près de Tel Aviv. Il prend le prénom d'Uri. Il exerce la profession d'architecte-décorateur jusqu'à un matin de 1975 où, s'asseyant au volant de sa voiture, il est terrassé par une hémorragie cérébrale.

BLOCH Marcel. — Libéré le 11 avril 1945 avec tout le camp, il est devenu Marcel Dassault, le père des Mirages.

CHAMAY César. — Il a repris, après la guerre, sa profession d'agent de change. Aujourd'hui, retraité, il vit à Paris.

FISCHER David. — Il exerce aujourd'hui à Paris la profession de fourreur. Il anime aussi une troupe de théâtre juif.

FLAMANT. — Aujourd'hui journaliste, père de trois enfants.

FRAENKEL Alfred (Tzippy). — Marié et père de famille, Tzippy vit aujourd'hui en Israël, où il est directeur d'une entreprise d'engrais chimiques dans un kibboutz, au nord de Tel Aviv.

Frydman Jean. — Marié, quatre enfants, « le général » Jean Frydman est entré dans la presse aussitôt après la guerre. Il a été directeur général d'Europe I, et administrateur délégué de Télé Monte-Carlo. Aujourd'hui p.-d.g. de Média-Vision et de Télé-Hachette.

Galitzine Olga (La princesse). — Veuve de l'ancien propriétaire des magasins « Printemps », elle vit toujours à Paris.

Grilikhes Michel. — Père de famille, il a repris le métier de photograveur de son père à Paris.

Kauffman Paula. — Elle vit en Israël.

Kohn Philippe. — Industriel et p.-d.g. d'une chaîne hôtelière. Marié, père de trois enfants. Philippe est le dernier survivant de toute la famille. Sa mère et sa sœur sont mortes à quelques jours d'intervalle à Bergen-Belsen. Son père, Armand Kohn, revient seul de déportation. C'est un homme brisé. Il meurt à Paris, le 18 juin 1962. Rose-Marie, qui s'est évadée avec Philippe, épouse Me Maurice Rheims et décède d'une leucémie le 30 mai 1949. Philippe a ignoré jusqu'en 1979 les circonstances de la mort de son jeune frère Georges-André. Ce n'est qu'au cours de l'enquête préparatoire à cet ouvrage qu'il apprit sa fin tragique, avec les enfants-cobayes de Neuengamme, près de Hambourg.

Lazarus Jacques (Jacquel). — Marié, deux enfants, il est aujourd'hui directeur associé du Congrès juif mondial au bureau de Paris, et directeur du mensuel *Information juive.*

Kapel René. — René Kapel part vivre en Israël en 1954. Il devient ministre en Grèce et ambassadeur au Guatemala. Il habite aujourd'hui à Jérusalem.

Marguliès Maurice. — A gagné la dernière manche de son fantastique match-poursuite à travers l'Europe, avec le S.S. Brückler. Revenu à Vienne avec sa femme Ida et son fils Jean, il est nommé « Kultur-Referentz Polizei », et assiste au procès et à la pendaison de son ennemi. Il décède d'un cancer du foie en 1975.

Schmidt Georges et Simone. — Revenus tous les deux de déportation, sont décédés à Paris, vingt ans plus tard.

REMERCIEMENTS

Cet ouvrage a pu être réalisé grâce à une centaine de témoignages recueillis en Europe et en Israël. Je remercie toutes les personnes qui ont bien voulu, par leurs souvenirs, y contribuer. Mais plus particulièrement, les survivants de cet épisode tragique, qui ont accepté, souvent pour la première fois, après trente-cinq années de silence, de parler de ce dernier voyage vers les camps de la mort :

André AMAR
César CHAMAY
Alain FISCHER
FLAMANT
Alfred FRAENKEL (Tzippy)
Jean FRYDMAN
Michel GRILIKHES
René KAPEL
Paula KAUFFMAN
Philippe KOHN
Jacques LAZARUS (Jacquel)
Henri POHORYLÈS
Benjamin ZYMAN

Merci à Mme Ruttler SHULAMIT (Metta) d'avoir fait revivre ses douloureux souvenirs.

Merci à Mme Ida MARGULIÈS, ainsi qu'à tous ceux qui ont parlé des héros disparus de cette odyssée. Rachel et Nelly CHEIGAM, Albert AKERBERG, le commandant Ro, Annette ZYMAN, Tania KLUKSTEIN.

Merci à Félix DRATWA, à Michel HAMMONT.

Merci à tous ceux qui ont retracé pour moi l'atmosphère des dernières semaines de juillet et août 44. Le professeur Georges WELLERS, Paul APPEL, Marcel FERRAND et Roger ARNOULD de la F.N.D.T.R.P., le C.D.J. (Centre de documentation juive), M. JOUFFAT.

Merci aux employés S.N.C.F. des gares de Bobigny, Soissons, Saint-Quentin, Compiègne, ainsi qu'à l'abbé CALLENWAERT, curé de Margival.

Merci à Ben PORAT et André BOULAVKO d'avoir facilité mes recherches, le premier en Israël, le second à Paris.

LISTE DES DEPORTES DU DERNIER WAGON

Abecassis Mandel	Destin inconnu
Avramescot Armand	Evadé
Amar André	Evadé
Appenzeller Ernest	Evadé
Asher Ernst	Revenu de déportation
Bierman Ernest	Destin inconnu
Bleiberg Joseph	Destin inconnu
Bloch Marcel	Revenu des camps de la mort
Chamay César	Evadé
Fischer David	Evadé
Flamant	Evadé
Fraenkel Alfred (Tzippy)	Revenu des camps de la mort
Frydman Jean	Evadé
Galitzine Olga	Evadée
Grilikhès Michel	Evadé
Grosz Ladislas	Destin inconnu
Jacob Ludwig	Evadé
Hirsh Kurt	Mort en déportation
Kadean	Destin inconnu
Kapel René	Evadé
Kessler Isidore	Evadé
Kauffman Paula	Revenue des camps de la mort
Klein	Evadé
Kohn Armand	Revenu des camps de la mort
Kohn Suzanne	Morte à Bergen-Belsen
Kohn Antoinette	Morte à Bergen-Belsen
Kohn Philippe	Evadé
Kohn Rose-Marie	Evadée

KOHN Georges-André	Mort à Hambourg-Neuengamme
KOHN Marie	Morte à Auschwitz
LAABAN Gabriel	Destin inconnu
LAZARUS Jacques (Jacquel)	Evadé
LÉVY Isaac	Destin inconnu
MANDELBAUM Charles	Evadé
MARGULIÈS Maurice	Evadé
MIZRAHI	Mort au camp de Buchenwald
NAMIAS	Mort au camp de Buchenwald
POHORYLÈS Henri	Evadé
POLCHEN	Revenu des camps de la mort
POPPEL	Evadé
REILLINGER Kurt (Nanoo)	Revenu des camps de la mort
ROSENHAAF Joseph	Evadé
SCHMIDT Georges	Revenu des camps de la mort
SCHMIDT Simone	Revenue des camps de la mort
SPEERBER Gerhard	Mort en déportation
WEISS	Destin inconnu
WINDMULLER Max (Cor)	Mort en déportation
WOLF Paul	Revenu de déportation
ZYMAN Benjamin	Revenu des camps de la mort

L'auteur a retrouvé 49 noms des 51 déportés du dernier wagon pour Buchenwald, et identifié 21 évadés sur la liste des 27 fournie par Brückler à la Kommandantur. Il est probable que 6 parmi ceux mentionnés « destin inconnu » ont réussi à s'évader.

Achevé d'imprimer
le 2-8-1982
par Mohndruck Gütersloh
pour France Loisirs
N° d'éditeur 7076
Dépôt légal: Juillet 1982
Imprimé en R.F.A.